BASTARDLINIE

Über den Roman

England 1589: Die jahrhundertealten Briefe, aus dem
Nachlass ihrer Großmutter, haben Marthas Leben
grundlegend auf den Kopf gestellt: Sie ist die Nachfahrin
von William Plantagenet. Als Bastard von Edward III. und
Joan of Kent steht Williams Leben im Schatten der Krone.
Während er sich in trügerischer Sicherheit wähnt,
versuchen ihm seine Neider das Liebste zu nehmen. Nur
durch das unerschütterliche Vertrauen seiner Halbbrüder
gelingt es ihm eine unheilvolle Intrige abzuwenden, doch
das Glück scheint nicht von Dauer. Dunkle Zeiten brechen
über das Königreich herein und ein Erbfolgestreit droht
das Land zu spalten. An einen heiligen Eid gebunden, muss
William tatenlos mitansehen, wie England unaufhaltsam auf
einen Abgrund zusteuert. Eng mit Williams Schicksal
verknüpft, gerät auch Marthas Leben aus den Fugen. Bald
soll das Aufgebot für die Eheschließung mit Lord Essex
gestellt werden. Ausgerechnet ihre Abstammung eröffnet
ihr einen Weg den verschlagenen Lord loszuwerden …

Über die Autorin

Laura Henry, geboren 1991, hat
Geschichte und Wirtschaft auf
Lehramt an der Universität in
Oldenburg studiert. Einige
Semester ihres Studiums
absolvierte sie in den USA. Seit
2017 arbeitet sie als Lehrerin an
einer Oberschule. Ihre Leidenschaft für das Mittelalter
entdeckte sie bereits früh. Henry, die im wahren Leben
einen anderen Namen trägt, lebt und schreibt in Bremen.

BASTARDLINIE

Laura Henry

Bibliografische Information der Deutschen Nationalbibliothek:
Die Deutsche Nationalbibliothek verzeichnet diese Publikation in
der Deutschen Nationalbibliografie; detaillierte bibliografische
Daten sind im Internet über www.dnb.de abrufbar.

Bastardliebe – 1. Band
Bastardlinie – 2. Band

© 2022 by Laura Henry
Buchcover: Magalí Torres/Estratosphera
Buchillustrationen: Rosalie Melchert
Autorenfoto: Aileen Kothe
Korrektorat: Melanie Lutz
Herstellung und Verlag: BoD – Books on Demand, Norderstedt
ISBN 978-3-756-82781-7

Für meine Eltern.

Danke, dass ihr immer für mich da seid
und mich bei all meinen Ideen unterstützt.
Ohne euch wäre ich nicht, wer ich heute bin.

Mama, Papa,
ich danke euch von Herzen.

Every story I create, creates me.
I write to create myself.

Octavia E. Butler.

DRAMATIS PERSONAE

Es folgt ein Personenverzeichnis der wichtigsten Charaktere. Die historischen Persönlichkeiten sind mit einem * gekennzeichnet, alle übrigen Figuren sind fiktiv. Im Anhang befindet sich das Nachwort der Autorin, der Stammbaum von Martha Somerset und eine Übersicht über die geschichtlichen Ereignisse.

ENGLAND, FRANKREICH, KASTILIEN
1330-1388

PLANTAGENET

Edward III.*, König von England

Eduard of Woodstock*, Duke of Aquitanien, sein ältester Sohn und Thronfolger von England, *genannt Ed*

John of Gaunt*, Duke of Lancaster, Sohn von Edward III.

Edmund*, Thomas * weitere Söhne des Königs

Joan of Kent*, Ehefrau von Ed

Richard of Bordeaux*, Sohn von Joan und Ed

William Plantagenet, unehelicher Sohn von Joan und
und Edward III., *genannt Will*

HOF UND ADEL

William Montague*, John Molny*, John Neville*,
Richard Bury*, Robert Ufford*, Edward de Bohun*,
engste Freunde und Ritter von Edward III.

Alice Perrers*, Geliebte des Königs

Thomas Mowbray*, Earl of Nottingham, engster
Vertrauter von Richard

Michael de la Pole*, Earl of Suffolk, Vertrauter von
Richard

Thomas Holland, John Holland*, Söhne von Joan und
ihrem ersten Ehemann Thomas Holland

Pedro de Castilla*, König von Kastilien

Enrique de Trastámara*, illegitimer Halbbruder von Pedro

Constanza de Castilla*, Tochter von Pedro, zweite Ehefrau
von Lancaster

Aveline Montague, Williams Ehefrau, *genannt Ava*

Harry Fitzhenry, illegitimer Halbbruder von Blanche of

Lancaster und Wills bester Freund

Robert Pomeroy, Wills bester Freund, *genannt Rob*

Simon Dawnay, Ritter von Ed, Verräter

Thomas, Humphrey, Godric, Knappen von Harry, William und Rob, *genannt die »Schatten«*

Wornham und Benley, Ritter von Ed

ENGLAND
1589

HOF UND ADEL

Elizabeth I.*, Königin von England

Robert Devereux, Earl of Essex*, Höfling und Liebling der Königin, Verlobter von Martha

William Cecil, Baron Burghley*, Lord High Treasurer

Marthilda Somerset, Großcousine und Zofe der Königin, *genannt Martha*

Jonathan Stanley, Marthas Ziehbruder, Vetter von Devereux, *genannt Jonah*

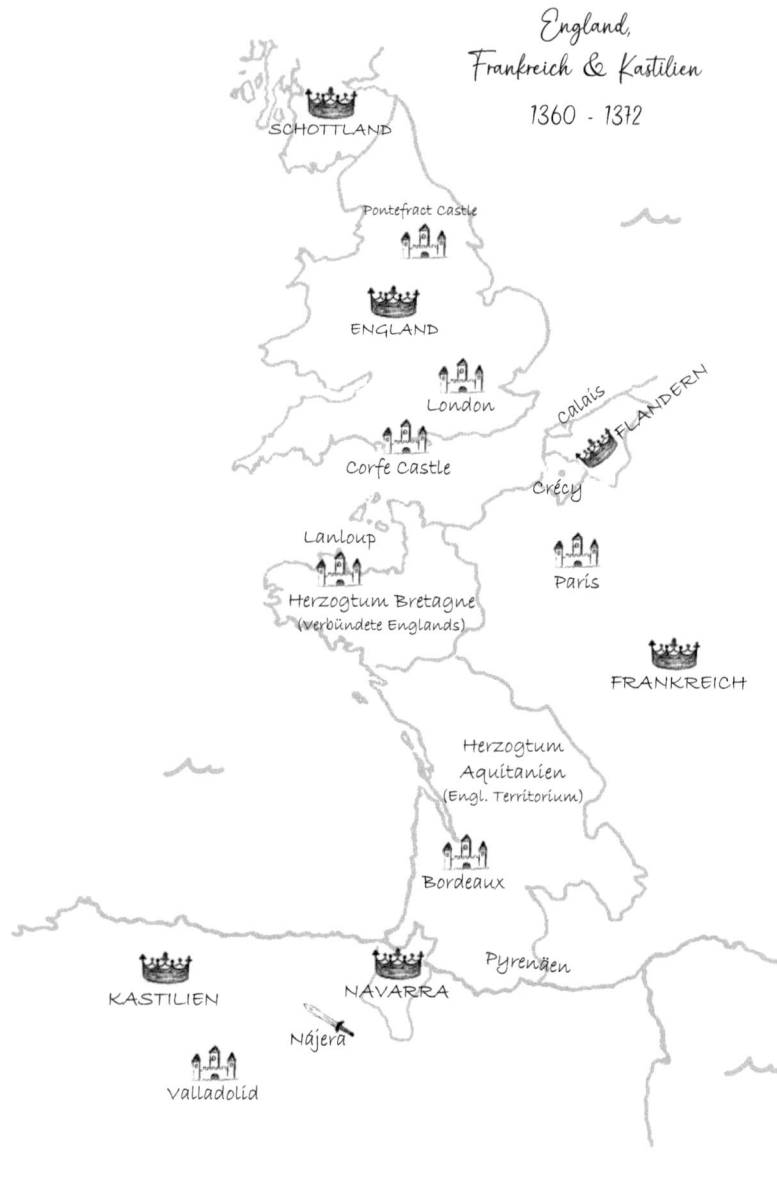

England, Frankreich & Kastilien

1360 - 1372

SCHOTTLAND

Pontefract Castle

ENGLAND

London

Corfe Castle

Calais

FLANDERN

Crécy

Lanloup

Herzogtum Bretagne
(verbündete Englands)

Paris

FRANKREICH

Herzogtum
Aquitanien
(Engl. Territorium)

Bordeaux

KASTILIEN

Nájera

NAVARRA

Pyrenäen

Valladolid

Prolog

Nottingham, Oktober 1330

Besonnen strich Edward im Vorbeigehen mit seiner Hand über die holzvertäfelte Wand, umrundete den Sekretär und blieb schließlich am Ende der Vertäfelung stehen. Verstohlen blickte er über die Schulter, um sicherzugehen, dass ihm auch niemand gefolgt war.

Der Raum hinter ihm war verwaist. Ein Strahl des Mondscheins fiel durch die halbverhangenen Fenster, die zur Ostseite führten, herein und tauchte die Bibliothek in kühles Licht. Der Sekretär neben ihm warf unförmige Schatten bis zur Tür und die altehrwürdigen Bücher standen dichtgedrängt und staubbehangen in den hohen Regalen, die bis unter die Decke reichten, auf der gegenüberliegenden Seite. Er hörte nichts außer das leise Knistern der Kerze in seiner Linken. Nottingham Castle schlief den Schlaf der Gerechten.

Er musste ein bitteres Lachen unterdrücken und wandte sich dem Sekretär zu. Vorsichtig stellte er den Kerzenständer darauf ab. Dann griff er unter sein Wams und holte die Fackel zum Vorschein, die er dort vor neugierigen Augen versteckt hatte. Er wickelte das Tuch ab und hielt das in Pech getränkte obere Ende an die Flamme der Kerze. Es fing sofort an zu brennen.

Mit der entflammten Fackel schritt er zum Ende der Vertäfelung und tastete sie aufmerksam nach der kleinen Unebenheit ab, die mit bloßem Auge nicht zu erkennen war. Er übte leichten Druck auf die Vertiefung aus, bis er ein hörbares Klicken vernahm und ein Teil der Vertäfelung langsam nach innen klappte. Umsichtig drückte er die Geheimtür weiter auf und hielt die Fackel vor sich ausgestreckt.

Der Fackelschein erhellte den finsteren Geheimgang. Mit den Augen suchte er die steinerne Wand nach einer Halterung für die Fackel ab und wurde keine zwei Fuß hinter dem Eingang fündig. Nachdem er die Fackel befestigt hatte, trat er vollständig in den Gang hinein und schloss lautlos die Tür hinter sich.

Vor ihm offenbarte sich ein schmaler Raum, der nach ein paar Schritten in eine Treppe mündete, deren Fortgang nach ein paar Stufen von der Dunkelheit verschluckt wurde.

Er ging bis zum Kopf der Treppe und stierte angespannt in die Finsternis hinein. Dem modrigen Geruch nach zu urteilen, der ihm in die Nase stieg, war der Geheimgang lange Zeit nicht benutzt worden.

Ungeduldig verschränkte er die Arme vor der Brust. Nun hieß es warten. Er spürte sein Herz schnell in der Brust schlagen, als wäre er gerade um sein Leben gerannt. Es raubte ihm fast den Atem, dabei stand er ganz ruhig da und lauschte in die Stille hinein.

Die Minuten strichen dahin, bis er endlich undeutliche Geräusche wahrzunehmen glaubte. Seine Kieferknochen spannten sich an.

»Meine Fresse Neville, willst du mir ein zweites Mal in die Hacken rennen?«

Erleichtert erkannte Edward die gedämpfte Stimme seines Freundes Molny.

»Herr Gott, dann geh halt schneller oder wolltest du hier Wurzeln schlagen?«

»Ich schlag gleich etwas, aber keine Wurzeln, verlass dich drauf!«

Lachend warf Edward seinen Kopf in den Nacken. »Wollt ihr euren Zwist vielleicht auf wann anders verlegen? Der Zeitpunkt erscheint mir doch recht ungünstig für eine Rauferei.«

Die Stimmen erstarben abrupt.

»Wer da?«, erkundigte sich eine weitaus tiefere Stimme misstrauisch.

»Hm«, brummte Edward. »Der König, aber das kommt ganz darauf an, wen du bei Hofe fragst, Montague.«

Ein Glucksen drang zu ihm empor. »Man kann nicht vorsichtig genug sein dieser Tage, Sire«, erwiderte die tiefe Stimme. Kaum waren die Worte verhallt, gab die Schwärze seinen engsten Vertrauten, William Montague, preis.

Freudig breitete Edward seine Arme aus und umarmte Montague. Ihm folgten John Molny, John Neville, Richard Bury, Robert Ufford und Edward de Bohun.

Edward nickte einem nach dem anderen freundlich zu.

Dicht aneinander gedrängt erwiderten die dunkel gekleideten Männer seinen Gruß. »Sire.«

Sie hatten die Kapuzen tief ins Gesicht gezogen, doch der Schein der Fackel ließ ihre Augen funkeln.

»Seid ihr wahrhaftig im Stockdunkel den Gang heraufgekommen?«, wollte Edward von seinen Freunden wissen.

»Nur das letzte Stück, wir konnten nicht sicher sein, wer uns hier oben erwartet. Vor dem Treppenaufgang haben wir sie lieber ausgetreten.«

»Und wie seid ihr in die Burg gekommen?«

Ufford zuckte mit seinen massigen Schultern. »Ein Dominikaner Mönch hat uns in seine Weinfässer eingenagelt in die Burg geschleust. Die Knechte haben uns dann unwissentlich in den Weinkeller verfrachtet und nach Einbruch der Nacht kam der Kommandant der Burgwache und hat die Deckel unserer Fässer gelöst. Anschließend hat er uns zur geheimen Falltür geführt und ist zurück zu seinen Männern gegangen.«

»Der Kommandant hat sein Wort also gehalten. Ich hatte meine Zweifel«, gab Edward ehrlich zu.

»Er weiß, genau wie wir, dass es schwerlich einen besseren Augenblick als jetzt geben wird«, entgegnete Montague.

»Tatsächlich? Ich hatte den Eindruck gewonnen, dass er mehr als unsicher war.«

»Wundert dich das wirklich, Ufford? Nachdem was mit Woodstock passiert ist?«

Edward sah Montague in die Augen und konnte seinen eigenen Schmerz darin wiederspiegeln sehen.

Edmund of Woodstock war der Halbbruder seines Vaters, dem abgesetzten König Edward II. und einer ihrer engsten Verbündeten. Woodstock hatte versucht die Ehre seines Halbbruders wieder herzustellen, nachdem es Edwards Mutter Isabelle de France gelungen war ihn gemeinsam mit ihrem Liebhaber Roger Mortimer absetzen zu lassen. Zwar wurde Edward anschließend zum König gekrönt, doch da er noch minderjährig war, hatte seither Mortimer als eigentlicher Machthaber die Fäden im Hintergrund gezogen. Und Mortimer erwies sich keineswegs als würdiger Regent. Er war machthungrig und streitsüchtig. Darüber hinaus hatte Woodstock herausfinden müssen, dass Mortimer seinen Halbbruder in aller Abgeschiedenheit hatte ermorden lassen. Und wäre das nicht bereits frevelhaft genug, waren auch noch Gerüchte in Umlauf gekommen, dass Mortimer ihm, Edward III., die Krone streitig machen wollte. Daraufhin hatte Woodstock eine Revolte angezettelt und versucht Mortimer zu stürzen, doch sein Plan schlug fehl und hatte ihn seinen Kopf gekostet.

»Nein, dieser Hurensohn hat ganze Arbeit geleistet.« Ufford bleckte die Zähne.

»Mortimer dachte, dass wenn er Woodstock hinrichten lässt, so den Widerstand im Keim ersticken könne, sodass sich keiner mehr gegen ihn zur Wehr setzt.«

»Aber er hat die Rechnung ohne uns gemacht!« Bury lachte in sich hinein.

Montague wiegte seinen Kopf nachdenklich von der

einer zur anderen Seite. »Vergiss nicht, dass er mir bei der letzten Parlamentssitzung genau diese Verschwörung unterstellt hat. Mortimer ist misstrauisch geworden seit der Sache mit Woodstock. Sonst hätte er doch nicht darauf gedrängt, dass Edward mit ihm gemeinsam hier in Nottingham Quartier bezieht.«

Bury lachte erneut. »Ihm geht der Arsch auf Grundeis, Freunde!«

»Zurecht! Wir werden ihm zeigen, was es heißt sich mit uns anzulegen!« Entschlossen ließ de Bohun seine Fingerknöchel knacken. »Heute ist Zahltag!«

Edward nickte grimmig und straffte seinen Rücken. »Dann sollten wir ihn nicht unnötig warten lassen! Folgt mir!« Er drehte sich um die eigene Achse und öffnete leise die Geheimtür.

In der Bibliothek wartete er, bis seine Mitverschwörer neben ihm standen. »Ich nehme an, du hast alles haarklein überdacht, Montague?«

Sein Freund nickte. »Du wirst zu Mortimers Privatgemächern gehen und um Einlass bitten. Zu dieser Zeit werden seine Leibwachen dir einen husten und dir den Zutritt verwehren. Diese Diskussionsrunde werden wir nutzen. Kann man den Korridor von zwei Seiten betreten?«

»Ja.«

»Gut. Molny und Neville ihr werdet mit mir von links kommen. De Bohun, Bury und Ufford ihr kommt von rechts. Mortimer ist so überzeugt, er wäre unantastbar. Wir werden ihn und seine Gesellen kalt erwischen.«

»Eiskalt.« Bury stimmte ihm feixend zu.

»Also dann, Männer. Ich schaue, ob die Luft rein ist«, flüsterte Montague. Vorsichtig öffnete er die Tür einen Spaltbreit und spähte auf den dämmrigen Korridor. Die Luft schien rein, denn er winkte den übrigen zu und so huschten sie wie Mäuse ungesehen durch die ausgestorbenen Gänge, bis sie schließlich den Westkorridor erreichten. Wie geheißen teilten sich die Verschwörer auf und warteten gebannt darauf, dass Edward vorweg schritt.

Ohne zu zögern und mit großen Schritten trat Edward um die Ecke und auf Mortimers Leibwächter zu. »Ingham, Bereford«, begrüßte er die beiden Hünen.

Reserviert nickten sie ihm zu, als er aus dem Halbdunkel ins Licht der angebrachten Wandfackeln trat. »Sire.«

»Ich möchte die Königinmutter sprechen. Es handelt sich um eine ernste Angelegenheit der Krone, die keinen weiteren Aufschub duldet.«

Die beiden Wächter tauschten einen verstohlenen Blick aus. »Wie kommt Ihr darauf, dass Lady Isabelle hier ist, Sire?«, wollte Bereford wissen.

Edward zog seine Augenbrauen in die Höhe und sein Blick wurde kühl.

Berefords Gesicht verlor jegliche Farbe. »Verzeiht, Sire.«

Genau diese Unsicherheit hatte er erreichen wollen. Er sah, wie Bereford sichtlich unwohl einen Schritt zurückwich und seine Hand nach dem Türknauf ausstreckte. Dann besann er sich und klopfte zunächst an die massive Holztür.

Von Innen war ein unwirsches »Was?« zu vernehmen.

Als Bereford im Begriff war die Tür zu öffnen, war der Moment gekommen.

Edward zog mit einer flinken Bewegung sein Schwert und hielt es Bereford an die Kehle. Bevor Ingham auch nur mit der Wimper zucken konnte, kamen seine Freunde hinzu und hielten ihn in Schach.

»Macht die verdammte Tür auf!«, knurrte Edward ungeduldig.

Die Leibwächter taten wie ihnen geheißen und stießen die Doppeltür auf. Dahinter offenbarte sich den Männern ein breites Doppelbett auf dessen Kante Edwards Mutter in einem weißen Nachthemd gekleidet saß. Beim Anblick der Eindringlinge entfuhr dieser ein schriller Schrei des Schreckens.

Mortimer, der über einige Dokumente an einem langen Holztisch gebeugt stand, griff geistesgegenwertig nach seinem Schwert, das auf einem Stuhl neben ihm griffbereit lag.

Die Leibwächter stolperten rückwärts in das Gemach hinein und bezogen nehmen Mortimer Stellung. Mit nun ebenfalls gezogenen Waffen standen sie ihnen entschlossen gegenüber.

»Was hat das zu bedeuten, Edward?« Isabelles Stimme klang brüchig.

Keiner der Männer antwortete ihr.

»Montague«, presste Mortimer zwischen seinen Lippen hervor. »Ich hätte es wissen müssen!«

Montague deutete eine spöttische Verbeugung an. »Ich dachte mir, es wäre nur höflich von mir, wenn ich

Euch persönlich meine Aufwartung mache, Mylord.«

Zur Antwort machte der Angesprochene einen Schritt auf die Eindringlinge zu und erhob sein Schwert gegen Edward.

Edward, der damit gerechnet hatte, reagierte blitzschnell. Kalter Stahl prallte aufeinander und das Waffenklirren erfüllte den Raum. Montague und Ufford widmeten sich Ingham und Bereford. Der Rest postierte sich hinter Edward, bereit um einzugreifen.

Dafür, dass sie in Unterzahl waren, leisteten die drei gehörige Gegenwehr. Trotzdem dauerte es nicht lange bis zuerst Bereford und schließlich auch Ingham entwaffnet auf dem Boden knieten.

»Ich glaube, jetzt wäre ein guter Augenblick, um zu kapitulieren, Mylord. So oder so, Ihr habt keine Chance mehr!« Montagues Stimme übertönte die Kampfgeräusche.

Mortimer war die innere Zerrissenheit förmlich anzusehen. Sein Gesicht war dunkelrot angelaufen und Schweißperlen rannen ihm die Stirn hinab. Außer sich vor Wut warf er sein Schwert schreiend vor sich auf den Boden. »Das werdet Ihr noch bereuen! Ich habe das Parlament auf meiner Seite!«

Edward blickte ihn abschätzig an. »Da wäre ich mir nicht so sicher, Mortimer.«

»Ich verrate Euch etwas, das Ihr noch nicht wusstet: Ihr werdet hängen, Mortimer. Hängen!« Ufford spuckte vor Mortimer aus.

»Nein! Edward, tu ihm nichts!«, schrie Isabelle wie von Sinnen.

Edward musterte seine Mutter ausdruckslos. Sie war kreidebleich, hatte die Arme um sich geschlungen und wiegte sich vor und zurück. Sie schien unter Schock zu stehen. Es fiel ihm schwer bei diesem Anblick kein Mitgefühl zu empfinden.

Mit einer stummen Bitte gab er Molny zu verstehen sich ihrer anzunehmen. Sein Freund verstand die Aufforderung sofort und verbeugte sich galant vor der Königinmutter. »Darf ich Euch in Eure Gemächer geleiten, Mylady?«

Verwirrt ließ sich Isabelle hinausbegleiten, ohne ihren Sohn erneut anzusehen.

Edward lenkte seine Aufmerksamkeit wieder Mortimer zu, dem unterdessen die Hände auf dem Rücken gebunden waren. »Meiner Mutter zur Liebe werdet Ihr morgen umgehend in den Tower gebracht. Ansonsten könnte ich nicht für Eure Unversehrtheit garantieren.«

Mortimer funkelte ihn böse an.

»Schafft ihn mir aus den Augen!«

Unsanft packte ihn Neville am Arm und führte ihn auf den Korridor hinaus. De Bohun und Bury folgten ihnen mit den Leibwächtern.

Dann wandte sich Edward an Ufford. »Geh und sag dem Hauptmann Bescheid, dass unser Vorhaben erfolgreich war. Er soll seine Männer davon in Kenntnis setzen, dass Mortimers Wort keinerlei Gewicht mehr hat.« Während er sprach, steckte er sein Schwert zurück an den Gürtel und trat auf den Tisch zu. »Ach, und noch etwas: Lass den Geheimgang zumauern!«

Ufford grinste verschmitzt. »Ai, ai!«

Durstig griff Edward nach dem Weinkrug auf dem Tisch und schenkte sich etwas davon in einen Becher. Er trank mehrere Schlucke und reichte den Becher im Anschluss an Montague weiter.

Montague tat es ihm gleich und trank so gierig, dass ihm der Wein das Kinn hinunterlief. Nachdenklich starrte Edward ins lodernde Feuer im Kamin, das das Gemach in warmes Licht hüllte. »Ich wünschte Woodstock hätte das noch miterleben können.«

Montague wischte sich mit dem Handrücken die Tropfen vom Kinn. »Er wäre voller Stolz gewesen. Du weißt, wie sehr er dich geliebt hat.«

»Ich werde seine Kinder Edmund, Joan und John zu mir an den Hof holen. Und natürlich wird Edmund alle Besitzungen, sowie die Grafschaft Kent zurückbekommen. Bis zu seiner Volljährigkeit werde ich einen fähigen Verwalter einsetzen. Das ist das Mindeste, das ich für ihn noch tun kann.«

Montague stierte durch das milchige Fensterglas in die Nacht hinaus. Nach ein paar Atemzügen drehte er sich zu Edward um. »Wenn du es gestattest, dann würde ich gerne meinen Erstgeborenen William mit Woodstocks Tochter Joan verheiraten. Ich glaube, das hätte er so gewollt.«

Edward legte ihm seine Hand auf die Schulter. »Das ist wahrhaftig ein schöner Gedanke! Wenn die Zeit gekommen ist, dann sollen sich eure Häuser miteinander vereinen! Dafür werde ich Sorge tragen.«

Anno Domini 1367-1368

»*Dum spiro spero.*«

Solange ich atme, hoffe ich.

Roncesvalles, April 1367

Dünne Rauchfäden stiegen in den pechschwarzen Nachthimmel und William stieg der Geruch von angebranntem Fleisch in die Nase.

»Sie dürften keine dreihundert Fuß von uns entfernt Rast gemacht haben«, raunte ihm Rob zu.

William nickte, ohne sich zu seinem Freund umzudrehen. Stattdessen ließ er seinen Blick über die vom Mondlicht beschienene Gebirgskette wandern. Sie standen auf einer kleinen Anhöhe, umgeben von unzähligen Sträuchern und Bäumen, deren Blätter silbrig schimmerten im Licht der Nacht. Ganz in ihrer Nähe hörte er ein Käuzchen rufen.

Gedankenversunken strich er über das Heft seines Schwertes. Solch eine Unverfrorenheit, keinen Steinwurf weit vom Pfad entfernt ein Lagerfeuer zu machen, passte zu Simon Dawnay. Auf diesen Augenblick hatte er seit ihrem Aufbruch in Nájera stündlich gebetet.

Gemeinsam mit Rob, seinem Knappen Godric und zwei Leibwächtern seines Halbbruders Edward of Woodstock, Wornham und Benley, hatte er die Verfolgung von Dawnay und seinen Männern aufgenommen, die sich des Nachts vor der anstehenden Schlacht in Nájera davongeschlichen hatten. Als ein Vasall des Thronfolgers, wog der Verrat Dawnays schwer. Es stellte sich überdies heraus, dass Dawnay sie nicht nur im Stich ließ, auch hatte er einen heimtückischen Plan geschmiedet, um sich an William zu rächen.

Als William im Winter an den Hof in Bordeaux

gekommen war, hatte er sich Hals über Kopf in Aveline Montague verliebt. Und obwohl er wusste, dass Ava bereits an Dawnay versprochen war, hatte er um ihre Hand angehalten.

In aller Stille und ohne die Zustimmung von Ed, Avas Vormund, hatten sie geheiratet und alle vor vollendete Tatsachen gestellt. Natürlich hatte sich William für sein ungebührliches Verhalten einigen Tadel eingehandelt, denn mit der heimlichen Heirat hatten sie Ed auf der einen Seite und Dawnay auf der anderen vorgeführt. Nachdem sich William mit Ed versöhnt hatte, erklärte er sich Dawnay und ließ ihm obendrein Avas Mitgift als Entschädigung zukommen. Damit hatte er die Angelegenheit für erledigt angesehen. Doch dem war nicht so. Stattdessen verbündete sich dieser mit Roger White, mit dem wiederum Rob eine alte Rechnung offen hatte und der sie beide bis aufs Blut hasste.

Letzteres war nicht mehr zu verleugnen, als White während des Kampfes versuchte William niederträchtig zu ermorden. Nur Rob war es zu verdanken, dass der Mordanschlag fehlschlug. Durch das anschließende Verhör Whites, fanden sie letztlich heraus, dass sich Dawnay mit ein paar seiner Getreuen bereits auf den Weg gemacht hatte, um Ava heimzusuchen.

Also hatten sie sich umgehend an ihre Fersen geheftet. Ihre Spur hatte sie in die Pyrenäen geführt. William hatte darauf spekuliert, dass Dawnay trotz der Flucht auf dem handelsüblichen Pfad bleiben würde. Es gab viele Wege durch das Gebirge, aber nur wenige davon waren gut passierbar. Dass sie Dawnay noch in Navarra einholen würden, damit hatte keiner von ihnen wirklich gerechnet. Zwar hatten sie ihre Pferde weiß Gott nicht geschont, doch Dawnay war ihnen mehr als einen halben Tag voraus gewesen. Zudem waren die Verräter ausgeruht, sie wiederum hatten eine Schlacht geschlagen.

Auf halber Strecke hatte ihnen dann ein verlorenes Hufeisen neue Kraft verliehen, denn das bedeutete nichts anderes, als dass eines von Dawnays Pferden zu lahmen schien. Möglicherweise war das der Grund, weshalb sich der Vorsprung der Männer in Luft aufgelöst hatte.

Die unbedachte Rast sprach jedoch für ihre Torheit. Sie wogen sich allesamt in Sicherheit, da sie William bereits unter den Toten wähnten. Sie ahnten schließlich nicht, dass der feige Auftragsmord an William gescheitert war und White sie vor seinem Tod verpfiffen hatte. Diesen Umstand würden sie nun zu ihrem Vorteil nutzen können.

Ein Knacken im Geäst ließ Williams Hand zurück zum Schwertheft schnellen. Godrics rotblonder Schopf lugte aus dem dichten Gebüsch hinter ihnen, wodurch sich sein Schwertarm sichtlich entspannte.

»Mann, was habe ich dir übers Anschleichen gesagt? Entweder du gibst dich zu erkennen oder aber dein Gegenüber sollte keine Möglichkeit mehr haben dich zur Strecke zu bringen.« Missmutig steckte Rob den Dolch zurück in die Innentasche seines braunen Wamses.

Sein Knappe legte ein schuldbewusstes Grinsen auf. »Entschuldigt, Mylord.«

Rob gab nur einen mürrischen Laut von sich und ruckte seinen Kopf dann in Richtung des aufsteigenden Rauchs. »Wir haben sie! Sie haben nicht weit von hier ihr Lager aufgeschlagen.«

Godric bemerkte die Rauchfäden am Himmel und pfiff leise durch die Zähne. »Das nenne ich mal leichtsinnig. Ich gehe besser direkt zu Wornham und Benley. Nicht, dass die zwei Hünen uns noch verraten. Wenn die husten, fallen den Bäumen ja direkt alle Blätter aus.«

Sein Versuch das Schmunzeln zu unterdrücken misslang Rob. Etwas ungeschickt fuhr er dem Zwölfjährigen mit der Hand über den Kopf. Widerwillig befreite sich dieser von der fast fürsorglichen Geste seines Onkels und verschwand lautlos im Dickicht. Geistesabwesend stierte Rob seinem *Schatten* hinterher.

William betrachtete seinen Freund von der Seite. Das Schmunzeln war nicht mehr zu erahnen, stattdessen traten deutliche Furchen auf seiner Stirn hervor. Er sah so müde aus, wie er sich fühlte. William konnte sich an keinen Augenblick erinnern, an dem er Rob je so ernst gesehen hatte. Seit ihrem Aufbruch hatten beide kaum ein Wort miteinander gewechselt, zumindest nicht mehr als nötig. Dafür waren sie beide zu angespannt. »Du machst dir Sorgen um Humphrey, nicht wahr?«

Rob gab ein unwirsches Brummen von sich. »Ich mache mir eher gesagt Vorwürfe! Wie konnte sich dieser Bengel anmaßen, sich das Recht herauszunehmen, einfach so hinter einer Handvoll Verrätern herzureiten?«

William stieß einen tiefen Seufzer aus. »Ich befürchte, es war meine Schuld, Rob.«

»Was?« Rob sah ihn verständnislos an.

»Ich habe mitbekommen, dass Godric und Humphrey uns im Zelt von Ed belauscht haben. Ich habe es zugelassen und sie nicht davongejagt. Verstehst du? Meinetwegen konnte Humphrey überhaupt diesen törichten Entschluss fassen.«

»Dich trifft keine Schuld, Mann! Du wurdest um ein Haar abgemurkst und hast obendrein noch erfahren, dass sich Dawnay und White gegen dich verschworen haben. Mehr noch, dass Dawnay drauf und dran ist Ava Gewalt anzutun.«

Dankbar für diese Worte fasste William nach Robs Arm.

»Ich hätte dem Bengel als sein Onkel öfter mal den Hintern versohlen müssen! So sieht es nämlich aus!«

»Das hättest du mit mir als seinem Herrn aber absprechen müssen und ich hätte es sowieso untersagt«, erwiderte er betont lässig. Es hätte keinen Sinn gemacht seine eigenen Sorgen laut auszusprechen. Sie hatten die Hoffnung gehegt, Humphrey einzuholen, ehe dieser Dawnays Trupp zu nahe kam. Doch auf ihrem Verfolgungsritt waren sie ihm nicht begegnet. Was das bedeutete, wollte er sich nicht ausmalen.

Er blickte ins Sternenzelt. »Komm, lass uns zu den anderen gehen. Nicht, dass der Tag hereinbricht, bevor wir besprochen haben, wie wir jetzt vorgehen.«

Bei ihren Begleitern angelangt, setzten sie sich ins hohe Gras und teilten ihnen ihre Neuigkeiten mit.

»Dann ist es also wahr, was der Junge gesagt hat, die Verräter sind wirklich so dreist und haben ihr Lager neben dem Pfad aufgeschlagen?« Ungläubig schüttelte Wornham seinen Kopf.

William nahm einen Schluck vom verdünnten Wein, den Benley ihm reichte und nickte dann. »Gefühlt auf und nicht neben dem Pfad. Doch diese Fahrlässigkeit werden sie heute Nacht noch bitter bereuen.«

»Ohja, das werden sie …« Wornham ließ zur Bestätigung seine Fingerknöchel knacken.

»Und wie gehen wir vor?«, wollte Benley wissen, während er Godric mit einem Wink zum Proviantsack schickte.

Ohne Umschweife erhob sich der Knappe und beförderte einige in Leinen eingeschlagene Pakete aus dem Stoffsack, der an seiner Satteltasche gebunden hing. Geschäftig teilte er den Proviant unter den Männern auf.

»Wir warten noch zwei Stunden und schleichen uns dann von allen Seiten an sie heran. Dort verharren wir solange, bis wir sicher sein können, dass sie schlafen. Dann überfallen wir sie.« Leidenschaftslos brach William ein Stück vom Brot ab. Schon nach dem ersten Bissen stellte er fest, dass er seinen Hunger gekonnt ignoriert hatte. Mit einem weiteren Schluck Wein spülte er den Bissen herunter. »Doch eins sollte von vornherein klar sein: Dawnay muss am Leben bleiben.« Sein Tonfall war ernst.

»Was?« Godrics Miene war verständnislos.

»Der Prinz will ihn lebend. Was mit dem Rest geschieht, war ihm gleich«, antwortete Rob an seiner statt.

»Wenn sie sich ergeben, fesseln wir sie und

übergeben sie dem nächsten Sheriff.« Benley zog sein Schwert aus der Scheide und begann die Klinge mit einem sauberen Stück Leinen zu polieren. »Wenn nicht, dann entledigen wir uns ihrer.«

Unerwartet hellte sich Godrics Gesicht auf. »Wir sollten uns auf keinen Fall so anschleichen.« Er deutete auf sein Gesicht. »Durch den Schein des Feuers und des Mondes, könnten sie uns zu schnell entdecken.«

Irritiert schauten die Männer den Jungen an.

Robs *Schatten* lief zu seinem Pferd, das mit den Übrigen an einem Baum angebunden graste und beförderte ein Stück Kohle aus der vorderen Satteltasche. »Hiermit wird es gehen.«

»Damit wird was gehen? Sprich Klartext, Mann«, forderte ihn Rob auf.

Ungeduldig rollte Godric mit den Augen, was ihm von Wornham, der gerade aufgestanden war, einen leichten Schlag auf den Hinterkopf einbrachte. »Na, wir werden uns unsere Gesichter damit schwarz bemalen. Dann bleiben wir länger unentdeckt in den Schatten der Nacht.«

Rob klatschte sich begeistert auf die Schenkel. »Das muss ich dir lassen, die Idee ist nicht von schlechten Eltern.« Er zwinkerte seinem Neffen verschwörerisch zu. »Darüber brütest du aber schon seit dem letzten Lagerfeuer oder trägst du ständig Holzkohle mit dir herum, he?«

Benley nickte Godric anerkennend zu. »Die werden sich vor Angst in ihre Hosen scheißen und nach ihren Müttern schreien, wenn sie uns aus den Büschen springen sehen!«

Es wurden zähe Stunden, bis sie sich endlich zum feindlichen Lager aufmachten. Leise bahnten sie sich einen Weg durch das dichte Geäst und schlugen einen großen Bogen, um nicht unerwartet einem der Verräter beim Austreten gegenüberzustehen. Ihre Gesichter und Hälse hatten sie sich mit Godrics Kohlstück schwarz bemalt. Auf halber Höhe trennten sie sich voneinander und verteilten sich in einem Halbkreis um die Lagerstätte herum. William und Rob übernahmen gemeinsam die Wache am Lagerfeuer. Je näher sie kamen, desto näher kamen sie dem Wanderpfad und das Gebüsch wurde lichter. Ungefähr zwanzig Schritte vor der Wache, legten sie sich auf die Erde und nahmen die Umgebung geruhsam in Augenschein. Neben dem Lagerfeuer hatten die Männer einige Baumstümpfe als Sitzgelegenheit gestellt. Auf einem davon hatte es sich der Wachmann mit ausgestreckten Füßen bequem gemacht. Zur linken Hand, schätzungsweise zehn Fuß entfernt, erkannten sie drei dunkle Umrisse, die sich nicht bewegten. Vermutlich hatten sich Dawnay und zwei weitere Männer schlafen gelegt. Etwas weiter südlich standen ihre Pferde an einem Baum gebunden. Und dort saß mit gefesselten Händen, zum Fuß des Baumes: Williams Knappe Humphrey.

William stieß Rob an und zeigte auf Humphrey, dessen Kopf zur Seite gesackt auf der Schulter lag, was vermutlich darauf hindeutete, dass auch er eingeschlafen war.

Rob nickte stumm und atmete tief aus. »Gott sei Dank.« Dann beugte er sich flüstern zu ihm herüber. »Ich wünschte Harry wäre bei uns, Will.« Ihr Freund Harry hatte nicht mitkommen können, da er auf dem Schlachtfeld in Nájera schwer von einem Pfeil verwundet wurde. Als sie die Verfolgung der Verräter aufnahmen, konnten die Ärzte zwar sagen, dass keine lebenswichtigen Organe verletzt waren, doch ihm stand noch der Heilungsprozess bevor. Und keiner konnte sagen, ob sich die Wunde entzünden würde oder nicht. »Er hätte bereits auf dem Weg hierher mehrere ausgeklügelte Pläne parat gehabt.«

»Darauf kannst du Gift nehmen. Doch wenn das hier klappen sollte, Rob, dann wird er Grund haben stolz auf uns zu sein.« Aufmerksam spähte er durch das Blätterwerk und beobachtete, wie sich die Wache ungeschickt mit einem Holzsplitter im Mund herumstocherte.

Aus unmittelbarer Entfernung war der schwache Ruf eines Käuzchens zu vernehmen. Zumindest sollte man das glauben. Tatsächlich verbarg sich hinter dem Ruf niemand anderes als Godric. Dieser Junge schien einige ungeahnte Talente zu besitzen. Bevor sie aufgebrochen waren, hatte er vorgeschlagen, dass sie sich so unbemerkt untereinander ein Zeichen geben konnten, ob sie ihre Positionen bezogen hatten.

Die anderen hatten also die Schlafstätte der Verräter erreicht und warteten nun auf sie. Er tauschte einen kurzen Blick mit Rob, deutete mit dem Zeigefinger nach rechts und stand vorsichtig auf. Sein Freund tat es ihm gleich und warf sich das mitgebrachte dunkelgraue Leinentuch über Kopf und Schulter, das zuvor noch um seine Hüfte geknotet war. Dann ballte er seine Fauste siegesgewiss vor die Brust und sah William ein letztes Mal tief in die Augen. Ohne eine Reaktion abzuwarten, machte er auf dem Absatz kehrt und ging auf leisen Sohlen in die gezeigte Richtung davon. William wartete ein paar Atemzüge und drehte sich nach links.

Mit pochendem Herzen schlich er sich in den Rücken der Wache. Die Sträucher waren an dieser Stelle nur noch hüfthoch und er musste sich auf den Boden knien, um halbwegs verdeckt zu bleiben. Jetzt hieß es auf Robs Einsatz warten. Passend zu seiner inneren Anspannung, schob sich eine Wolke vor den Mond und tauchte den Platz in schummeriges Licht. Es dauerte, bis sich seine Augen vollends darauf einstellten. Sein Geruchssinn funktionierte hingegen einwandfrei und es gelang ihm nicht, den Geruch nach angebrannten Kaninchen, die halbabgenagt am Spieß über dem Feuer hingen, zu ignorieren.

Ein Rascheln, das vom Pfad herrührte, ließ den Wachmann aufhorchen. Konzentriert zog er sein Schwert und trat nach vorne. Er musste ungefähr in ihrem Alter sein. Er war groß und schlaksig. Bei einem Zweikampf könnte er unterlegen sein, überlegte er.

Auf einem Gehstock gestützt kam Rob langsam den Weg entlang gehumpelt. Das Leinentuch tief ins Gesicht gezogen, hob er hustend die Hand zum Gruß, um die volle Aufmerksamkeit der Wache zu erlangen.

»Nanu Väterchen, was treibt dich – « Abrupt brach

der junge Mann ab.

William hatte den Moment der Ablenkung nicht ungenutzt gelassen und war pfeilschnell aus seinem Versteck hervorgesprungen und drückte dem Wachmann seinen Dolch an den Hals. »Ein Mucks und du bist mausetot«, raunte er ihm zu.

Instinktiv hob dieser sein gezogenes Schwert, doch William verstärkte den Druck der Klinge und ein kleines Rinnsal an Blut lief ihm den Hals hinab. »Wenn dir dein Leben teuer ist, dann würde ich das an deiner Stelle unterlassen.«

Widerstandslos ließ er die Hände schlaff neben seinem Körper hängen. Mit großen Schritten kam Rob hinzu, entledigte sich unterdessen des provisorischen Umhangs und nahm dem Mann das Schwert ab. Dann tastete er ihn kurz ab, um nicht von einem Dolch oder ähnlichem überrascht zu werden. Anschließend pfiff er kurz und kräftig durch die Zähne. Woraufhin mehrere dumpfe und unverständliche Laute folgten. Nach nur wenigen Augenblicken kam Godric mit seinem Bruder Humphrey dazu, ganz so als hätten sie bereits direkt neben ihnen in einem Gebüsch gehockt.

Mit einem erleichterten Kopfnicken begrüßte William lächelnd seinen Knappen, dem sofort die Röte ins Gesicht schoss und der sich verlegen die wundgescheuerten Handgelenke rieb, die sein Bruder zuvor von den Fesseln gelöst hatte. Er hätte ihm zu gerne direkt ein paar Takte erzählt, doch das war weder der rechte Zeitpunkt für solch eine Unterredung, noch wollte er dem Jungen vor den anderen die Leviten lesen. Das war eine

Sache zwischen ihm und seinem Knappen.

Benleys harscher Tonfall übertönte seine Gedanken und er sah wie dieser zwei Männer mit gezogenem Schwert in Schach hielt und vor sich hertrieb. William betrachtete Dawnays Gefährten genauer. Ein Rotschopf und einer mit einem großen bräunlich roten Feuermal auf der rechten Wange. Er sah ihnen an, dass sie im Schlaf überrumpelt worden waren. Doch sie wirkten nicht verängstigt, eher so als würden sie auf irgendein Zeichen lauern, das ihnen vorgab, wie sie sich zu verhalten hatten. Schafe also, dachte William. Ihnen folgte Wornham, der dem Hirten namens Dawnay schonungslos die Arme auf den Rücken verdrehte. Bei ihnen angelangt, stieß er ihn zu Boden, wo er auf den Knien landete.

William verstärkte den Druck der Klinge und zwang den Wachsoldaten seinerseits vor sich auf die Knie. Dann hob er seinen Kopf und schaute Dawnay in die Augen. »So sieht man sich wieder, Dawnay.« Seine Stimme war bedrohlich leise.

Dawnay konnte sein Entsetzen nicht verbergen, als der Schein des Feuers Williams mit Kohle gefärbtes Gesicht erhellte. »Ihr? Aber wie ist das möglich?«

Williams Miene verfinsterte sich. »Indem Euer ehrloser Mordkomplott fehlschlug.«

»Dieser Hurensohn White hat also gesungen …« Sein Tonfall klang resigniert. »Ich nehme also an, Ihr bringt mich nun zurück zum Prinzen. Denn um mich zu fordern, fehlt Euch der nötige Mumm, Königsbastard.«

William lachte bitter in sich hinein. Ihm war natürlich klar gewesen, dass Dawnay versuchen würde ihn zu provozieren und zu einer Kurzschlusshandlung zu verleiten. »Selten ist mir etwas schwerer gefallen, als Euch hier und jetzt nicht zu einem Zweikampf zu fordern. Doch Euer Handeln geht längst nicht mehr nur mich etwas an, sondern hat das Interesse der Krone geweckt, wie Ihr Euch sicherlich vorstellen könnt.«

Dawnay bleckte seine Zähne. »Zu dumm aber auch … Ich hätte mich Eurem Täubchen zu gerne noch angenommen, um zu erfahren, was mir vorenthalten wurde. Ich kann mir vorstellen, sie steht darauf, richtig hart rangenommen zu werden.« Für seine letzten Worte kassierte er von Wornham einen kräftigen Hieb in den Nacken.

Rob ließ seine Fingerknöchel angriffslustig knacken. »Haltet die Fresse, Mann! Oder Ihr werdet mit ein paar Fingern weniger beim Prinzen ankommen. Den wird das kaum stören.«

»Wohl kaum …«, erwiderte der Gefangene nüchtern. »Verratet mir doch noch, was Euer werter Prinz und Halbbruder von der Identität Eurer Mutter gehalten hat.«

Als hätte es nicht gereicht, dass White ihn umbringen wollte, hatte er auch noch das Geheimnis um die Identität seiner leiblichen Mutter aufgedeckt. Ein Brief von Whites verstorbener Mutter zeigte, dass sie von der Affäre zwischen dem König und Joan of Kent erfahren hatte. Während seine Halbbrüder Ed und John ob dieser Nachricht tief erschüttert waren, so waren William und Rob nicht sonderlich überrascht. Längst hatten sie genau diese Vermutung gehegt. Trotzdem war William natürlich alles andere als erfreut, seine Annahmen durch den Verräter White bestätigt zu bekommen. Denn er wusste, welche Wellen die Enthüllung dieser skandalösen Affäre schlagen könnte. Die Tatsache, dass Joan of Kent in dritter Ehe seinen Halbbruder Ed geheiratet hatte, machte die Lage nicht gerade einfacher. Mit Joan als Mutter, vereinte William rein englisches Blut in sich und stellte damit eine potenzielle Gefahr für den Thron, genauer gesagt für Eds Kinder, dar. Etwas derartiges hatte es in der Geschichte Englands bisher noch nicht gegeben. Für einen Herzschlag lang, war er sich auch nicht sicher gewesen, wie Ed reagieren würde, Halbbruder hin oder her.

Doch eher würde er sterben als Dawnay das spüren zu lassen. »Einen Teufel werde ich tun und das hier mit Euch erörtern.« Er legte seinen Kopf schräg, um dann doch noch etwas zu ergänzen. »Wenn Ihr jedoch glaubtet, Misstrauen zwischen dem Prinzen und mir zu säen, so muss ich Euch enttäuschen. Blut ist eben dicker als Wasser.« Und das stimmte. Ed hatte bewiesen, dass er eines Königs würdig war und hatte sich dem Einzigen zugewandt, der seinen Thron wahrhaftig gefährdete: White. Ohne zu zögern hatte er ihn getötet und William direkt damit beauftragt Dawnay zu verfolgen, ehe er unwiderruflichen Schaden anrichtete.

»Und was die Identität meiner Mutter betrifft, so war sie mir längst bekannt und das bereits vor meiner Heirat mit Eurer Verlobten«, fügte er kaltschnäuzig hinzu.

Dawnay musste schließlich nicht erfahren, dass es sich hierbei nur um bloße Mutmaßungen gehandelt hatte. Er sollte ruhig glauben, dass er sich über alle Widrigkeiten hinweggesetzt hatte, einfach nur, weil er es sich letztlich erlauben konnte.

Dawnays Augen verengten sich hasserfüllt zu Schlitzen. Und obwohl William aus dem Blickwinkel registrierte, wie der Rotschopf einen kurzen Blick mit Dawnay austauschte, blieb ihm keine Zeit zu reagieren. Dafür ging alles zu schnell. In einem winzigen Moment der Unachtsamkeit riss der Rotschopf seinen Arm aus Benleys Klammergriff und machte einen großen Satz auf Humphrey zu.

Mit grimmiger Entschlossenheit hielt er den Knappen umschlungen und drückte ihm eine rostige Klinge an den Hals, die er flink aus seinen Schuhen gefischt hatte. Im gleichen Atemzug bewegte Dawnay fast unmerklich seinen Kopf zu einem Nicken, woraufhin der Rotschopf Humphrey, ohne weiteres Zögern oder Verhandeln, die Kehle durchtrennte. Einfach so.

Einen Lidschlang lang stierte William fassungslos auf seinen Knappen, der sich verblüfft mit beiden Händen an die Kehle fasste und unter einem gurgelnden Geräusch kraftlos in sich zusammensackte.

Von rasender Wut gepackt, umschloss er seinen Dolch fest mit der Rechten, zielte auf die Brust des Rotschopfs und warf. Er wartete nicht ab, ob er einen Treffer landete, sondern zog in einer fließenden Bewegung sein Schwert und trieb es dem Mann vor sich in die Seite.

Wornham stieß Dawnay seinen Schwertknauf an die Schläfe und Benley verpasste ihm einen kräftigen Tritt in den Rücken, sodass er mit dem Gesicht zuerst auf der Erde aufkam. Rob stürzte zu Godric, der panisch schluchzend versuchte Humphreys klaffende Wunde zuzudrücken.

Zusammen mit Wornham setzte William hinter dem davonstürmenden Feuermal hinterher. Der zu seinem Pech, anstatt im Unterholz zu verschwinden, zu den Pferden lief. Dummerweise konnte er die vorsorglichen Knoten, mit denen Godric die Pferde mehrfach aneinandergebunden hatte, nicht lösen.

Sie keilten ihn ein, wie zwei Katzen eine Maus, und machten kurzen Prozess mit ihm. Mit einem einzigen kräftigen Hieb, trennte Wornham ihm seinen linken Unterarm ab und trieb ihm anschließend die Schwertspitze in die Körpermitte. Stumm wie ein Fisch brach Feuermal in sich zusammen und als er auf dem Boden aufschlug, war er bereits tot.

Schnellen Schrittes liefen er und Wornham zurück zum Lagerplatz. Dawnay lag reglos auf dem Boden und hatte das Bewusstsein verloren, über ihm kniete Benley. Zwei Armeslängen von ihnen entfernt lag Rotschopf auf dem Rücken ausgestreckt. Williams Dolch hatte sein Ziel nicht verfehlt und steckte bis zum Schaft im Bauch. Da sein Dolch am Ende des Klingenblatts kleine Widerhaken hatte, wollte es Rotschopf nicht gelingen diesen aus eigener Kraft herauszuziehen.

William ignorierte sein Jammern und ging achtlos an ihm vorbei. Er hörte, wie Godrics Schluchzen in ein leises Wimmern übergegangen war und spürte einen Stich in der linken Brust, er wusste, das konnte nichts Gutes bedeuten. Doch er mahnte sich zur Raison und stellte sich hinter Rob, der über seinem Neffen gebeugt am Boden hockte. Seine Hände hatte er auf Humphreys Hals gepresst, sie waren vollkommen blutverschmiert. Nach wie vor sickerte ein munterer Quell Blut aus der Wunde. Unter ihm hatte sich bereits eine kleine Lache gebildet. William sah seinem Knappen in die Augen und sah in ihnen bestätigt, was er bereits vermutet hatte. Humphreys Ausdruck war wie versteinert, sein Blick leer …

William hockte sich neben Rob und schloss Humphrey sachte die Augen. Diese endgültige Geste schien etwas in Godric auszulösen. Unvermittelt stand er auf, trat zum Rotschopf, zog diesem ohne jedwedes Mitleid den Dolch aus der Körpermitte und kniete sich mit seinem gesamten Körpergewicht auf die Wunde des Verletzten.

Der Rotschopf versuchte sich kläglich dagegen zur Wehr zu setzen, versuchte Godric von sich herunterzuschieben und bettelte mit schwindender Kraft um Gnade. Feine Blutblasen bildeten sich an seinem Mund. »Du mieser Verräter! Ich sollte dich genauso ausbluten lassen, wie du meinen Bruder!«

Kommentarlos beobachteten alle die verzweifelte Reaktion des Jungen. Keiner machte Anstalten einzugreifen.

William konnte sich vorstellen, was in ihm vorging. Allerdings wusste er auch, dass er sich nicht besser fühlen würde, egal was er nun machen würde. Als einziger machte er einen Schritt auf Godric zu. Behutsam legte er ihm die Hand auf die Schulter. »Beende es. Du bist nicht wie seinesgleichen.«

Er spürte ein Zucken, das Godrics ganzen Körper durchzog, als würde dieser einen Kampf zwischen Gehorsam und Widerstand ausfechten. Ruckartig packte er schließlich den Dolch mit beiden Händen und verpasste dem Mörder seines Bruders mit einem verzweifelten Schrei den Todesstoß.

William griff Godric unter die Arme, zog ihn auf die Beine und nahm seinen Dolch wieder an sich. Nur für den Fall, damit sich Godric nicht zu einer weiteren Dummheit verleiten ließ.

Von dem Schrei seines Neffen wachgerüttelt, stand Rob auf und schloss Godric kurz in die Arme. Sein Gesicht hatte jegliche Farbe verloren. »Humphrey wird gerächt werden. Ich schwöre es dir bei dem Leben deiner Mutter!«

Godric gab einen erstickten Laut von sich und schniefte laut mit der Nase.

Dann fiel sein Blick auf Dawnay, der von alldem nichts mitbekommen hatte und immer noch ohne Bewusstsein zu Benleys Füßen lag.

Mit einem empfindlichen Tritt in die Seite, holte er Dawnay zurück in die Wirklichkeit. Stöhnend fasste sich dieser an die Stirn, auf der eine empfindliche Platzwunde prangte und öffnete nur langsam die Lider.

Rob, dem das nicht schnell genug ging, richtete ihn zunächst auf, um ihm dann einen Kinnhaken von

solcher Kraft zu verpassen, dass Dawnay wieder rück-
links zu Boden fiel. »Er war noch ein halbes Kind, du
verdammter Hurensohn!«

»Er war Manns genug, um die Ehre dieses Bastards
verteidigen zu wollen. Ein schwerwiegender Fehler, wie
mir scheint«, bemerkte er hämisch.

Robs Augen glommen gefährlich auf. Blindwütig trat
er auf den Brustkorb des Gefangenen ein. Es knackte
vernehmlich und vermutlich waren eine, vielleicht auch
zwei Rippen gebrochen. Der nächste Tritt ging zwischen die Beine, was Dawnay aufkeuchen ließ. Als Rob
erneut zutreten wollte, hielt Wornham ihn zurück.

»Das reicht jetzt! Genug.«

»Er hat nichts anderes verdient!«

William musste ihm recht geben, doch was er stattdessen antwortete: »Wir müssen ihn Ed bringen. Lebend.«

»Damit jedoch keine falsche Hoffnung aufkommt«,
richtete er seine nächsten Worte an Dawnay, »sterben
wirst du so oder so. Allerdings wird dich in Kastilien ein
langsamerer Tod erwarten. Verlass dich drauf!«

Mit einem Kopfnicken gab er Eds Leibwächtern zu
verstehen, dass sie ihn aus seinem Blickfeld schaffen
sollten. »Stopft ihm das Maul!«

Mit einem letzten verachtenden Blick wirbelte Rob
herum und machte sich zu ihrem Lagerplatz auf. »Ich
hol' unsere Gäule!«

Nachdem William seinen toten Knappen gesäubert
hatte, hatte er ihn in eins ihrer frischesten Leinentücher

gewickelt. Sein Gesicht hatte er ausgespart, um ihm später je ein Farthing für den Fährmann auf die Augen zu legen, damit dieser seine Seele sicher ins Jenseits geleitete. Zwar war der Glaube an ein sicheres Geleit durch das Wegegeld kaum noch verbreitet in England, doch der Gedanke spendete ihm Trost.

Wornham und Benley hatten unterdessen Dawnay geknebelt und gefesselt, an einen Baumstumpf gebunden und die toten Verräter begraben. Godric hatte es sich nicht nehmen lassen allein das Grab für seinen Bruder auszuheben, auch wenn das bedeutete, dass es länger dauern würde als nötig. William hegte die Vermutung, dass Godric die Zeit für sich brauchte, um in aller Stille zu trauern.

Seufzend stand er auf und ging zu Rob hinüber, der damit beschäftigt schien seine Satteltasche nach irgendetwas zu durchsuchen. Er setzte sich neben ihn und leistete ihm stumm Gesellschaft. Geistesabwesend rupfte er einen Grashalm neben sich ab und zog eine Faser nach der anderen ab.

»Meine Schwester hat ihn mir anvertraut, Will. Wie soll ich ihr jetzt noch unter die Augen treten?«

William sah seinem Freund in die Augen, die verräterisch glasig wirkten. Er wusste nicht recht, was er erwidern sollte. Es gab nichts, was den Schmerz seines Freundes hätte lindern können. »Dich trifft keine Schuld, Rob. Es war seine eigene Entscheidung die Verfolgung der Verräter aufzunehmen.« Und er hätte es besser wissen müssen. Er hätte wissen müssen, dass er keinerlei Chance hatte. Es war ein Wunder, dass sie ihn nicht bereits vorher umgebracht hatten. Ganz so, als hätte Dawnay ihn für genau so einen Moment am Leben gehalten. Doch das sprach er nicht aus. Stattdessen fügte er hinzu: »Sag deiner Schwester, dass er für das Wohl Englands gestorben ist.«

Rob blinzelte.

»Sein Tod wird gerächt werden.«

»Nur der Gedanke, dass er den Verrätertod sterben wird, hält mich davon ab, ihn wie ein Schwein abzustechen!«

»Ich weiß. Ich wäre dir zu gerne behilflich dabei.«

Rob nickte resigniert und stierte gedankenversunken ins Himmelzelt. »Hältst du gemeinsam mit Godric und mir die Totenwache für Humphrey?«

Mit den ersten Sonnenstrahlen, die am Himmel auftauchten, waren sie am nächsten Morgen aufgebrochen. Jedoch nicht nach Kastilien. Während der Totenwache hatte William den Entschluss gefasst zunächst nach Bordeaux zu reiten. Ed hatte es ihm freigestellt, je nachdem wo sie Dawnay stellen würden, kurz Halt am Hof einzulegen. Und er musste sich eingestehen, sichergehen zu wollen, dass es Ava gut ging. Auch wenn er nicht glaubte, dass sie noch in Gefahr war, wollte er sein ungutes Gefühl vollends abschütteln. Zudem wollte er Joan darüber in Kenntnis setzen, dass Ed und John nun im Bilde waren und von ihrer Affäre mit dem König und auch von ihm als ihren illegitimen Sohn wussten. Doch mehr noch wollte er ihr Fragen stellen, die ihm seit langem auf der Seele lasteten.

Sie waren insgesamt drei Tage unterwegs, bis die Burg vor ihnen am Horizont aufragte. Dawnay hatten sie den ganzen Weg entlang geknebelt, die Hände auf dem Rücken gefesselt und sein Pferd war an das von Wornham gebunden. Selbst als er sich erleichtern musste, hatten sie ihn nicht allein gelassen. Gemeinsam hatten sie sich darauf geeinigt, dass Wornham, Benley und Godric für die Zeit, die sie am Hof verbrachten, nicht von Dawnays Seite weichen würden. Bevor sie die äußerste Stadtmauer erreichten, zogen sie ihm einen Stoffbeutel über den Kopf und tauschten seine Kleidung aus, damit ihn niemand an seinem Wappen erkennen konnte.

In der Burg angekommen, nahmen ihn die beiden Hünen in ihre Mitte und schleppten ihn in eine abgelegene Kammer. William und Rob gaben einem Bediensteten Bescheid, dass man sie bei der Burgherrin ankündigen sollte.

Ein Kreischen erfüllte die Eingangshalle und als sich William umdrehen wollte, umschlungen ihn bereits zierliche Frauenhände. »Will! Oh mein Gott, was macht ihr hier? Ich habe gedacht, ich kann mich nur irren, als ich in den Burghof hinausblickte.«

»Ava!« Er drehte sich um und nahm seine Frau in den Arm.

»Wieso seid ihr hier und nicht in Kastilien? Wo ist Prinz Eduard? Habt ihr die Schlacht gewonnen?« Die Fragen sprudelten nur so aus ihr heraus.

Er küsste ihre Stirn und vergrub sein Gesicht in ihrem blonden Schopf. Ihre Haare rochen nach Lavendel.

44

»Wir haben gewonnen. Aber wir mussten einem Deserteur folgen.«

Robs Räuspern unterbrach die beiden in ihrer Wiedersehensfreude. »Ich störe euch ja nur ungern, aber …« Er ließ den Satz unbeendet und wies unauffällig zum Ende der kleinen Halle.

William löste sich von Ava und ergriff stattdessen ihre Hand.

»Lord Plantagenet, Lord Pomeroy.« Joan of Kent trat ihnen gemächlichen Schrittes entgegen. »Darf ich erfahren, was eure Rückkehr an den Hof zu bedeuten hat?« Ihre Stimme war ganz ruhig, doch ihre Augen wirkten besorgt.

»Mylady.« William und Rob nickten ihr höflich zu.

»Wenn möglich, würden wir das gerne in aller Abgeschiedenheit mit Euch besprechen.« William legte die Hand auf die Brust und deutete eine Verbeugung an.

Joan erfasste den Ernst der Lage. Mit einer raschen Handbewegung winkte sie eine Dienstmagd herbei, die gerade den Korridor kreuzte. »Sorge dafür, dass heißes Wasser bereitet wird, damit sich die Lords ausgiebig waschen und anschließend neu einkleiden können.« Die Magd knickste ehrerbietig und wollte bereits davoneilen als Joan noch hinzufügte: »Lass Brot und Wein in meine Gemächer bringen und auch etwas von dem kräftigen Eintopf. Ich gedenke heute Abend nicht in der Halle zu speisen.« Dann wandte sich Joan wieder an die beiden. »Erfrischt euch und kommt danach zu mir.« Ihr Blick glitt hinüber zu Ava. »Begleitet Ihr mich?«

William drückte sachte Avas Hand, verbeugte sich

wieder vor Joan und ging mit Rob zu der Badekammer, die sich im gleichen Flügel wie die Küche befand, was überaus praktisch war, so musste das heiße Wasser von der Kochstelle bis zu den Holzzubern nicht weit transportiert werden. In der Kammer angelangt, mussten sie erstaunt feststellen, dass zwei Mägde schon mehrere Eimer heißes Wasser in die Zuber kippten. Es dauerte nur wenige Minuten, bis sie knapp zwei Handbreit unter dem Rand befüllt waren. Mit einem höflichen Knicksen zogen sich die Frauen zurück.

Den Zubern entstieg ein wohlig warmer Dampf und ein feiner Duft nach Orange breitete sich in der Kammer aus. Flink entledigten sich die jungen Männer ihrer vor Dreck starren Kleider und belebten ihre müden Glieder im Badewasser.

»Meine Fresse, ich könnte hier verweilen, bis meine Haut ganz runzelig ist.« Rob tauchte kurz mit dem Kopf unter Wasser und fuhr sich anschließend mit den Händen durch die kinnlangen, rotbraunen Haare, um ganz sicherzugehen, dass sich der Staub der letzten Tage herauswusch.

Er tat es ihm gleich, wodurch ein Schwung Wasser über den Rand des Zubers schwappte und die davorliegenden Felle durchnässte. Sie schwiegen einige Augenblicke, bis ein lautes Knurren die Stille unterbrach. »Mein Magen will mir scheinbar etwas anderes sagen!«

»Gab es jemals einen Moment, in dem du keinen Hunger verspürt hast?« Schmunzelnd stieg Rob aus dem Holzzuber und fischte sich vom Hocker eins der Leinentücher, um sich abzutrocknen.

Das war sein erstes Lächeln seit drei Tagen, bemerkte William. Er wusste, dass Humphreys Verlust schwer an ihm nagte. Es würde dauern, bis er einsehen würde, dass er sich zu Unrecht die Schuld für dessen Tod gab. Humphrey war alt genug gewesen, um Leichtsinn von Mut zu unterscheiden. In diesen unsicheren Zeiten wurde einem eine solche Fehleinschätzung schnell zum Verhängnis. Humphrey wusste, dass er einen schmalen Grat betreten hatte. Ganz gleich, ob er nur Williams Ehre hatte verteidigen wollen.

Auf einer kleinen Holzbank wartete frische Kleidung aus feinem Garn darauf von ihnen angezogen zu werden. Rob wählte den tintenblauen Surcot, der an den Säumen mit einer grauen Bordüre verziert war. Williams dunkelgrüner Surcot war nicht weniger kostbar.

Nachdem sie fertig angekleidet waren, suchten sie auf direktem Weg Joans Gemächer auf. Dort angelangt waren mehrere Mägde und Knechte gerade dabei, Töpfe, Teller und Schüsseln mit wohlriechendem Essen, sowie Krüge mit heißem Gewürzwein auf die Tafel zu stellen. Bei dem Anblick zog sich Williams Magen schmerzhaft zusammen und er konnte kaum an sich halten, nicht einfach ein Stück vom bereitgelegten, noch warmen Brot abzubrechen.

»Bitte setzt euch, Mylords!« Joan hatte zusammen mit Ava auf der Fensterbank gesessen und trat nun zu ihnen an den gedeckten Tisch.

Hungrig setzten sich Rob und William. Ersterer schenkte ihnen als Rangniedrigster Wein ein und verteilte die Becher. Ava setzte sich ihm gegenüber, neben

Joan. Unter dem Tisch berührten ihre Füße die seinen. Er schenkte ihr ein warmes Lächeln. Am liebsten hätte er sie auf seinen Schoß gezogen und sein Gesicht in ihren Haaren vergraben. Nur mit äußerster Mühe widerstand er diesem Drang.

Als sich jeder vom Essen auf die feinen Zinnteller aufgetan hatte, sprach Joan ein kurzes Tischgebet und forderte sie anschließend energisch auf anzufangen. Das ließen sie sich natürlich nicht zweimal sagen.

Einige Minuten lang war Stille eingekehrt, bis Joan erneut das Wort an sie richtete. »Nun, meine Herren. Ich nehme an, dass es einen Grund gibt, weshalb ihr an den Hof und nicht direkt zum Prinzen zurückgekehrt seid.«

Rob warf William einen Seitenblick zu. Er wusste auch ohne die stumme Aufforderung seines Freundes, dass er ohne Umschweife auf den Punkt kommen sollte. »Richtig, Mylady. Nach Eds grandiosen Sieg über Enrique de Trastámara, mussten wir zu unserem Bedauern feststellen, dass Lord Dawnay und ein paar seiner Männer vor der Schlacht desertiert waren. Im Auftrag von Ed haben wir sie verfolgt. Dawnay nahmen wir gefangen und seine Männer brachten wir zur Strecke, nachdem sie meinen Knappen töteten.«

Erschrocken schlug Ava die Hand vor den Mund.

»Ich verstehe.« Joan deutete ein verständnisvolles Nicken an. »Doch erklärt mir, weshalb haben ihn die Männer unerkannt in die Burg und nicht in den Kerker gebracht?«

William nippte an seinem heißen Wein und fuhr mit

dem Daumen über das eingravierte Wappen am Becher. »Wir haben Dawnay nicht allein wegen seines Eidbruchs verfolgt, Mylady.«

»Sondern?«

Er stellte den Becher vor sich ab und blickte in Joans hellgraue Augen. Sie wirkten unergründlich auf ihn. »Dawnay hatte gemeinsam mit Simon White einen feigen Mordkomplott gegen mich ausgeheckt.« Ava zog scharf die Luft ein und starrte erst Rob und dann ihn entgeistert an. »Ihr Plan misslang ihnen wie Ihr sehen könnt und nachdem Ed White zur Rede stellte, kamen einige weitere pikante Details zum Vorschein.«

»Bitte, fahrt fort.« In Joans Stimme war eine Spur Ungeduld bemerkbar.

»White gestand uns, dass Dawnay auf dem Weg zu Ava war, um sich an mir und ihr zu rächen. Und mehr noch offenbarte er uns ein Schreiben des Königs an seine Mutter. Nach ihrem Tod muss er wohl auf das Schreiben gestoßen sein.«

»Was stand drin?«, unterbrach ihn Ava neugierig.

»Der König verwies seine Mutter auf ihre Verschwiegenheit. Sie hatte etwas mit angesehen, das nicht für ihre Augen bestimmt war.«

Joans Augenlider flackerten kurz auf, ihre Mimik blieb jedoch unbewegt.

William zögerte einen Moment »Lady White wusste von der Liebschaft des Königs mit Euch Mylady. Mehr noch ahnte sie, dass ich Euer leiblicher Sohn bin.«

Joan sah ihm in die Augen, dann senkte sie ihren Blick und holte Luft. »Lady White lag richtig mit ihrer

Vermutung ...« Sie unterbrach sich, um erneuten Blickkontakt mit ihm aufzunehmen. Unmerklich straffte sie dabei ihre Schultern. »Ich war die Geliebte des Königs und bin Eure Mutter, William.«

Er nickte wissend und nahm sie in Augenschein. »Um ehrlich zu sein ... das habe ich bereits vor dieser Enthüllung geahnt.«

Ein kaum merkliches Lächeln zeichnete sich auf Joans Gesicht ab. »Habt Ihr das? Ich war mir sicher meine Rolle gut zu spielen.«

»Oh das habt Ihr, Mylady. Doch unser Freund Harry Grosmont hat eine von Gott gewollte Auffassungsgabe. Ihm ist eine Verbindung zwischen uns aufgefallen. Und obendrein haben wir die Faktenlage mit möglichen Umständen kombiniert. Auch wenn ich es nicht sicher wusste, ich hatte ein Gefühl, tief in mir drin, das ich mir nicht erklären konnte.« Aufmerksam betrachtete er ihre feinen Gesichtszüge.

Sie schaute ihm offen entgegen. »Nun, ihr habt einen aufmerksamen Freund.«

Rob und William grinsten einander an. »Ja, Mylady.«

»Und«, ihre Stimme geriet kurz ins Stocken, »wie hat mein Gemahl auf die Nachricht reagiert?«

Rob machte eine schnelle Bewegung des Zeigefingers über seine Kehle. »White leistet jetzt seiner Mutter Gesellschaft.«

»Nun Ed hat diese Art von Neuigkeit nicht erwartet und dennoch war er sehr gefasst«, führte William weiter aus.

»Wer war noch mit euch anwesend als White seine

Vermutung äußerte?«

»Neben uns beiden und Ed waren noch seine Leibwächter und John dabei.«

»Und mein Knappe Godric«, ergänzte Rob und beäugte den Inhalt seines Bechers, bevor er einen kräftigen Schluck nahm. »Godric ist vertrauenswürdig, das versichere ich euch, Mylady. Ganz besonders nachdem sein Bruder Humphrey keine Gelegenheit mehr bekommen wird uns seine Treue zu zeigen.«

»Euer Knappe ist Euer Neffe, wenn ich mich recht entsinne?«

»Richtig. Er hat uns bereits einen heiligen Schwur geleistet, eher stirbt er als Will zu verraten. Wornham und Benley sind ebenfalls über jeden Zweifel erhaben, Mylady.«

Joan nickte. »Ich sehe Euch ist das Ausmaß dieser Angelegenheit bewusst.«

»Gewiss. Sollte bekannt werden, dass Ihr Wills leibliche Mutter seid, könnte das zu inneren Unruhen in England führen. Mehr noch könnte Wills Rang in der Thronfolge thematisiert werden. Auch wenn er nicht des Königs Erstgeborener ist, so vereint er durch Euch mehr königliches Blut in sich als Ed, vor allem mehr englisches Blut. Noch nie hat es in der Geschichte Englands etwas Vergleichbares gegeben. Allein durch Wills bloße Existenz würde für Ed fortwährend die Gefahr bestehen, dass sein Anrecht auf den Thron in Frage gestellt wird. Nicht durch ihn, sondern durch andere, die seinen Anspruch untergraben wollen. Es wäre keine Frage des Vertrauens. Dabei würde es nur um Politik gehen, genauer gesagt um Macht. Kastilien ist das beste Beispiel dafür, wie sich ein Volk spalten kann.«

»Und meine Heirat mit Ava würde weiteres Öl ins Feuer kippen, da sie ebenfalls vom englischen Hochadel abstammt und der Krone verwandtschaftlich sehr nahesteht.«

»Soll das bedeuten, jemand könnte ernsthaft in Erwägung ziehen unsere Erben auf den Thron zu setzen?« Ava wirkte überwältigt von der Bedeutung ihres heimlichen Bündnisses.

»Allein es laut auszusprechen würde genügen. Solche Worte haben eine enorme Tragweite und schüren Zweifel in der Bevölkerung. Und wie wir wissen, London steht nicht geschlossen hinter Ed.« William sprach aus, was alle wussten. London war seit eh und je eine wankelmütige Stadt. Waren die Bürger Londons in der Vergangenheit gegen einen Thronanwärter oder König, konnte das erhebliche Folgen haben. Sie waren zweifellos in der Lage eine Revolte anzuzetteln und mit Vorsicht zu genießen. Es war allgemeinhin bekannt, dass sie Ed und John gleichermaßen Prunksucht vorwarfen.

»Euch hingegen lieben sie, Mylady. Will als Euer erstgeborener Sohn könnte ein ebenso hohes Ansehen genießen. Die Londoner Bürger lieben es selbst zu entscheiden, wem sie folgen. Sollte nur einer unter ihnen Will als zukünftigen König ausrufen, könnte das hohe Wellen schlagen. Will könnte als Symbol für Veränderung stehen und eine Revolte entstehen.«

»Aber aus der Verbindung des Prinzen und Lady Joan sind bereits zwei Söhne hervorgegangen und sie vereinen doch ebenso rein englisches Blut«, warf Ava ein.

William schüttelte den Kopf. »Eds Mutter Philippa kommt vom Kontinent. In Eds Adern fließt also strenggenommen verdünntes englisches Blut und das hat er auch an seine Söhne weitergegeben.«

Ava schwieg einige Augenblicke lang. »Und was bedeutet das nun für uns, Will?« Sie ließ die Etikette völlig außer Acht.

William fuhr sich mit der Hand über den stoppeligen Bart und war dankbar, als Rob für ihn übernahm.

»Selbst die leisesten Stimmen könnten Gehör finden und das gilt es zu verhindern.« Die Miene seines Freundes war ernst. »Wir werden Dawnay zu Ed bringen und er wird ihn für seinen Eidbruch hinrichten lassen. Die einzigen, die das Geheimnis dann noch kennen würden, ihr Leben hergeben, um dieses zu bewahren.«

»Und sobald wir dem kastilischen Bruderkrieg den Rücken kehren können, werden wir zum König reisen und ich werde ihn um Vergebung bitten«, ergänzte William auf Avas eigentliche Frage.

Ihre Augen ruhten auf ihm und er schenkte ihr ein aufmunterndes Lächeln. In ihm wuchs das Bedürfnis sie festzuhalten und nicht mehr loszulassen. Aber das war nicht der rechte Moment, um Zärtlichkeiten auszutauschen. Er hoffte, dass sie das verstand.

Joan war ihren dramatischen Ausführungen aufmerksam gefolgt. Doch weder ihre Haltung noch ihr Gesichtsausdruck verrieten etwas über ihre Gedanken. Scheinbar gelassen faltete sie ihre Hände ineinander und wandte sich an William. »Der König wird es Euch nicht leicht machen, gleichwohl wird er Euch Gehör schenken.«

Er wusste, sie hatte recht mit dem, was sie sagte. Ihm war vor seiner Heirat mit Ava durchaus bewusst gewesen, worauf er sich einließ und dass er, wenn der Zeitpunkt gekommen war, die Konsequenzen für sein unerlaubtes Handeln würde tragen müssen.

Mit einem tiefen Seufzen durchbrach Rob die kurzweilige Stille. »Verzeiht, Mylady, doch die Strapazen der letzten Tage zollen ihren Tribut. Wenn Ihr gestattet, würde ich mich gerne zurückziehen.« Nur mit Mühe unterdrückte er ein Gähnen.

»Sicher, Lord Pomeroy. Dafür habe ich volles Verständnis.«

Unauffällig gab Rob Ava ein Zeichen, dass dies der Moment war, um Joan und William allein zulassen. »Ich begleite Euch, Mylord. Ich möchte sichergehen, dass die Mägde Eure Kammer hergerichtet haben.«

Rob gab sich erleichtert. »Gerne, Lady Ava.« Er stand auf, neigte höflich den Kopf und hielt ihr seinen rechten Arm hin.

Diese stand auf und knickste grazil vor Joan. »Gute Nacht, Mylady.« Dann drehte sie sich zu William. »Ich sehe Euch später, Mylord.«

Für den Bruchteil einer Sekunde sah er etwas in ihren Augen aufblitzen und er spürte, wie ihm das Blut in die Lenden strömte.

Nachdem sich die Tür hinter beiden schloss, rückte Joan ihren Stuhl zurück und stand auf. »Folgt mir bitte, wenn ihr so gut seid.«

Joan führte ihn zu einer anderen, etwas bequemeren Sitzgelegenheit vor den Kamin. Dort blieb sie stehen und lud ihn ein in einem der samtenen Sessel Platz zu nehmen.

Er wartete, bis sie sich setzte und tat es ihr dann gleich. Vor ihnen knackten die Holzscheite munter vor sich hin und der Schein des Feuers tauchte die Szenerie in warmes Licht. Dass er nun hier mit seiner Mutter zusammensaß, kam ihm seltsam unwirklich vor. Sein Kopf war wie leer gefegt und da er nicht recht wusste, was er sagen sollte, griff er stattdessen in seine Hosentasche und holte den Brief heraus, den er beim Kleidungswechsel fast vergessen hätte. »Euer Gemahl hat vor unserem Aufbruch noch ein paar Zeilen an Euch verfasst.«

Mit spitzen Fingern nahm sie den Brief entgegen und klemmte ihn achtsam neben sich in den Sessel. Dann schaute sie ihm geradeheraus in die Augen. »Aufgrund der Absurdität des Ganzen brauchen wir die Etikette in diesen Räumlichkeiten wohl nicht einzuhalten, William. Ich kann mir vorstellen, dass es alles andere als leicht für dich ist. Du hast keinerlei Erinnerung an mich, bist du doch in der alleinigen Obhut des Königs aufgewachsen.« Sie hielt kurz inne und legte ihre Hände in den Schoß. »Und jetzt hast du ein Alter erreicht, in dem du keine Mutterfigur mehr brauchst. Ich habe bisher keine Rolle in deinem Leben gespielt und werde es auch zukünftig nicht. Doch ich nehme an, dass du ein paar Fragen an mich hast.«

Angespannt strich er über die Armlehnen und spürte den weichen Samt unter seinen Fingern. Er musste sich zwingen den Blick von ihren hellgrauen Augen zu lassen, die ihm eine ungeheure Zuneigung entgegenbrachten. Er schloss kurz seine Lider und wandte sich dem Feuer zu. Gebannt sah er zu, wie die rotgoldenen Flammen die Holzscheite verspeisten. »Ich muss gestehen, mir diesen Augenblick so oft herbeigesehnt zu haben. Bestimmt unzählige Male habe ich mir vorgestellt meiner leiblichen Mutter gegenüber zu sitzen. Das Warum, das mir auf der Seele brannte, muss ich nicht mehr stellen. Ich verstehe nun, warum ich nicht bei Euch – «, er korrigierte sich, » – bei dir aufwachsen konnte. Auch wenn ich als Kind nicht viel mit dieser Erklärung hätte anfangen können, hätte sie mir sicherlich einige Nächte, in denen ich stundenlang wach lag und mich gefragt habe, was falsch mit mir ist, erspart. Für viele war ich der Inbegriff der Sünde, ein Fehltritt des Königs, der nie hätte passieren dürfen: ein Bastard. Für einen kleinen Jungen ist es schwer zu verstehen, weshalb er dafür zum Sündenbock gemacht wird, obwohl ihn selbst doch keine Schuld treffen kann.«

Joan atmete geräuschvoll aus. »Ich weiß sehr wohl, dass es nicht einfach für dich gewesen ist. Ich habe am eigenen Leib erfahren, wie durchtrieben der englische Adel am Hof sein kann. Doch es gab keine andere Wahl. Wärst du bei mir aufgewachsen, dann als Sohn von Thomas Holland, ohne das Wissen um deinen wahren Vater. Doch ich wollte dir nicht aus purem Egoismus das Recht auf einen höheren Stand verwehren, also stimmte ich den Plänen des Königs letztlich zu.«

»Wie ist es dir ergangen, als du mich weggegeben hast?«

»Du kannst dir sicher sein, es ist mir alles andere als leichtgefallen. Ab dem Zeitpunkt, an dem ich dich in den Haushalt des Königs entließ, ging ein Teil von mir mit dir fort. Ich wollte dir nahe sein, dich heranwachsen sehen, sichergehen, dass es dir an nichts fehlt, doch die Gefahr, dass du mich wiedererkennen würdest, war einfach zu groß. Und im Nachhinein weiß ich nicht, was mir mehr abverlangte: Dass ich dich nicht mehr sehen konnte oder dass ich später vorgeben musste eine Fremde zu sein.«

»Du sprichst von deiner Hochzeit mit Ed, nehme ich an. Das ist die erste bewusste Erinnerung, die ich an dich habe.« Als wäre es erst gestern gewesen, sah er vor seinem geistigen Auge wie sich ihre Blicke beim Festbankett kreuzten und verspürte, wie damals, ein warmes Kribbeln im Nacken.

»Ja, das war das erste Mal, dass ich dich nach unserer Trennung wieder gesehen habe.«

William schwieg eine Weile. »Hast du damals bedacht, in welche Situation du Ed unweigerlich bringen wirst, als du ihn geheiratet hast? Ich meine, eure Söhne sind meine Halbbrüder, obwohl Ed mein Halbbruder ist. Ich bin Halbonkel und Halbruder in einem für sie. Hast du daran gedacht, in welche Lage du mich damit bringst?« Er spürte, wie ihm das Blut in der Halsschlagader pochte und bemerkte zu spät, dass er sich in Rage geredet hatte. »Verzeih, ich wollte dich mit meinen indiskreten Fragen nicht kompromittieren.«

Ruhig besah sie sich ihre Fingerknöchel. »Deine Fragen kompromittieren mich nicht. Ich verstehe, weshalb du sie stellst.« Sie wandte ihren Blick zum Kamin. »Ähnlich wie du, habe ich mich für das Herz entschieden. Ich war vor Ed bereits zweimal vermählt, wie du weißt. Aber erst durch Ed habe ich erfahren, wie sich wahre, bedingungslose Liebe anfühlt. Ed und ich haben heimlich und gegen den ausdrücklichen Willen des Königs geheiratet. Also nein, ich habe nicht wirklich darüber nachgedacht, welche langfristigen Konsequenzen mein Handeln haben wird. Oder anders ausgedrückt: Zum damaligen Zeitpunkt waren die Konsequenzen nicht von Belang für mich.«

»Und was hat der König dazu gesagt, als er davon erfuhr?« Er gab sich keine Mühe seine Neugierde zu verstecken.

»Oh, Edward war natürlich außer sich vor Wut.« Sie lachte bitter auf. »Wie du aus eigener Erfahrung weißt, ist er es nicht gewohnt, wenn man ihm nicht gehorcht. Doch hätte er unsere Ehe annullieren lassen, hätte Ed auf den Thron verzichtet, so stark war unsere Liebe füreinander. Das hat auch Edward einsehen müssen. Also nahm er, wenn auch missbilligend, in Kauf, dass seine einstige Geliebte schließlich durch eine offizielle Trauung die Frau seines Sohnes wurde.«

William lehnte sich im Sessel zurück. »Hoffentlich lässt er bei Ava und mir ebenfalls Gnade walten.«

»Der Groll, den er gegen dich hegt, wird ebenso versiegen wie der auf mich oder Ed. Gib ihm das, was er will: Bitte um Vergebung und er wird dir verzeihen.« In ihrer Stimme schwang Zuversicht mit.

»Hm«, brummte er zur Antwort. »Ich kann es kaum erwarten.«

Sie schmunzelte. »Wer seines Glückes Schmied sein will, muss auch damit rechnen, dass einen das Feuer des Schmiedeofens verbrennen kann, wenn auch nur kurzweilig.« Dann stand sie abrupt auf und als er Anstalten machte sich ebenfalls zu erheben, hielt sie ihn mit einer entschiedenen Handbewegung zurück. »Warte hier.« Es dauerte nicht lange, da kam sie mit einer hölzernen Schatulle in den Händen wieder. »Hier drin bewahre ich mein Tagebuch auf.« Sie tippte mit dem Zeigefinger auf den Holzdeckel. »Seit deiner Geburt habe ich begonnen dieses zu führen und alles, was ich dir nicht sagen konnte, aufgeschrieben. Ursprünglich wollte ich es dir nach meinem Tod überbringen lassen, doch die Idee habe ich soeben verworfen. Im Grunde meines Herzens habe ich auf einen Moment wie diesen hier gewartet.« Sie hob ihren Blick von der Schatulle und lächelte ihm zu. »Es soll nun dir gehören, William. Ich möchte, dass du weißt, welchen Platz du in meinem Herzen einnimmst.« Sie streckte ihre Hand aus und wartete geduldig darauf, dass er ihr mit seiner entgegen kam.

Zögernd kam er ihrer Aufforderung nach. Etwas sprachlos betrachtete er die Schatulle, obwohl sie nicht schwer war, hatte er das Gefühl es müssten sich Steine darin befinden. Er spürte, wie sie ihn beobachtete und gab seinem Kopf den Befehl zu nicken, ohne richtig zu wissen, ob er ihm auch gehorchte.

»Bewahre das Tagebuch wie deinen Augapfel, denn ich denke, unsere Verbindung sollte weiterhin ein Geheimnis bleiben!«

»Ich versichere dir, das werde ich …« Verlegen räusperte er sich. Es kostete ihn einige Überwindung die folgenden Gedanken laut auszusprechen, doch er fand, dass er es ihr schuldete. »Ich danke dir für deine Offenheit … auch wenn ich nicht alles verstehe, bedeuten mir deine Worte viel.«

»Nichts Geringeres hast du verdient«, entgegnete sie aufrichtig und neigte ihr Haupt.

»Will?«, flüsterte seine Frau.

»Entschuldige, ich wollte dich nicht wecken.« Leise schlüpfte er durch die bestickten Bettvorhänge hindurch und legte sich entkräftet neben sie.

Sie drehte sich auf die Seite und berührte sachte seinen Arm. »Das hast du nicht, ich habe auf dich gewartet.«

»Ich habe gehofft, dass du das machen würdest«, gab er zurück, während er nach ihrer Hand fasste und ihre Fingerspitzen küsste.

»Will!« Ihr Lachen hallte honigsüß in seinen Ohren wider und er spürte, wie er sich zusammenreißen musste, um seine Gedanken zu kontrollieren. »Nun spann mich nicht länger auf die Folter! Erzähl schon, wie ist das Gespräch mit Joan verlaufen?«

Er sann einen Moment nach, bevor er antwortete: »Unerwartet ehrlich und tiefgründig …« In knappen Worten schilderte er ihr, was ihm seine Mutter kurz zuvor offenbart hatte.

Nachdem er geendet hatte, drehte sie sich um und küsste ihn sanft. »Lass das Gesagte erst einmal auf dich wirken. Und für das Tagebuch wird sich der richtige Zeitpunkt ergeben, du wirst sehen.«

Ein warmer Schauer durchströmte seinen Körper und ihn drohten seine Gefühle zu übermannen. Noch nie hatte er so viel Liebe für seine Frau empfunden, wie in diesem Augenblick. »Komm näher. Ich muss dich mit jeder Faser meines Körpers spüren.«

Wortlos tat sie wie ihr geheißen und schmiegte sich ganz dicht an ihn. Mehrere Atemzüge lang verharrte er regungslos und lauschte dem leisen Rascheln ihres Nachthemdes, in dem sich ihre Brust hob und wieder senkte. Hob und senkte. »Ich hatte solche Angst um dich, Ava. Ich war mir zeitweise nicht mehr sicher, ob ich Dawnay aufhalten kann.« Er vergrub sein Gesicht in ihren Haaren und atmete ihren wohltuenden Duft ein.

»Das hast du aber und er wird seine gerechte Strafe für das, was er getan hat, erhalten.«

»Das wird er. Sei dir dessen gewiss.« Damit ihn die Gedanken an Dawnay nicht in die Tiefe rissen, drehte er sich spielerisch eine ihrer Haarsträhnen um den Finger.

»Wann reist ihr wieder ab?«

Er bemerkte das Zögern in ihrer Stimme und er bedauerte, dass er ihr keine beruhigende Antwort geben konnte. »Morgen. Ed erwartet uns schnellstmöglich zurück, Ava. Ich wollte nur sichergehen, dass es dir wirklich gut geht und hier nicht weitere Mordbuben von ihm warten, um dir aufzulauern.«

Sie seufzte herzergreifend. »Ich wünschte der Krieg wäre vorbei. Dann könntest du hier bei mir bleiben. Und so viele Männer müssten nicht weiter ihr Leben aufs Spiel setzen ...«

»Kriege sind unausweichlich. Das ist der Lauf der Welt, ich kann mir nicht vorstellen, dass sich daran jemals etwas ändern wird ... Dum spiro spero.«

Sie rückte noch ein Stückchen näher, begann seinen Hals zu küssen und glitt mit ihrer Hand langsam seine Brust hinab. »Dann lass mich dir jetzt so nah sein, wie nur möglich. Lass mich deinen Atem auf meiner Haut spüren, vielleicht geht deine Hoffnung auf mich über.«

Ihm entglitt ein kehliger Laut des Wohlgefallens als sie seine Lenden erreichte.

Gefühlvoll strich sie mit ihren Lippen über seine Wange und senkte ihre Stimme um ein Vielfaches, doch er verstand deutlich, was sie ihm ins Ohr flüsterte.

Sie waren nur beschwerlich vorangekommen, obwohl sie ihre Pferde in Bordeaux gegen Frische ausgetauscht hatten. Doch mit Dawnay war nur ein leichter Trapp möglich, da er mit seinen auf dem Rücken gefesselten Armen kaum das Gleichgewicht halten konnte. Rob hatte ihm gedroht, sollte er es darauf anlegen zu fallen, würden sie ihn hinter den Pferden her schleifen, wenn nötig.

Sie hatten ihn zudem auf halber Strecke geknebelt, da es ihm beliebte sie durchweg unflätig zu beschimpfen. Wahrscheinlich wollte er sie mit seinen Provokationen dazu bewegen, ihm vorher den Gar auszumachen. Er wusste, dass ihn sobald sie bei Ed angelangt waren, keineswegs ein schneller Tod erwarten würde.

Um nicht mehr Zeit zu vergeuden, hatten sie Godric vorausgeschickt, damit er ausfindig machen konnte, wo Ed indessen seine Lager aufgeschlagen hatte. Kurz hinter den Pyrenäen war er ihnen bereits entgegengeritten und teilte seine Neuigkeiten mit ihnen. Ed war mit dem Heer nach Burgos aufgebrochen und hatte dort Quartier bezogen. Einen Kilometer vor Burgos waren die ersten Zelte des Heers aufgeschlagen.

Im Schritttempo ritten sie durch das Lager und als die Männer sie erkannten, kamen sie von überall herbeigeströmt. Jubelnd säumten sie ihnen den Weg und reckten die Fäuste in die Luft als sie Dawnay unter ihnen ausmachten. Die jüngsten Knappen liefen ihnen bis zur Stadtmauer hinterher, einige von ihnen übten ihre Treffsicherheit, indem sie größere Kieselsteine oder eine Handvoll Dreck nach Dawnay warfen. Ein pausbackiger Rothaariger platzierte einen besonders guten Treffer, der einen hellroten Kratzer auf Dawnays Stirn hinterließ.

William sah die Zufriedenheit in Robs Gesicht und war sich sicher, dass man Ähnliches in seinem ablesen konnte. Seinen Gedanken nachhängend war er gerade dabei das Stadttor zu passieren, sodass der Pfiff, der ihm galt, erst langsam zu ihm durchdrang. »Lord Plantagenet!«

Er zog am Zügel seines Hengstes und drehte sich in die Richtung, aus der der Ruf gekommen war. Seine Augen suchten im Knäuel der Knappen und fanden schließlich Adam, der die anderen um mindestens zwei Köpfe überragte. William nickte ihm zu und wechselte einen kurzen Blick mit Rob.

Der verstand ihn wortlos und winkte seinen Neffen zu sich heran. »Folg uns zur Burg, Adam.«

Der Junge registrierte den nüchternen Ton seines Onkels, beäugte seinen Bruder Godric und folgte ihnen ohne Weiteres ins Stadtinnere.

Die Stadtbewohner beäugten die Neuankömmlinge argwöhnisch, ignorierten sie aber weitestgehend. Um zur Burg zu gelangen, durchquerten sie die Stadt und verließen sie am südlichsten Punkt wieder. Dort ritten sie einen schmalen Pfad entlang, der gerade mal breit genug für ein kleineres Ochsenfuhrwerk war. Die Burg befand sich auf einer Anhöhe, von der einem ein herrlicher Blick über die angrenzenden Ländereien Kastiliens geboten wurde. Fremde konnten bereits aus weiter Ferne ausgemacht werden. Nur ob die beschauliche Kleinstadt einer längeren Belagerung standhalten würde, das zweifelte er an. An der Burgmauer angelangt sah William wie sich drei Männer auf dem Wehrgang angeregt unterhielten. Es waren Eds Männer, was er an ihren Wappen erkannte.

»He da!«, rief ihnen Wornham entgegen. »Wir haben nicht den ganzen Tag Zeit!«

Die Männer unterbrachen ihre Unterhaltung und lugten neugierig zwischen den Zinnen hindurch, um zu sehen, wer sie da rügte. Als sie registrieren, wen sie vor sich hatten, bellte einer von ihnen eiligst ein paar knappe Befehle über seine Schulter zum Torhaus.

Benley, dem es offenbar zu langsam von statten ging, trommelte ungeduldig mit seinem Finger auf dem Sattelknauf. »Schlaft nicht auch noch ein, in Herrgottsnamen!«

Mit einem lauten Rasseln setzte sich die schwere Eisenkette in Bewegung und ließ das massive Burgtor herunter. Im Inneren der Burg zügelten sie ihre schnaubenden Pferde und übergaben sie an ein paar Knechte. Benley und Wornahm zogen Dawnay grob vom Sattel herunter, griffen ihm unter die Arme und nahmen ihn in ihre Mitte. Adam stand etwas abseits von ihnen und betrachtete den Gefangenen neugierig von der Seite.

»Seid so gut und wartet hier auf uns.« Rob wuschelte Harrys *Schatten* einmal über den rotblonden Schopf. »Geht sicher, dass die Spanier unsere Pferde gut behandeln«, fügte er an Godric gerichtet hinzu.

»Ja, Mylord.« Kaum ausgesprochen machten er und Adam auf dem Absatz kehrt und folgten den Knechten in die Stallungen.

Ein unsicheres Räuspern lenkte ihre Aufmerksamkeit zur Vortreppe des Bergfrieds. »Seid gegrüßt, Don Plantagenet, Don Pomeroy. Principe Eduardo erwartet Euch bereits.« Der spanische Akzent des Burgverwalters war stark und William brauchte einen Augenblick, um dem Gesagten seinen Inhalt zu entnehmen.

»Habt Dank.« William neigte höflich sein Haupt. »Wo können wir den Prinzen finden, Don …?«

»Don Ademar Perez, Señorio. Zu Euren Diensten!«
Er machte einen artigen Diener. »Ich geleite Euch zum
Principe Eduardo. Sigame, por favor.« Don Perez hob
seine Hand zum Zeichen, dass sie ihm folgen sollten.

Er führte sie durch den kleinen, aber trotzdem
prunkvoll eingerichteten, Hauptturm. Im Oberge-
schoss steuerte er mit flinken Schritten eine Tür am
Ende des Flurs an. Schwungvoll öffnete er ihnen diese
und zog sich mit einer erneuten Verbeugung still zurück.

William betrat als erster die von Fackeln hell erleuch-
tete kleine Halle und blieb vor einem dunkel gebeizten
Esstisch stehen.

Mit seinen Händen in die Seiten gestemmt, stand Ed
von seinem Stuhl am Kopfende auf und strahlte ihnen
freudig entgegen. »Ihr habt ja eine halbe Ewigkeit ge-
braucht! Ich dachte schon der Dawnay sei euch ent-
wischt!«

»Hältst du wirklich so wenig von uns?« William hob
amüsiert eine Augenbraue und schloss seinen Halbbruder kurz in die Arme. Dann griff er nach dem großen
Weinkrug auf dem Tisch und schenkte sich und seinen
Begleitern vom spanischen Rotwein in die Zinnbecher
ein.

Wornham und Benley zwangen Dawnay auf die
Knie, um die Hände für den Wein frei zu haben. Durstig nahmen sie mehrere Schlucke, ließen ihn jedoch
keine Sekunde aus den Augen.

Breitbeinig stellte sich Ed vor ihm auf. Mit ver-
schränkten Armen schaute er abwertend auf ihn hinab.

»Selten bin ich so enttäuscht worden, wie von Euch.«

Dawnay nuschelte etwas Unverständliches in seinen Knebel hinein.

Mit einem höhnischen Lächeln auf den Lippen schüttelte Ed seinen Kopf. »Spart es Euch. Ich möchte keine Eurer Ausflüchte hören. Ihr seid es nicht wert angehört zu werden.« Und damit drehte er ihm seinen Rücken zu.

Diesen Moment ließ Dawnay nicht unversucht verstreichen und kam unerwartet gelenkig auf die Füße. Anstatt sich aber auf Ed zu stürzen, setzte er zum offenen Fenster.

Noch bevor seine Füße im hereinfallenden Schatten der untergehenden Sonne standen, brachte ihn Benley mit einem kräftigen Tritt in den Rücken zu Fall. »Das könnte dir so passen, du Hundsfott!«

Ächzend rollte sich Dawnay zusammen. »Lasst … beichten … bitte.« Der Rest wurde von seinem Knebel verschluckt.

Missfällig spuckte Rob vor ihm auf den Boden. »Weil du Will auch die Chance gegeben hättest, oder was?«

Ohne jedwedes Mitgefühl blickte Ed auf die gekrümmte Gestalt am Boden. »Die heilige Christenpflicht der Nächstenliebe werde ich bei dir ruhigen Gewissens aussetzen.« Mit einem Wink gab er seinen Leibwächtern zu verstehen, dass sie ihn aus seinen Augen schaffen sollen. »Wartet vor der Tür mit ihm! Ich will diese Kreatur nicht mehr sehen.«

Teilnahmslos ließ sich Dawnay von den beiden Hünen abführen, oder besser gesagt, über den Boden schleifen. Derweil folgten Rob und William Eds Beispiel und setzten sich an den Tisch.

»Bei Sankt Georges Eiern, ich bin froh, wenn wir den los sind.« Rob streckte seine Füße aus und reckte sich ausgiebig.

»Ich werde ihn im Morgengrauen hinrichten lassen.« Eds Ton war beiläufig als würde er über die Abfolge des Abendmahls sprechen. »Was ist aus deinem tapferen Knappen geworden, Will?«

Für einen Lidschlag senkte er seinen Blick. »Dawnays Schergen haben ihn auf seinen Befehl hin getötet.«

»So ein Jammer, von solch mutigen Gefolgsmännern kann man nie genug haben!«

William biss sich auf die Zunge. Er interpretierte Humphreys Motivation anders, doch er verspürte wenig Lust nun mit Ed über das Verständnis von Heldenmut zu streiten.

Der machte bereits eine wegwerfende Geste und wechselte zu Williams Erleichterung das Thema. »John Chandos hat doch tatsächlich in Nàjera Enriques wichtigsten Heerführer, Bertrand Du Guesclin, gefangen genommen.«

Chandos war Eds Stallmeister in Aquitanien, der sein Können als Befehlshaber bereits häufig unter Beweis stellen konnte. Zudem war er ein enger Vertrauter seines Bruders. »Das heißt durch das Lösegeld für diesen französischen Edelmann, kann zumindest ein Teil der Kosten für den Feldzug gedeckt werden?«, schloss William.

»Die Summe, die König Charles vor drei Jahren nach

der Schlacht von Auray für ihn bezahlt hat, war überaus beträchtlich. Er genießt hohes Ansehen am französischen Hof.«

Erst jetzt schien es Rob zu dämmern. Fassungslos blickte er zum Thronfolger. »Soll das bedeuten, Pedro hat noch immer nicht bezahlt und wir sind auf das Lösegeld angewiesen?«

Ed lachte bitter in sich hinein. »So leichtgläubig habe ich dich gar nicht eingeschätzt, Pomeroy. Natürlich hat Pedro seine Schulden noch nicht beglichen. Stattdessen ließ er mir diesen hier überbringen.« Er zog einen Goldring vom Finger und hielt ihn für alle sichtbar in die Höhe. In der Mitte umfasste der Ring einen afghanischen roten Spinell. Er sah wertvoll aus, keine Frage, doch der Ring war nur ein Tropfen auf dem heißen Stein, der ungesehen verdampfte. »Um mich milde zu stimmen und mit dem Versprechen mich ganz bald zu entschädigen.«

»Wer's denn glaubt!« William stand von seinem Platz auf und stellte sich ans offene Fenster, aus dem sich Dawnay zuvor noch stürzen wollte. Der Ausblick von hier oben war herrlich. Die Sonne war fast vollständig am Horizont verschwunden und der Himmel hatte sich in verschiedenen Orange- und Rottönen verfärbt, die sich sekündlich zu verändern schienen. Abgespannt kreuzte er seine Hände im Nacken und streckte seinen Rücken. Seit Tagen ignorierte er seine Rückenschmerzen. Doch es war keine Zeit, um sich zu schonen.

»Und währenddessen hat er selbstverständlich keine Zeit verstreichen lassen, hat sich nach Valladolid verdrückt und seinen alten Thron bestiegen«, hörte er Ed verdrossen antworten.

Er legte seinen Kopf schräg und ließ seinen Nacken knacken. »Pedro will dich bloß hinhalten. Er wird nie zahlen. Er hat, was er wollte, und braucht sich um uns nicht mehr zu scheren«, prophezeite er ihm.

»Aber er muss zahlen!« Rob versuchte nicht einmal seine Empörung zu unterdrücken.

»Dann sollten wir unser Lager vor Valladolid aufschlagen und ihn so unter Druck setzen.« Keiner von ihnen hatte Johns Eintreten bemerkt.

»John!«, William drehte sich zu seinem Halbbruder um und drückte ihn kurz an sich. Er gab ihm immer das Gefühl von Sicherheit, was ihn auf eine Art peinlich berührte, war er doch erwachsen und keine Jungfer, die beschützt werden musste. Doch, wenn John anwesend war, dann ging alles einen geregelten Gang. Er war weniger impulsiv als Ed und untersagte sich im Gegensatz zu diesem von seinen Empfindungen leiten zu lassen, ganz so als sei er der Ältere von beiden und nicht Ed.

»Schön dich wohl behalten zurückzusehen, Will.« John klopfte ihm erleichtert auf die Schulter.

Rob schenkte dem Neuankömmling vom Rotwein ein und überreichte ihm diesen.

Mit einem Nicken dankte er ihm. »Wir sollten nicht zögern, Ed, sondern Pedro unsere gesamte militärische Macht vor Augen führen.«

»Zumindest können wir Valladolid dann in seinem Namen schröpfen! Schließlich will ich das Heer gut verpflegt wissen.«

»Ich hoffe, in der Nähe befindet sich ein Fluss. Sonst wird es schwer bei dieser Hitze Krankheiten fernzuhalten«, erwiderte John nachdenklich.

Mit einer abweisenden Handbewegung wischte Ed Johns Einwurf wie eine störende Fliege von sich. »Worüber du dir bereits wieder den Kopf zerbrichst. Was soll schon passieren? Wir Engländer sind hart gesotten!«

Im Morgengrauen hatten sie sich vor den Stadtmauern eingefunden, um der Hinrichtung von Dawnay beizuwohnen. Es handelte sich um keine normale Hinrichtung, da er einen Eidbruch begangen hatte, würde er einen Verrätertod sterben. Offiziell wurde er nur für seine Fahnenflucht verurteilt, nicht aber an dem Auftragsmord an William, denn das würde nur unnötige Fragen aufwerfen, die keiner von ihnen beantworten wollte. William und Rob standen in der ersten Reihe. Ed und John waren nicht mitgekommen, ihr Fernbleiben sollte die Bedeutungslosigkeit von Dawnays Leben für die Krone symbolisieren. Dafür hatten sich ausreichend schaulustige Soldaten eingefunden, die Blut sehen wollten. Deserteure waren verhasst, denn solche Männer konnten im schlimmsten Fall über Sieg oder Niederlage einer Schlacht entscheiden. Und wenn Engländer etwas mehr hassten als Franzosen, dann Feiglinge, die sie an diese verrieten. Nichts anderes hatte Dawnay in ihren Augen getan: Er hatte sie verraten, indem er ihnen im Kampf den Rücken zugekehrt und sie im Stich gelassen hatte.

Ein Raunen in der Menge deutete William an, dass man Dawnay zum Podium führte, besser gesagt trug man ihn. Er sah übel zugerichtet aus. Seine Augen waren rot angeschwollen und seine Unterarme wiesen zahlreiche Schrammen auf. Bei näherer Betrachtung verstand er auch, weshalb die beiden unbekannten Wächter ihn unter den Armen gepackt hielten und seine Füße über den staubigen Boden schleiften. Sie schienen seltsam verkrümmt, vermutlich waren sie gebrochen.

Als die Männer mit ihm die wenigen Treppen zur Richtstätte emporstiegen, stöhnte er laut, was die Menge zum Johlen brachte. Neben dem Galgen warteten ein Geistlicher und der Henker, der erneut die Knoten des Seils überprüfte. Vor ihnen angelangt, drehten sich die Männer mit Dawnay gemeinsam zu den Versammelten. Der Geistliche trat vor, sprach lustlos einen lateinischen Psalm auf und zeichnete ein Kreuz in die Luft. Kaum fertig, klammerte sich dieser an seine Bibel und verließ eilends das Podium. Dann richteten sich alle Augen wieder auf Dawnay. Es war üblich, dem Verurteilten vor seiner Hinrichtung das letzte Wort zu erteilen. Mit einem flauen Gefühl in der Magengegend beobachtete William die Szenerie und betete, dass Dawnay schweigen würde. Dawnay öffnete seine Augen einen Spalt breit, sein Blick war leer. Einer der Männer schob ihm den Ellenbogen in die Seite, damit sich das Ganze nicht unnötig hinzog. Dawnay zuckte zusammen und öffnete seinen Mund, versuchte etwas zu sagen, doch es waren nur gurgelnde Geräusche wahrzunehmen. Ein kleines Rinnsal an Blut lief ihm das Kinn hinab. Sie hatten ihm die Zunge herausgeschnitten. William drehte seinen Kopf nach rechts und sah Bennet und Wornham, die hinter Dawnay einhergeschritten waren. Bennet fing seinen Blick auf und machte mit seiner Hand eine scherenhafte Bewegung. Sein Mund formte die stummen Worte »Schnippschnapp«.

William spürte, welche Erleichterung diese Erkenntnis in ihm auslöste. Er hatte bereits im Vorfeld überlegt, wie er es vermeiden könne, dass Dawnay das letzte Wort erteilt wurde, doch ihm war kein triftiger Grund eingefallen, ohne merkwürdig zu wirken. Nachdem auch die Menge realisierte, dass Dawnay mundtot gemacht worden war, gab es kein Halten mehr. Sie verhöhnten ihn. So wie er sie verhöhnt hatte, als er vom Schlachtfeld des nachts geflohen war. Ab da übernahm der Henker.

Er wies die Männer, die Dawnay stützten, an, ihn zum Galgen zu bringen und auf den Hocker zu stellen. Letzteres erwies sich aufgrund der Knochenbrüche als schwieriges Unterfangen.

Der Henker wusste sich jedoch zu helfen, legte ihm ruppig die Schlinge um den Hals und zog am anderen Ende des Seils, gerade so, dass es straff genug war, damit die Männer Dawnay loslassen konnten. Ohne auf ein weiteres Zeichen zu warten, stieß einer von ihnen den Hocker unter Dawnay Füßen weg. Sein ganzer Körper begann zu zappeln, röchelnde Laute entfuhren seiner trockenen Kehle, instinktiv versuchte er seine auf dem Rücken zusammengebundenen Hände zu befreien.

Nach einer Weile wurde das Zappeln weniger und ein unkontrolliertes Zucken durchzog seinen Körper. Das war der Augenblick, in dem der Henker das Seil durchtrennte. Dawnay fiel unsanft auf den Holzboden und blieb zunächst regungslos liegen. Gebannt verfolgten alle, wie der Henker auf Dawnay zuging und ihm die Schlinge abnahm. Jetzt hieß es warten, ob Dawnays Lungen sich mit Luft füllen würden. Da Dawnay Hochverrat begangen hatte, stand ihm kein einfacher Tod am Galgen oder Richtblock bevor. Er würde geviertelt werden. Dafür wurden die Verurteilten zunächst aufgehängt, kurz bevor sie ins Jenseits zu gehen drohten, wurden sie vom Galgen genommen, dann bei lebendigem Leib ausgeweidet und zum Schluss wurden ihnen die Extremitäten abgeschnitten.

Die Kunst des Henkers bestand darin, die Verurteilten so lange wie möglich am Leben zu halten. Oft scheiterte es schon daran den richtigen Moment am Strick abzupassen. Doch Dawnay erwies sich als zäh und ein tiefes Keuchen verriet ihnen, dass er noch lebte. Zufrieden durchschnitt ihm der Henker die Fesseln, packte ihn unter den Armen und zog ihn in die Mitte des Podiums. Um Atem ringend krümmte sich Dawnay und spuckte Blut, was dem Henker missfiel. Doch auch dafür hatte er vorgesorgt. Eilig hievte er zwei Baumstümpfe herbei und platzierte einen zu Dawnays Füßen und einen über seinen Kopf. Nun band er seine Hände und Füße an den Stümpfen fest, sodass Dawnay erneut unfähig war sich zu bewegen.

William wandte seinen Blick ab und schaute zu Rob

und Adam, die mit versteinerten Mienen neben ihm standen. Rob hatte seinem Neffen noch am gestrigen Abend vom Tod seines Bruders erzählt und es hatte ihn hart getroffen. In seinen Augen sah er eine Mischung aus Faszination und Genugtuung, mit der er die Hinrichtung verfolgte. Der Henker hatte inzwischen seine Messer neben Dawnay ausgebreitet und hob sie zur Begeisterung der Zuschauer nacheinander in die Höhe.

Dann setze er die erste Klinge unterhalb seines Brustbeins an, durchschnitt die Kleidung und ritzte dabei die Haut ein, was Dawnay leicht zusammenzucken ließ.

So hasserfüllt er auch war, diese Art der Hinrichtung widerte ihn an, und zwar so sehr, dass er Mitleid für Dawnay verspürte. Er widerstand dem Drang der Prozedur den Rücken zuzudrehen, er konnte Rob nicht allein lassen. Also verfolgte er die Arbeitsschritte des Henkers und war erleichtert, dass bereits einer der ersten Schnitte scheinbar zu tief ging und Dawnay schnell das Bewusstsein verlor. Das wiederum enttäuschte viele der Zuschauer und führte dazu, dass sie sich allmählich zerstreuten, noch bevor der Henker seiner Darbietung ein Ende gab.

Mit einem grimmigen Gesichtsausdruck wandte sich Rob an Adam. »Der Henker soll dir Dawnays Kopf aushändigen. Und anschließend gehst du ihn auf der Stadtmauer aufspießen. Dort soll er verrotten bis zum jüngsten Tag.«

Adam nickte wortlos und ging in Richtung des Podiums.

Rob schaute ihm noch für einen Augenblick

hinterher und richtete sein Wort dann an William. »Können wir uns darauf einigen, den Namen dieses Verräters nie wieder auszusprechen?«

»Nichts lieber als das.«

Sein Freund drosch ihm dankbar auf die Schulter. »Begleitest du mich zu Harry? Er brennt sicher darauf, dass wir ihm von der Hinrichtung berichten.«

»So aufgebracht, wie er gestern war, als die Ärzte ihm untersagt haben mitzukommen, befürchte ich das auch.«

Nach der Unterredung mit Ed und John hatten sie Harry auf dem Krankenlager aufgesucht. Er hatte sich schneller erholt, als es Eds Leibärzte für möglich gehalten haben. Er war zwar noch lange nicht bei bester Gesundheit, doch er konnte schon selbstständig aufstehen und kleine Runden zurücklegen, ohne direkt vor Erschöpfung einzuknicken.

Es war ungeheures Glück, dass sich die Pfeilwunde nicht entzündet hatte, was nicht selten geschah und war eine Wunde einmal brandig, gab es kaum Hoffnung für den Verletzten. Ed hatte ihn in der Burg untergebracht, damit seine Ärzte schnell zur Stelle waren, falls nötig. William hatte bemerkt, dass auch sein Halbbruder noch vom Sturz in der Schlacht gezeichnet war, auch wenn er versucht hatte diesen Umstand zu verbergen. Das Krächzen einer vorbeifliegenden Krähe löste einen eisigen Schauer aus, der sich über seinen gesamten Körper ausbreitete. Er betete inständig, dass dieser Unglücksbote nur zufällig ihren Weg kreuzte. Doch ein ungutes Gefühl in der Magengegend schürte seine

Bedenken.

Valladolid, Juli 1367

Durstig tastete er nach seinem Weinschlauch, wurde aber nicht fündig. Mühevoll öffnete er seine zugeschwollenen Augen und schloss sie sogleich wieder, da ihn die Helligkeit im Zelt übermannte.

»Godric?« Seine Stimme glich einer zarten Kinderstimme. »Godric!« Wo war dieser verfluchte Bengel nur?

Schwerfällig drehte er sich auf die Seite und versuchte sich mit den Händen von seiner Schlafstätte hochzustemmen. Ihm wurde sofort schummrig und Schwärze machte sich vor seinen Augen breit. Er atmete ruhig ein und wieder aus, wartete einen Moment und versuchte es erneut. Es gelang ihm sich langsam aufzurichten und sich im Inneren des Zeltes umzuschauen.

Die Luft war trocken und staubig, die Sonne schien unbarmherzig aufs Zeltdach. Es musste später Nachmittag sein, schätze er, doch dafür war es merkwürdig still im Lager. Er ließ seinen Blick im Zelt umherwandern und sein Blick fiel auf den abgedeckten Holzeimer in der Ecke.

Die Erinnerung durchzuckte ihn wie ein Blitzschlag, wodurch sich seine Eingeweide schmerzhaft verkrampften. Vor knapp zwei Monaten hatte sich das englische Heer vor den Toren Valladolids niedergelassen. Und seitdem die Tage immer heißer wurden, hatte sich die verdammte Ruhr wie ein Lauffeuer im Lager ausgebreitet. Bis zuletzt hatte er noch daran geglaubt, verschont zu bleiben, doch die Krankheit verbreitete sich so rasant, dass kaum einer davor gefeit blieb.

Ein gleißender Sonnenstrahl fiel ins Zeltinnere, als sich der Vorhang teilte und jemand eintrat.

»Na klar, da ist man einmal pissen, und schon wachst du auf.«

»Rob«, erkannte er erleichtert.

Er zuckte mit seinen massigen Schultern und grinste spitzbübisch. »Bisher nicht.«

»Wie lange war ich krank?« Ihn hatte jegliches Gefühl für Zeit verlassen.

»Ungefähr acht Tage. Du hast uns einen ganz schönen Schrecken eingejagt. Godric hat dich schon totgeglaubt, Mann.« Er griff an seinen Gürtel, löste seinen Weinschlauch und übergab ihn William.

Dankbar setzte er ihn an seine staubtrockene Kehle und spürte, wie der Wein seine Lebensgeister weckte. »Wen hat es von uns noch erwischt?«

Rob setzte sich auf den unbequemen Schemel neben ihn und legte seinen Kopf schräg. »Adam und Godric waren beide zum Glück nur zwei Tage krank. Chandos, aber er scheint über den Berg zu sein, dein Bruder John, doch ihn hat es nur leicht erwischt und …« Er brach ab.

»Und? Rück raus mit der Sprache.«

»Ed.«

William versuchte in seinem Gesicht zu lesen, um

sich auf das Schlimmste vorzubereiten, doch Rob tat ihm diesen Gefallen nicht. »Wie steht es um ihn?«

Sein Freund machte eine abschätzige Geste. »Ganz ehrlich, ich habe ihn noch nie so geschwächt gesehen.«

»Das erbaut mich jetzt nicht gerade, Rob.« Er fuhr sich durch seine ungewaschenen Haare und bemerkte jetzt erst seinen strengen Körpergeruch.

»Er wurde noch am gleichen Tag wie du krank. Doch bei ihm schien der Teufel höchstpersönlich in den Eingeweiden zu sitzen. Ich schwöre es dir …«

»Und das alles nur, weil dieser verfluchte Hurensohn Pedro uns nicht ausgezahlt hat. Ich hätte nicht wenig Lust ihn mir vorzuknöpfen.«

Rob lachte laut auf. »Jetzt gerade würdest du nicht einmal einer Fliege etwas zu leide tun können.« Dann stand er auf und ging zum Zelteingang und streckte seinen Kopf heraus. »Godric, setz deinen verdammten Arsch in Bewegung und bring Lord Plantagenet etwas von der heißen Brühe und einen Kanten Brot.«

Während er den Anweisungen stumm lauschte, bemerkte er wie sein Magen bei dem Gedanken an etwas Essbares zu knurren begann. Na, bitte! Hunger war das beste Zeichen für eine Genesung.

»Und du, Adam, geh und hol frisches Wasser, hier muss sich jemand dringend waschen! Na wird's bald oder soll ich dir Beine machen, du Lümmel?« Rob schloss den Vorhang wieder ordentlich und ging zu der Truhe hinüber, die neben den Schlafstätten der beiden stand.

William sah zu, wie sein Freund suchend in der

Kleidertruhe herumkramte. Ganz unten, unter all seiner Kleidung, ruhte Joans Schatulle mitsamt ihrem Tagebuch, das darauf wartete von ihm gelesen zu werden. Bisher hatte er sich das nicht getraut. Er war sich auch nicht sicher, ob sich das in nächster Zeit ändern würde.

Er schätzte ihre Geste, mit der sie ihm offenbaren wollte, welche ungeahnte Bedeutung er für sie hatte. Es beruhigte ihn Gewissheit darüber zu haben, wer seine leibliche Mutter ist, er hatte sogar das Gefühl, dadurch wie eine Art inneren Frieden zu spüren. Welchen Mehrwert sollte das Tagebuch also für ihn haben? Wollte er überhaupt wissen, was dort geschrieben stand?

Rob unterbrach seinen Gedankensprung. »Da haben die beiden Bengel tatsächlich die Füße hochgelegt und Däumchen gedreht! Es wird Zeit, dass sich hier etwas tut«, murmelte er mehr zu sich selbst als zu William. Dann schien er fündig geworden zu sein, zog ein großes Laken heraus und legte anschließend saubere Kleidung für William parat. »Und nach dem Waschen sollte dir Adam den Bart stutzen. Du siehst aus wie ein Wilder!«

»Die Mutterrolle steht dir!«, erwiderte er trocken und konnte gerade noch seinen Arm schützend vors Gesicht halten, sodass das frische Wams an ihm abprallte.

Ein befreites Lachen erfüllte das Zelt.

Bereits wenige Wochen später hatte Pedro mit seinem verhassten Halbbruder Enrique Frieden geschlossen. Infolgedessen hatte Ed ihren Aufbruch nach Bordeaux befehligt. Natürlich hatte sie Pedro mit den ausstehenden Zahlungen auf das kommende Jahr vertröstet.

Angeblich wollte er die Summe mit einer neuen Steuer einnehmen und sie ihnen dann umgehend zukommen lassen. Doch im Grunde wussten alle, dass er nie bezahlen würde, und das machte die Situation so unerträglich für alle.

Der Rückweg stellte sich als beschwerlicher heraus als ihr Hinweg. Die Hitze war kaum auszuhalten. Die schwüle Sommerluft wog schwer wie Blei und machte Pferd und Reiter gleichermaßen zu schaffen. Mehr noch als das Wetter setzte ihnen jedoch die Ruhr zu. Krank waren nur noch wenige, aber viele waren immer noch geschwächt und so ging es nur schleppend voran. Insgeheim dankte William Gott für die drückende Hitze, vermutlich schreckte das selbst die Kastilier ab. Was ein Glück! In ihrem Zustand hätten sie ansonsten einen jämmerlichen Anblick geboten und wären leicht zu schlagen gewesen.

Ganze zwei Wochen brauchten sie, bis sie endlich die ersehnten Stadtmauern von Bordeaux am Horizont vor sich aufragen sahen. Zwei Knappen waren bereits vor mehreren Stunden vorausgeritten, um die Burgbewohner auf einen gebührenden Empfang der heimkehrenden Armee vorzubereiten und sie wurden nicht enttäuscht.

Noch bevor die Wachmänner auf der Wehrmauer groß genug waren, um sie richtig zu erkennen, öffneten sich die Stadttore unter lautem Ächzen, das sogar auf die Entfernung zu vernehmen war, und offenbarten den Blick auf vier Pferde, die noch aus dem Stand heraus angaloppierten. Der Wind zerzauste die wallende

Mähne der Pferde und die blonden Haare der vordersten Reiter – Reiterinnen, korrigierte sich William in Gedanken. Das Tempo der Vier war schnell und so wurden die schemenhaften Umrisse schnell deutlicher.

Es waren seine Mutter Joan und seine Frau Ava, in Begleitung von zwei unbekannten jungen Männern, vermutlich Tor- oder Leibwächter. William bemerkte, wie sein Herz in der Brust wild zu tanzen begann. Doch nicht nur er verspürte Aufregung, aus dem Augenwinkel nahm er wahr, wie Ed unruhig im Sattel hin und her rutschte.

Mit einem Mal zügelte der Thronfolger sein Pferd, stieg ab und übergab die Zügel seinem Knappen. Mit einem beiläufigen Blick brachte er die erste Reihe zum Stehen und mit dieser das gesamte Heer. Dann straffte er seine Schultern und schritt seelenruhig den Reitern entgegen. Joan tat es ihm gleich, brachte ihr edles Tier zum Stehen und wartete gar nicht erst darauf, dass einer der Männer ihr beim Absteigen half, sondern sprang förmlich aus dem Sattel und lief Ed mit gerafften Röcken entgegen. Keinen der beiden schien es zu interessieren, wo sie sich befanden oder wer ihnen zusah. Weinend fiel Joan Ed um den Hals und ließ ihren Gefühlen freien Lauf. Beruhigend streichelte Ed ihr über den Rücken und flüsterte ihr etwas ins Ohr, woraufhin sie ihn innig küsste. Dann nahm Ed seine Frau bei der Hand und machte sich mit ihr zu Fuß zum Stadttor auf.

Das Heer in Williams Rücken war mucksmäuschenstill, alle verfolgten gebannt diese einmalig intime Szenerie, die sich ihnen bot.

»Hiervon werden wir noch unseren Kindeskindern erzählen!«, amüsierte sich Rob.

»Ja, sowas bekommt man nicht alle Tage geboten.« Mit einer Mischung aus Befremden und Achtung sah Harry dem Paar hinterher und fuhr sich mit dem Ärmel über die schweißnasse Stirn.

William war froh, dass sein Freund aufrecht neben ihm im Sattel saß, dank Eds Leibärzten, die ihn in den letzten Monaten gesund gepflegt hatten. Bei der Verwundung, die er davongetragen hatte, war es nicht selbstverständlich, so schnell wieder auf einem Pferd zu sitzen.

»Ich glaube, da wartet jemand sehnsüchtig auf dich.« Johns Worte holten ihn aus seinen Gedanken und er folgte seinem Blick.

Keine zehn Schritte von ihm entfernt, hatte nun auch Ava Halt gemacht und sah ihm freudestrahlend entgegen.

Rob seufzte ungeduldig. »Worauf wartest du, Mann? Geh schon zu ihr, desto eher können wir anderen endlich in den Schatten …«

Lachend drückte William seinem Hengst die Fersen in die Seite und schob ihn so dicht neben Avas Stute, dass sie einander die Hände reichen konnten.

»Will! Oh, dem Himmel sei Dank!« Ihre Stimme überschlug sich fast, so aufgeregt war sie. »Wir haben so lange nichts von euch gehört, wir waren halb krank vor Sorge.«

Dann haben wir etwas gemeinsam, dachte er nüchtern. Er biss sich auf die Lippe und bemühte sich seine

Wut auf Pedro hinunterzuschlucken, nichts sollte seine Wiedersehensfreude überschatten. »Du kannst dir nicht vorstellen, wie sehr ich diesen Tag herbeigewünscht habe, um wieder bei dir zu sein, Ava! Auf englischem Boden!«

Sie nickte und lächelte zerknirscht. »Vielleicht hast du deinen Wunsch gar zu offen formuliert ... in deiner Abwesenheit hast du einen Brief vom König erhalten.«

Das überraschte ihn keineswegs. Er konnte sich gut vorstellen, was in diesem Brief stand, hatte er damit doch gerechnet. »Dann sollten wir uns alsbald auf eine Reise nach England vorbereiten!« Dann senkte er seine Stimme um ein Vielfaches. »Doch vorher feiern wir unser Wiedersehen ...«

Das Kichern war heraus, ehe sie es unterdrücken konnte.

Er zwinkerte ihr verschwörerisch zu und sie folgten Ed ohne weiteres zu sagen, Hand in Hand.

Windsor Castle, Januar 1368

Williams Knie fingen langsam an unangenehm zu schmerzen. Möglichst unauffällig versuchte er das Gewicht ein wenig von links nach rechts, dann von rechts nach links zu verlagern. Das verschaffte ihm zumindest kurzzeitig Linderung. Mehr als drei Stunden verharrte er nun bereits auf seinen Knien, was ihm das Läuten der Kirchturmglocke verriet, das er auch hier in der

Empfangshalle wahrnahm.

Er hielt seinen Kopf gesenkt und starrte auf den Fußboden. Vor einem knappen Jahr hatte er bei seinem Ritterschlag an derselben Stelle gekniet. Direkt vor seinen Knien erstreckten sich die wenigen Stufen, die zu den prunkvollen Thronsesseln emporführten. An der Wand dahinter war ein riesiges Banner mit dem königlichen Wappen angebracht. In seinem Rücken hörte er das Getuschel der Höflinge, die sich mit ihm in der Halle aufhielten. Es gab schließlich nicht alle Tage einen Sohn des Königs kniend am Fuße des Throns zu sehen. Er hatte damit gerechnet, dass Edward es ihm nicht leichtmachen würde und eine andere Wahl, als es duldsam über sich ergehen zu lassen, hatte er nicht. Nicht, wenn er Edward milde stimmen wollte, und das wollte er.

Das leise Knarren einer Tür ließ das Gemurmel hinter ihm lauter werden. William hob den Blick und sah aus dem Augenwinkel, dass Edward die Halle betreten hatte. Belgeitet wurde er von einer vornehm gekleideten jungen Dame, dessen Gesicht er von seiner Position aus nicht erkennen konnte.

Mit großen Schritten ging Edward ungeachtet an ihm vorbei, stieg die drei Stufen zum Thron empor und setzte sich. Seine Begleiterin begab sich zu den übrigen Höflingen und als sie ihm ihr Gesicht zuwandte, durchfuhr William ein Geistesblitz. Das konnte nur Alice Perrers sein! Ein paar Strähnen ihres kastanienfarbenen Haars hatten sich aus ihrer Flechtfrisur gelöst und legten sich fast malerisch um ihr makelloses Gesicht. In ihrer schmalen Hand hielt sie einen buntbemalten seidenen Fächer, mit dem sie sich unter halbgeschlossenen Lidern über ihr Dekolleté hinweg Luft zufächelte. Ihr Blick war unversehens auf Edward gerichtet, der ihre Blicke wie gebannt erwiderte. William erinnerte sich an die Gespräche mit John, der ihm von Alice berichtet hatte. Sie war vor einem Jahr als Hofdame in den Haushalt von Philippa getreten. Und nachdem die Königin erkrankt war und sich bisher nicht wirklich erholt hatte, ist Alice zur Mätresse des Königs aufgestiegen. John hatte ihn vorgewarnt, dass sie ihren Einfluss auf Edward nicht unterschätzen sollten.

»Nun, Wir hörten Ihr wolltet Uns sprechen.«

Das entsprach zwar nur der halben Wahrheit, da Edward ihn zu sich zitiert hatte, noch bevor er wirklich englischen Boden unter seinen Füßen hatte, doch William widersprach ihm nicht. Er wusste, es war klüger ihm recht zu geben. Er hob seinen Blick und sah seinem Vater fest in die Augen. »Ich möchte Eure königliche Hoheit um Vergebung bitten.«

Edward nickte auffordernd. »Wir warten.«

William atmete tief ein. »Sire, ich, William Plantagenet, bitte Euch untertänigst um Vergebung, dass ich mich über Euren Wunsch hinweggesetzt und ohne Eure Erlaubnis Lady Aveline zur Frau genommen habe.«

Der Angesprochene schnalzte mit der Zunge und schlug mit der flachen Hand auf die Lehne des Thronsessels. »Der Apfel fällt eben nicht weit vom Stamm!«

William konnte nicht ausmachen, ob der Tonfall

seines Vaters bitter oder amüsiert klang, die Anspielung auf seine Mutter verstand er aber.

Es vergingen einige Sekunden, ehe Edward erneut das Wort an ihn richtete und ungeduldig in seine Richtung gestikulierte. »Jetzt erhebt Euch schon um Gottes Willen.«

William tat wie ihm geheißen, stand langsam aus seiner erstarrten Position auf und ließ seinen Rücken knacken.

Edward verzog die Mundwinkel. »Hätte ich Euch als jungen Burschen öfter mal vor mir knien lassen müssen? Vielleicht wäre Euch Eure Stellung dann bewusster gewesen.«

Diese Spitze hatte gesessen. »Sire, ich bitte Euch. Zu keinem Zeitpunkt habe ich meine Stellung vergessen!«

»Ach nicht? Seltsam, Wir hatten den Eindruck, dass Ihr sehr wohl vergessen habt, wem Ihr Euren Gehorsam schuldig seid.«

»Das habe ich nicht, Sire.«

»Und wie erklärt Ihr Euch dann, dass Ihr gegen Unseren ausdrücklichen Wunsch gehandelt habt? Oder sollte Euch Eure Frau gar gegen Euren Willen geheiratet haben?«

Die Höflinge begannen zu kichern. William konnte sich vorstellen, dass sie diese Posse genossen. Irritiert hob er seine linke Augenbraue in die Höhe. »Wohl kaum, Sire.«

Edward hob seinen beringten Zeigefinger und deutete auf ihn. »Ihr habt Euch schändlich verhalten. Ihr habt Uns den Gehorsam als Sohn versagt. Lord

Warwick und seine Tochter habt Ihr mit Eurem eigenmächtigen Handeln vor den Kopf gestoßen. Zu guter Letzt habt Ihr auch gegen den Codex der Ritterschaft verstoßen, indem Ihr Euch über den Willen Eures Lehnsherrn hinweggesetzt habt.«

William wusste, Ziel dieses öffentlichen Schauspiels war es, dass er sich demütig zeigte. Edward wollte seine Ergebenheit vor aller Augen dargelegt bekommen. »Ich bin mir der Tragweite meines eigenmächtigen Handelns bewusst und ersuche aufrichtig um Vergebung, Sire. Die einzige Erklärung, die ich vorbringen kann, ist, dass mich mein Herz geleitet hat. Doch ich möchte auch betonen, dass ich zu keiner Zeit der Krone meine Dienste versagt habe. So mein Herz Lady Aveline gehört, so gehört mein Schwertarm England und somit auch Euch, Sire. Mein Einsatz in Nájera stellt nur einen Bruchteil meiner unerschütterlichen Treue gegenüber der Krone dar.«

Mit zu Schlitzen verengten Augen musterte Edward ihn aufmerksam. Doch die anfängliche Kälte war aus ihnen verschwunden. »Wie Uns zu Ohren gekommen ist, seid Ihr für Euer Handeln bereits genügend gestraft worden.«

William biss die Zähne aufeinander. Er verstand die Andeutung auf den Verlust seines Knappen. »Ja, Sire.«

»Nun denn.« Der König erhob sich langsam und trat gemessenen Schrittes vor ihn, bis sie nur noch wenige Stufen voneinander trennten. Von hier aus konnte William die vielen silbrigen Strähnen sehen, die Edwards ursprünglich rabenschwarzen Haare und Bart durchzogen, was ihn nur noch majestätischer wirken ließ.

Ein paar Atemzüge verweilte Edward vor ihm, dann streckte er ihm seine rechte Hand entgegen. William ergriff sie ehrerbietig und küsste den Siegelring, den sein Vater trug. Daraufhin schloss ihn Edward in seine Arme und raunte ihm zu: »Die Schlacht hat dir nicht geschadet, mein Sohn. Du hast England als Junge verlassen und bist als Mann zurückgekehrt.«

William straffte seine Schultern ob dieser anerkennenden Worte. Sein Vater hatte Recht mit dem, was er sagte, die vergangenen Monate hatten ihn verändert und das nicht nur äußerlich.

Erschöpft streckte er seine Glieder lang auf dem Bett aus und gähnte herzhaft. Ava saß in der Fensternische, mit den Armen hielt sie ihre Beine fest umschlungen. Den Kopf hatte sie zum Fenster gewandt. Aufmerksam hatte sie seinen Ausführungen über das Gespräch mit Edward gelauscht.

Er besah sich ihr Profil. Ihr geflochtener Zopf fiel ihr bis auf die Hüfte. »Komm her zu mir.«

Sie erhob sich nur langsam, als könne sie den Blick vom herrlichen Garten nur schwer abwenden. Doch er ahnte, dass es ihre Gedanken waren, die sie stattdessen festhielten.

Auffordernd streckte er ihr seine Hand entgegen, zog sie an sich und streichelte sanft über ihre weichen Haare.

Dann durchbrach sie die Stille. »Wann, meinst du,

wird der König uns beide empfangen?«

»Hm«, machte William abschätzig. »Ich denke, er wird uns nur noch zum Schein ein wenig warten lassen.«

»Ob er mich hasst?«

Verwundert schaute er sie an. »Wie kommst du denn darauf?«

»All die Aufregung und all das Leid der vergangenen Monate ist nur wegen mir entstanden.«

»Dawnay war auch vor unserer Heirat ein Hurensohn. Wer weiß, wozu es gut war, dass er uns sein wahres Gesicht auf diese Weise gezeigt hat.« Er legte seinen Zeigefinger unter ihr Kinn und küsste sie auf den Mund. Ihre Lippen schmeckten salzig. Sie hatte geweint. Er zog sie enger an sich.

Sie senkte ihren Blick. »Ich fühle mich nur so schuldig für das, was geschehen ist … was mit Humphrey geschehen ist.«

Williams Blick wurde leer. »Humphrey wusste, wie waghalsig seine Verfolgungsjagd war. Er war alt genug, um die Situation einschätzen zu können. Leider hat er Mut mit Torheit verwechselt. Er hätte es besser wissen müssen. Ich hätte es besser wissen müssen und ihm anderes lehren müssen. Doch seine Entscheidungen haben in keiner Weise etwas mit dir zu tun.« Er umfasste ihr Gesicht und küsste ihre Nasenspitze.

»Dawnay hat ihm das Leben genommen. Nicht du. Also mach dich nicht verantwortlich für die Taten schlechter Menschen, Ava. Er allein war verantwortlich für sein Handeln. Niemand sonst. Hörst du?«

Sie nickte leicht, sagte aber nichts.

»Mein Vater ist darüber erzürnt, dass ich mich über seinen Wunsch hinweggesetzt habe Lady Juliana zu heiraten. Das hat rein gar nichts mit dir zu tun. Das ist eine Sache zwischen ihm und mir. Er zweifelt nicht an meiner Treue zur Krone. Er weiß ganz genau, welchen Teil ich zu unserem Sieg in Nàjera beigetragen habe und dass ich Ed das Leben gerettet habe. Dennoch kann er nicht einfach so über meinen Ungehorsam hinwegsehen. Offiziell hat er mir zwar verziehen, der Hof erwartet jedoch, dass er mich noch ein wenig auf Distanz hält. Aber das Wichtigste ist, er hat verstanden, welche Bedeutung du für mich hast, das habe ich in seinen Augen lesen können. Du gehörst an meine Seite, Ava. Ganz gleich, welche Steine uns in den Weg gelegt werden. Du bist mein und ich bin Dein. Daran wird nichts und niemand etwas ändern!«

Zur Antwort legte sie ihren Kopf auf seine Brust und schmiegte sich fest an ihn. »Ich bin schwanger, Will.«

Er traute seinen Ohren nicht. »Was?«

»Ich trage ein Kind unter meinem Herzen.« Sie flüsterte fast.

Williams Herz machte einen kräftigen Satz. »Ist das dein Ernst?« Er nahm ihr Gesicht wieder in beide Hände und küsste sie euphorisch. »Das ist das schönste Geschenk, das du mir machen konntest!« Dann legte er seine Hand behutsam auf ihren Bauch und befühlte diesen. Zu seinem Bedauern zeichnete sich ihre Schwangerschaft noch nicht ab.

Sie lächelte und wieder rannen ihr Tränen über die

Wangen, doch dieses Mal vor Freude.

Wider Erwartens ließ der König sie bereits am nächsten Abend zu sich rufen. William berührte beim Gehen sachte ihre Hand und riskierte einen Seitenblick auf seine angespannte Frau. Ihre Brust hob und senkte sich schnell unter den floralen Stickmustern ihres gelben Seidenkleides.

»Nur die Ruhe.« Seine Stimme war gedämpft als die großen Flügeltüren von Edwards Privatgemächern geöffnet wurden.

»Ah!«, ertönte es von der hintersten Ecke des Raumes. »Da ist ja die Frau, die meinem Sohn den Kopf verdreht hat! Kommt her zu mir, damit ich Euch betrachten kann, mein Kind.« Edward saß auf einem schweren Brokatsessel, der vor den Fenstern stand. In der Fensternische saß Alice Perrers mit einem reichverzierten Weinpokal in der Hand und schaute ihnen neugierig entgegen.

William legte Avas zierliche Hand auf die seine und führte sie zum König. Galant stand dieser von seinem Platz auf und ergriff die ihm dargebotene Hand.

Ava sank in einen tiefen Knicks und senkte ehrfürchtig ihren Kopf. Der Stoff in ihrem Ausschnitt spannte sich etwas und eröffnete eine herrliche Aussicht auf ihr pralles Dekolleté.

Er nahm den Blick des Königs sehr wohl wahr, der für den Hauch eines Wimpernschlags auf diesem ruhte, ehe er einen Handkuss andeutete. »Entzückend, Will. Ihr habt nicht zu viel versprochen.« Edward zwinkerte ihm verschwörerisch zu. »Erhebt Euch, meine Liebe.« Dann wandte er sich zu Alice. »Lady Alice, darf ich vorstellen, mein Sohn William und seine Gemahlin Lady Aveline.«

Alice lächelte ihnen offen entgegen. Sie musste etwa im gleichen Alter sein wie er, mutmaßte er. »Ich bin hocherfreut.« Sie klopfte einladend auf die gepolsterte Fensterbank. »Setzt Euch zu mir, Lady Ava. Ich bin so frei, Euch so zu nennen. Meine Magd berichtete mir, dass Euch niemand beim vollen Namen nennt. Bin ich da richtig informiert?«

Ava verbarg ihr Erstaunen gekonnt und setzte sich mit etwas Abstand neben Alice. »Ganz recht. Ihr seid richtig unterrichtet worden, Lady Alice.«

»Oh bitte, nennt mich einfach Alice.« Ohne Scheu griff sie nach Avas Hand.

»Gerne, Alice.«

Edwards Blick wanderte von der einen zu anderen und sein Gesicht strahlte wie das eines kleinen Jungen. »Schön, schön!« Dann klatschte er einmal laut in die Hände. »Wo bleibst du, Junge? Schenk Unseren Gästen Wein ein.«

Aus dem Schatten neben der Flügeltür kam ein kleiner, höchstens zehnjähriger Junge gespurtet. Es fehlte nicht viel, dann wäre er über seine eigenen Füße gestolpert. Unbeirrt stellte er zwei zusätzliche Weinpokale auf den runden Holztisch, schenkte ihnen frischen Wein ein und trat anschließend wieder lautlos den Rückzug an.

»Als dann, auf eure sichere Heimkehr nach

England!« Der König erhob seinen Pokal und prostete ihnen über den Rand hinweg zu.

William setzte sich seinem Vater gegenüber in einen nicht minder bequemen Sessel und nahm aus dem Augenwinkel wahr, wie sich Alice zu seiner Frau hinüberbeugte und ihr etwas ins Ohr flüsterte.

»Wie ich bereits hörte, habt Ihr eine gute Figur in Kastilien gemacht. Doch sagt mir, wie es Ed nach der Belagerung von Valladolid geht. Johns Beschreibungen waren nur vage.«

William schaute sich scheinbar interessiert den Inhalt seines Pokals an. »Was hat John denn geschrieben?«

»Nicht viel. Nur, dass Ed noch nicht bei voller Gesundheit ist.«

»Ed ist noch leicht geschwächt, ja«, erwiderte er kurz angebunden. Er wusste nicht recht, was er antworten sollte. Was, außer Sorgen, würde es bringen, wenn er seine Befürchtungen mit ihrem Vater teilte? Also fasste er in die Innentasche seines rostbraunen Bliauts und übergab Edward, statt weiterer Ausführungen, ein kleines, hölzernes Kästchen. »Das war ein Geschenk Pedros an die Krone.«

Der König nahm das Kästchen entgegen und öffnete es. Zum Vorschein kam der afghanische Spinell. Er streifte ihn über den Ringfinger und hielt seine Hand vor sich ausgestreckt, um den tiefroten Edelstein in all seinen Facetten zu begutachten. »Ihr habt ein Talent Themen zu umschiffen.« Seine Augen funkelten bedrohlich als er William in die Augen schaute.

Er wandelte auf einem schmalen Grat. »Ehrlich

gesagt, hatte ich gehofft, John würde dieses Gespräch mit Euch führen«, seufzte er.

»Doch John ist zunächst zu seinen Besitzungen geritten. Also, ich warte, Will.«

Jetzt muss ich es ausbaden. Schönen Dank auch, John! »Wir machen uns auch Gedanken um seinen Geisteszustand. Er ist …« Sein Blick glitt hinüber zu den Frauen.

»Sprecht ruhig offen. Ich habe keine Geheimnisse vor Alice.« Er schenkte ihr ein herzerwärmendes Lächeln.

William war nicht verwundert über das Vertrauen, dass er seiner Mätresse entgegenbrachte. Allerdings war er weniger davon angetan vor ihr über die politischen Verhältnisse, geschweige denn über Eds Gemütszustand zu sprechen. Doch ihm blieb scheinbar keine andere Wahl. »Ed ist tief erschüttert. Wir hatten uns den Feldzug in Kastilien alle anders vorgestellt. Nach dem Sieg waren wir beflügelt und hatten gehofft, Enrique in die Knie zwingen zu können. Dass Pedro uns so hintergeht, nicht nur nicht zahlt, sondern hinter unserem Rücken auch noch Frieden mit seinem Halbbruder schließt … das haben wir nicht kommen sehen.«

Edward zeigte ein spöttisches Lächeln. »Pedro ist seit jeher eine Ratte.«

»Ja, er hat unsere Allianz zu seinem eigenen Vorteil verraten. Doch ich habe so ein Gefühl …« Bei der Suche nach den passenden Worten, legte er seine Stirn in Falten. »Enrique ist noch weniger zu trauen als ihm. Ich bin gespannt, wann sie einander erneut an die Gurgel gehen.«

»Nach dem zu urteilen, was meine Kundschafter herausgefunden haben, plant Enrique bereits eine erneute Machtübernahme. Ed hätte Bertrand du Guesclin besser nicht freilassen sollen!«

»Der Feldzug hat unsere Kriegskasse bis auf den Grund geleert. Ed brauchte das Lösegeld! Und wenn das bedeutet, dass Pedro gestürzt wird, soll es mir recht sein. Auf seine Unterstützung gegen Frankreich können wir sowieso nicht mehr bauen.« Er geriet erneut ins Stocken. »Zudem war Ed Ende des Jahres gezwungen eine neue Steuer zu erheben, um zumindest einigermaßen auf die Beine zu kommen. Das sorgte bei seinen Vasallen natürlich für einigen Unmut. Zwar verstehen sie seine prekäre Lage, doch sind sie durch den Feldzug bereits arg gebeutelt. Eds Berater haben ihn vor inneren Unruhen gewarnt. Das alles nagt an ihm ...«

»Hm.«

»Ich habe ihn noch nie so gesehen. Bei unserem Aufbruch nach England, schien er ... entmutigt, was unsere langfristigen Pläne auf die französische Krone angeht. Entmutigt und kraftlos«, schloss William betrübt.

Mit einem Mal sah man Edward das Alter an, seine Augen wirkten müde. »Er wird sicherlich seine Zeit brauchen«, sagte er mehr zu sich selbst als zu William. Dann nahm er einen tiefen Zug aus dem Pokal und stellte ihn vor sich auf den Abstelltisch. »Wie geht es meinen Enkeln?«

Dankbar ergriff er den rettenden Strohhalm und erzählte von Edward und dem kleinen Richard, die sich beide prächtig entwickelten. Edward war tatsächlich der kleine Sonnenschein am Hof von Aquitanien. Richard war noch etwas zu klein, doch auch er schien der Welt aufgeweckt und interessiert entgegenzukrabbeln. Vielleicht würden sie es schaffen Ed aufzumuntern und Joan würde sicher auch ihren Teil dazu beitragen. Doch aus irgendeinem Grund war seine Hoffnung getrübt.

»Nun, um ehrlich zu sein, habe ich erwartet, Ihr würdet Fragen stellen.« Edward schlug seine Beine übereinander und nahm ihn in Augenschein, nachdem er das Thema so abrupt wechselte.

»Die Ausführungen meiner Mutter waren recht ausführlich.« Er sprach ihren Namen absichtlich nicht aus, denn er argwöhnte, dass Alice sie belauschte.

Der König gluckste. »Ach hat sie das?« Dann wurde er schlagartig wieder ernst. Sein Blick glitt in die Ferne. »Wisst Ihr, Joans Vater, war mein Halbonkel. Er musste im Kampf um meine Thronbesteigung sein Leben lassen. Sie war zu der Zeit keine vier Jahre alt. Und ich fühlte mich für sie verantwortlich. Ich war es ihrem Vater schuldig, ihr ein gutes Leben zu ermöglichen. Nur deshalb versprach ich sie an den Sohn meines besten Freundes, William Montague. Hätte ich das nicht getan, wäre ihr Leben wahrscheinlich anders verlaufen, vielleicht weniger umständlich …«

»Ihr sprecht von der Nacht, als Ihr Nottingham Castle gestürmt und Roger Mortimer in die Knie gezwungen habt?«

Sein Vater nickte gedankenversunken. »In jener Nacht wurde in jeglicher Hinsicht Geschichte geschrieben. Die von England, die meine und, wie du siehst, auch die von Joan …«

» … wer weiß, ob ich hier sitzen würde, hättet Ihr nicht im Sinne eures Halbonkels entschieden.«

»So oder so, die Geschichte steht geschrieben. Entscheidend ist jetzt, was in der Gegenwart geschieht.« Er musterte William eingehend. »Ich muss Euch wohl nicht an die Brisanz Eurer Herkunft erinnern. Ihr wisst, was auf dem Spiel steht, sollte das Geheimnis jemals gelüftet werden, nicht wahr?«

»Es liegt mir nichts ferner als es aufzudecken, Sire. Ihr tatet gut daran, ihre Identität zu bewahren. Und ich weiß, dass meine Verbindung mit Ava noch zusätzlich Öl ins Feuer gießt, was die Thronfolge betrifft, doch bin ich im Gegenzug auch bereit dementsprechend die Konsequenzen für mein Handeln zu tragen. Um jedwede Zweifel aus dem Weg zu schaffen, werde ich ein Schreiben aufsetzen lassen, das meine Nachkommen und mich aus der Thronfolge ausschließt. Ich möchte ein für alle Mal klare Verhältnisse schaffen.«

Edward nahm Blickkontakt mit ihm auf. »Ja, ich würde es durchaus begrüßen, wenn sich meine Söhne nicht so zerstreiten wie die von Henry II.«

William verstand genau, worauf der König hinauswollte. Jedes kleine Kind in England kannte die Geschichte vom Kampf um die Nachfolge Henry II. Genau wie Edward hatte auch Henry mehr als fünf erwachsene Söhne und um jedem gerecht werden zu können, teilte er das Reich unter ihnen auf. Jedoch anders als bei ihnen, hassten sich die Brüder und es kam wiederholt zu hässlichen Intrigen und inneren Unruhen. Die bekanntesten Brüder waren Richard Löwenherz und John Ohneland. Letzterer bestieg schlussendlich nach dem Tod von Löwenherz den Thron und obwohl er der noch einzig lebende Sohn war, hatte er große Mühen das Land zu befrieden.

Er sah seinem Vater entschlossen entgegen. »Ich habe und werde niemals auch nur ansatzweise einen Gedanken daran verschwenden in der Thronfolge aufgeführt zu werden. Ich weiß zu schätzen, dass mein Name nach Euren legitimen Erben eingetragen steht, doch lege ich darauf keinen Wert! Meine bedingungslose Liebe gilt der Krone. Ich werde Euch und Ed als Euren Nachfolger, wie auch nach ihm seinem Sohn treu ergeben sein. Daran hat auch meine Heirat mit Ava nichts geändert.«

Edward nickte. »Das weiß ich. Sonst säßen wir nun nicht hier.« Er griff nach seinem Wein, trank einen weiteren Schluck und fuhr nachdenklich mit dem Finger über den Rand des Pokals.

»Erinnert Ihr Euch daran, was ich einmal zu Euch sagte? Ihr nehmt Euer Schicksal selbst in die Hand, ganz so wie William der Eroberer. Mit Eurem Namen geht also tatsächlich ein Zauber einher … seid Ihr oder seid Ihr kein Auserwählter, William Plantagenet? Das ist die entscheidende Frage.«

William war klar, dass Edward keine Antwort erwartete, doch selbst wenn, hätte er nicht gewusst, was er hätte erwidern sollen. Er erinnerte sich noch sehr gut an das Gespräch bei ihrem gemeinsamen Ausritt, ganz so als lägen nicht bereits Jahre dazwischen. Hatte sein Vater recht: Wurde er seinem Namensgeber wirklich gerecht?

Er spürte Edwards Blick auf sich ruhen und erwiderte diesen geruhsam. Es wurde ein langer, intensiver Blick, den sie austauschten.

»Wir werden es wohl früh genug gewahr werden, welcher Weg für Euch bestimmt ist …« Nachdenklich fuhr sein Vater mit dem Zeigefinger über den Rand des Pokals. »Wo Ihr gerade Eure Vermählung ins Spiel bringt, ich muss wohl nicht erwähnen, dass Ihr den Earl of Beauchamp bloßgestellt habt. Ihr habt Euch vor dem Verlöbnis gedrückt, wie ein kleiner ungehöriger Bengel.«

Gescholten senkte er seinen Kopf. »Das ist mir bewusst. Allerdings hätte ich einen gleichwertigen Ersatz, der meiner statt gerne um Lady Julianas Hand anhalten würde und der Lord Warwick milde stimmen könnte.«

»Ach, schau an. Und wer soll das sein?« Des Königs Interesse war geweckt.

»Mein Freund Harry Fitzhenry.«

»Grosmonts Bastard?« Edward legte seinen Kopf schräg. »Wer ist seine Mutter?«

»Anne Littlebury.«

»Hm … Ich meine mich daran zu erinnern, dass ihr Mann in der Schlacht bei Crécy gefallen ist.« Er fuhr sich mit der Hand über seinen silberdurchwirkten Kinnbart. »Ich werde darüber nachsinnen«, versprach er.

Plötzlich unterbrach ein Kreischen ihre

Unterhaltung. »Ich wusste es! Ihr seid wirklich guter Hoffnung, Ava!« Alice klatschte wie ein kleines Kind aufgeregt in die Hände.

Edward zog eine Augenbraue in die Höhe, sah erst ihn an und betrachtete dann seine Schwiegertochter eingehend. »Ist das wahr?«

Avas Wangen bekamen rote Flecken und ein wissendes Lächeln umspielte ihren Mund. »Ja, Sire.«

»Dann kommt mein Anliegen ja noch zur rechten Zeit«, entgegnete er entzückt.

»Welches Anliegen?« Er hoffte nicht, dass Edward ihn erneut aufs Festland schicken würde. Er hatte England zu schmerzlich vermisst, als dass er es bereits wieder verlassen wollte.

»Vor mir sitzt der neue Earl of Dorset.« Er legte eine künstliche Pause ein, um Williams verdatterten Gesichtsausdruck auszukosten.

Verständnislos sah er ihn an. »Was?«

»Ich möchte Euch Dorsetshire als Lehen übertragen. Corfe Castle ist nicht mehr im allerbesten Zustand und das möchte ich gerne behoben wissen. Ihr seid jung und dazu ein Macher, protzt förmlich nur so vor Energie und Tatenkraft. Gestaltet es meinethalben nach Euren Vorstellungen um und setzt den grauen Kasten in Stand.«

Earl of Dorset! Ihm fehlten die Worte. Er bekam endlich einen Titel und eigene Ländereien! Und dazu lag die Grafschaft im südwestlichen Teil Englands, direkt neben Devonshire und damit nur einen knappen Tagesritt von Robs Besitzungen entfernt. Der König hatte Dorsetshire ganz sicher mit Bedacht gewählt. William musste sich zusammenreißen, um seine Haltung zu wahren. »Sire, ich weiß nicht was ich sagen soll …«

Der König winkte ab und legte ein zufriedenes Grinsen auf. »Betrachtet es als mein verspätetes Hochzeitsgeschenk an Euch, William Plantagenet, Earl of Dorset.«

Corfe Castle, Juli 1368

»Es ist ein Junge, Eure Lordschaft!«, rief Mary, die Amme des Kleinen, freudestrahlend, als sie mit einem kleinen Bündel in den Armen die kleine Halle betrat.

Erschrocken sprang William von der Sitzbank auf und rieb sich nervös seine klammen Hände am Wams trocken. »Ich bin Vater!« Seine Stimme überschlug sich fast vor Freude. Sogleich wurde er schlagartig ernst und wechselte einen besorgten Blick mit Harry, der sich gemeinsam mit ihm die Nacht um die Ohren geschlagen hatte. »Wie geht es Ava?« Ihre erbarmungslosen Schreie waren in jeder Ecke der Burg zu hören gewesen. Geschlagene dreimal stand er vor ihrem Gemach und hatte um Einlass gebeten, damit er seiner Frau beistehen konnte, doch sie hatten ihn nicht eingelassen. Die Hebamme hatte gemeint, es sei nicht förderlich, wenn ein Mann der Geburt beiwohnen würde. Er hatte zwar lautstark protestiert, genützt hatte es aber nichts.

Mary lächelte etwas schüchtern. »Sie ist erschöpft,

aber wohlauf! Ihr könnt gleich zu ihr gehen, wenn Ihr das wünscht.«

Er atmete hörbar aus und küsste das silberne Kreuz, das er an einem Lederband um den Hals trug. Mit einem Mal fiel die ganze Anspannung von ihm ab.

»Gott sei es gedankt!« Erleichtert bekreuzigte sich Harry.

Ein paar Schritte vor William blieb Mary stehen. Er hatte bereits bemerkt, dass sie ihm seit ihrer Ankunft auf der Burg mit großer Ehrfurcht begegnete. Eine der Küchenmägde hatte Mary als Amme vorgeschlagen, da ihr eigenes Kind vor wenigen Tagen verstorben war. Mary war schätzungsweise vierzehn oder fünfzehn Jahre alt und unverheiratet, daher hatte sie die Anstellung dankend angenommen.

»Wollt Ihr Euren Sohn einmal halten, Mylord?«

Überwältigt trat er ihr entgegen und nahm ihr das zerbrechliche Wesen behutsam ab. Langsam trat er mit dem Säugling ins Licht der ersten Sonnenstrahlen, die durch die reichverzierten Fensterscheiben fielen. Fasziniert betrachtete er seinen Sohn. Sein Schopf war so voll und pechschwarz wie seiner. Die Augen hatte er fest zusammengekniffen und den Mund zu einer drolligen Schnute geformt. Vorsichtig strich er ihm mit dem rechten Zeigefinger über das Stupsnäschen, woraufhin er ihm grienend seine kleine Faust entgegenstreckte. »Da scheint mir jemand direkt kampfbereit zu sein. Also ein echter Plantagenet«, schloss er glucksend.

»Wie wollt Ihr ihn nennen, Mylord?«

»Mylady und ich haben uns auf Lucan geeinigt.«

»Benannt nach einem von König Artus Rittern.« Harry schien beeindruckt. »Vortreffliche Wahl. Er war einer seiner treuesten Kämpfer, der sein Leben zum Schutze Englands opferte.«

William ignorierte Harrys bemüht beiläufigen Tonfall, er ahnte, was in seinem Freund vor sich ging. Er hatte nun einen Sohn. Doch heute wollte er seine Freude durch nichts mindern lassen, ganz besonders nicht durch die Bürde seiner bedeutsamen Blutlinie, die er an seinen Nachfolger weitervererbte. »Wollen wir hoffen, dass dir das nie bevorstehen mag, Lucan Plantagenet, zukünftiger Earl of Dorset!« Er spürte förmlich, wie ihn pures Glück durchströmte.

»Sie ist in dich verliebt.«

William zog ungläubig eine Augenbraue »Wer? Mary? Sie ist doch noch ein halbes Kind.«

»Sie war alt genug, um einem Mann beizuwohnen«, konterte Ava.

»Stimmt. Das habe ich vergessen.« Er schnitt eine Grimasse und tat so, als würde er über das Gesagte wirklich nachdenken.

»Untersteh dich mich in unseren eigenen vier Wänden zu hintergehen!«

»Ach, ansonsten gibst du mir deinen Segen?« Er lachte und zwickte sie neckisch in die Seite. Sie lagen nebeneinander auf dem breiten Himmelbett, dessen weinrote Vorhänge mit unzähligen Fabelwesen bestickt waren. Die letzten Wochen waren wie im Flug vergangen und er hatte jede freie Minute mit seiner kleinen

Familie verbracht. Er hatte es nicht für möglich gehalten, doch er vermisste das Leben bei Hofe keinen Deut.

»Du bist unmöglich, Will! Du nimmst mich gar nicht – « Ein zurückhaltendes Klopfen unterbrach sie.

Nach Williams unwirscher Aufforderung kam Godric mit gesenktem Kopf herein. Sein Knappe wusste, wie ungern er zu so später Stunde in seinen Privatgemächern gestört wurde. »Verzeiht Mylady, Mylord. Aber soeben kam ein Bote aus Lancaster. Er sagte, das Überbringen der Nachricht duldet keinen Aufschub.«

Mit ernster Miene setzte er sich kerzengerade auf und streckte seine Hand aus. Eilig übergab ihm Godric das Schreiben. »Der Bote wartet bei einer heißen Mahlzeit in der Halle. Er wollte gleich weiterreiten, doch ich dachte, vielleicht möchtet Ihr direkt ein Antwortschreiben aufsetzen.«

»Ich hätte nicht besser handeln können.«

Godric wuchs vor Stolz drei Köpfe über sich hinaus und mit einem beschwingten Gang verließ er das Gemach wieder.

Gedankenverloren brach er Johns Siegel und überflog die wenigen mit Hast geschriebenen Zeilen. Als er fertig war, hatte er das Gefühl in ein tiefes, schwarzes Loch zu fallen.

Bestürzt über seinen Gesichtsausdruck, umfasste Ava sein Handgelenk. »Was ist geschehen, Will?«

Er schaute sie über den Brief hinweg an, ohne sie wirklich zu sehen. »Der schwarze Tod hat Einzug in Lancaster gehalten. Lady Blanche und ihr Neugeborenes sind tot.«

Ava entfuhr ein Laut des Wehklagens und schlug die Hand vor den Mund. »Das ist ja schrecklich!«

Fassungslos ließ er das Schreiben sinken und empfand Bedauern für seinen Halbbruder. Er war so voller Glückseligkeit gewesen, dass er sich nicht hätte vorstellen können, je wieder etwas anderes zu verspüren. Wie unglaublich dumm von ihm. »Ich muss zu ihm, Ava.«

Stumm erwiderte sie seinen Blick. »Lass mich mit dir kommen.«

»Das kannst du dir gleich aus dem Kopf schlagen! Ich könnte es nicht ertragen, dich dieser Gefahr ausgesetzt zu sehen!« Er machte Anstalten aufzustehen, doch sie hielt seinen Arm umklammert.

»Geh noch nicht!«, flehte sie ihn an.

»Ich muss Harry Bescheid geben und Godric anweisen, unsere Sachen zu packen. Im Morgengrauen werden wir aufbrechen. Je eher desto besser. John braucht mich jetzt.«

»Ich weiß ... aber nicht sofort.« Sie umschlang seinen Rücken und hielt ihn ganz fest. »Ich habe Angst, Will. Ich brauche dich doch!«

Er legte seinen Finger unter ihr Kinn und küsste sie auf den Mund. »Ich werde vorsichtig sein, versprochen.«

Sie nickte stumm, während ihre Hand zu seinem Schritt wanderte.

Stirnrunzelnd betrachtete er seine Frau und es dauerte einen Moment, bis er begriff. Seit der Geburt von Lucan hatten sie einander nicht mehr geliebt. Die Hebamme hatte ein striktes Verbot ausgesprochen, was nicht nötig gewesen wäre, da er Ava alle Zeit der Welt gelassen hätte. Doch er ahnte, woher das Verbot rührte, denn scheinbar verhielten sich nicht alle Ehemänner so wie er. Und auch wenn das hier alles andere als ein passender Augenblick war, nahm er den Kummer in ihren Augen wahr und es schmerzte ihn, sie so traurig zu sehen. Also ließ er sie gewähren und ging auf ihre Annäherungen ein. Er entkleidete erst sie vollständig, dann sich selbst. Ihre Kleidung warf er achtlos neben das Bett und legte sich anschließend zu ihr. Sanft küsste er ihre Brustwarzen und bahnte sich seinen Weg hinab zu ihrer Scham. Bereitwillig öffnete sie ihm ihre Schenkel und er liebkoste sie, bis sie sich ihm schließlich schwer atmend entgegenwölbte.

Ungeduldig zog sie ihn zu sich und blickte ihn auffordernd an. »Worauf wartest du?«

»Bist du dir sicher?«

Ohne zu wissen wie ihm geschah, hatte sie ihn in die Laken gedrückt und sich rittlings auf ihn gesetzt. Machtlos überließ er ihr die Führung. Er konnte sich nicht entsinnen, dass sie einander je so intensiv geliebt hatten. Es war ein Akt der Verzweiflung und Liebe gleichermaßen.

England, 1589

Whitehall, Juli 1589

Marthas Atem ging stoßweise. Sie bekam kaum Luft.
Ihre Handgelenke schmerzten vom Griff der Hände,
die sie hinter ihrem Rücken gepackt hielten.

Wie konnte er es wagen sich ihr so unsittlich zu nä-
hern? Entschieden versuchte sie ihn wegzudrängen,
doch er war stärker. So viel stärker als sie es war. Er
drängte sie rückwärts aufs Bett und presste sie mit seinem Körper in die frischbezogenen Laken.

Sie spürte seine rauen Hände auf ihrer Haut und
merkte, wie er versuchte ihre Röcke zu raffen. Tränen
der Verzweiflung stiegen in ihr empor. Panisch versuchte sie sich von seiner Umklammerung zu befreien,
wodurch er seinen Druck verstärkte.

Hilflos musste sie mitansehen, wie er mit nur einer
Hand sein Wams aufschnürte. Sie registrierte, dass sie
ihm vollends ausgeliefert war.

»Jetzt gibt es kein Entkommen, Lady Somerset!« Robert Devereux' heiseres Lachen klang so entsetzlich

selbstgefällig, dass es ihre letzten Reserven an Kraft mobilisierte. Mit voller Entschlossenheit entwand sie sich seinem Handgriff und schlug ihm ihre zierliche Faust mit voller Wucht ins Gesicht. Ein pochender Schmerz breitete sich in ihren Fingerknöcheln aus.

Schweißgebadet öffnete Martha ihre Augen und hielt ihre rechte Hand fest. Ein kalter Schauder überlief ihren gesamten Körper.

Sie brauchte einen Augenblick, um zu realisieren, dass sie nur einen Albtraum gehabt hat. Um ganz sicher zu gehen, streckte sie beide Hände vor sich aus und zählte langsam ihre Finger. Das beruhigte ihre Nerven. Dann besah sie sich ihre Fingerknöchel, die leicht gerötet waren. Wahrscheinlich hatte sie im Traum die Holzkante des Bettes getroffen. Kein Wunder also, dass sie schmerzten.

Sie atmete tief durch und fuhr sich mit der anderen Hand durchs Gesicht. Das war nicht der erste Traum dieser Art. Devereux hatte ihr Unterbewusstsein erobert und suchte sie regelmäßig im Schlaf heim und das wunderte sie nicht … Sie konnte Devereux nicht ausstehen. Ihre Großmutter Marthilda hatte immer gesagt, Träume seien der Spiegel der Seele. Wie recht sie damit hatte.

Sie streckte sich und stand langsam auf, um sich ihr Gesicht zu waschen und wieder zu klarem Verstand zu kommen. Das kühle Nass belebte, wie gewünscht, ihren Geist. Nur im Nachthemd bekleidet, stand sie vor ihrem Waschtisch und griff nach ihrem kleinen Handspiegel, den ihr ihre Großmutter vererbt hatte.

Ihre hellgrauen Augen starrten ihr geruhsam entgegen. Ein paar ihrer schwarzen Locken klebten feucht an ihrem Gesicht.

Mit dem Zeigefinger fuhr sie über die leichte Kerbe an der Rückseite des Griffs, in dem sie vor ein paar Monaten den geheimnisvollen Brief entdeckt hatte, der sie auf die Spur von Joan of Kents verstecktem Tagebuch gebracht hatte.

Martha setzte sich auf den kleinen Schemel und öffnete die Schublade des hölzernen Waschtisches, die einen doppelten Boden verbarg. Sie holte Joans in Leder gebundenes Tagebuch zum Vorschein und schlug die Seite auf, zwischen der eine glänzende Entenfeder eingeklemmt lag.

An dieser Stelle berichtete Joan darüber, wieso sie mit William Montague, dem späteren Earl of Salisbury, verheiratet worden war. Die Wahl des Königs war damals nicht zufällig auf Montague gefallen, sondern gründete in dem Entschluss die beiden Häuser aufgrund der innigen Freundschaft ihrer Väter zu einen. Joans Vater, Edmund of Woodstock, der sein Leben im Kampf um die Thronbesteigung Edward III. gelassen hatte, sollte mit dem Bündnis posthum geehrt werden. Denn Montagues Vater zählte zu den engsten Vertrauten des Königs, war er es doch, der den erfolgreichen Staatsstreich plante, um Roger Mortimer in Nottingham Castle zu stürzen. Im Grunde war es eine schöne Geste, hätte Joan nicht bereits im Vorfeld heimlich Thomas Holland geheiratet, was ihre nachträgliche Eheschließung mit William Montague nach langem Hin und Her letztlich hinfällig machte.

Martha fuhr sich nachdenklich mit der Kuppe ihres rechten Zeigefingers über die Lippen. Joan hatte wirklich ein bewegtes Leben vorzuweisen. Mit gerade mal zwölf Jahren hatte sie Holland ohne Zustimmung ihres Vormunds Edward III. geheiratet, mit dreizehn wurde sie von diesem dann offiziell mit Montague vermählt, acht Jahre später wurde letztere Ehe wieder vom Papst annulliert, bis sie schlussendlich an Hollands Seite zurückkehren durfte. Und obwohl die Ehe mit Montague kinderlos geblieben war, trug Joan zu jener Zeit ein Kind unter dem Herzen: William Plantagenet, der wiederum das Resultat einer Affäre mit dem König war. Und wären das nicht bereits genug Ereignisse für zwei Leben gewesen, machte ihr nach dem Tod von Holland kein geringerer als der Thronfolger selbst, Eduard of Woodstock, den Hof. Und erneut heiratete Joan hinter dem Rücken des Königs und lenkte ihr Leben einmal mehr selbstbestimmt und frei.

Seufzend legte Martha die Feder zurück zwischen die Buchseiten. In dem Punkt war Joan wahrlich zu beneiden, was sie sich traute, zeugte zu gleichen Teilen von ungeheurem Selbstbewusstsein und Gleichgültigkeit.

Martha bewunderte sie für diese Eigenschaften und wünschte sich eine Prise mehr davon zu besitzen. Denn für ihr weiteres Vorhaben brauchte sie entweder Glück oder eine gehörige Portion Schneid. Oder besser gleich beides ... Denn die Königin verlangte Unmögliches von ihr: Sie sollte ihren Höfling Robert Devereux heiraten. Doch diesem Wunsch würde sie nicht nachkommen können, ohne innerlich zu Grunde zu gehen. Der bloße Gedanke daran Devereux' Frau zu werden, ließ ihr das Blut in den Adern gefrieren.

Durch den Fund des Tagebuchs schien sich ihr jedoch ein bisher ungeahnter Ausweg aus der Misere zu eröffnen. Martha erfuhr, dass Joan of Kent die Begründerin ihrer Ahnenreihe war. Aus einer Affäre mit Edward III. entstand ein unehelicher Sohn: William Plantagenet. Doch die eigentliche Brisanz gipfelte in Williams unerlaubten Heirat mit der Großcousine des Königs, Aveline Montague. Durch diese Verbindung floss in Marthas Adern königliches Blut und das sogar in direkter Linie. Und genau die Tatsache musste sie sich zunutze machen, um die ihr auferzwungenen Heiratspläne der Königin zu vereiteln. Die Frage war nur, wie genau sie es anstellen sollte, ohne sich dabei dem Zorn der Königin auszuliefern.

Seit ihrer Entdeckung waren inzwischen mehrere Wochen ins Land gezogen und bisher hatte sie sich davor gescheut, das Gespräch mit der Königin zu suchen. Entweder schien ihr der Moment unpassend oder die Laune der Königin zu unbeständig. Kurzum, sie war ein Hasenfuß. Doch ihre Angst musste sie unweigerlich überwinden. Sie musste Elizabeth von ihrer Entdeckung erzählen und es so geschickt anstellen, dass diese im Glauben blieb, Martha selbst wäre die Tragweite ihrer Blutlinie nicht aufgefallen. Als hätte sie nicht verstanden, dass eine Eheschließung zwischen ihr und Devereux eine Bedrohung für die Krone darstellen konnte.

Nicht, weil Martha Absichten auf den Thron hegte,

sondern Devereux' Abstammung ebenso skandalös war, wie die ihre. Es war kein Geheimnis, dass seine Urgroßmutter Mary Boleyn – Schwester von Anne Boleyn und Tante von Elizabeth – eine Affäre mit Henry VIII. hatte. Daher war die allgemeine Annahme, dass diese Verbindung Früchte getragen hatte, nicht weit hergeholt. Somit wäre Devereux ein Nachfahre von Henry VIII. und stünde dem Thron ohnehin schon nahe.

Würde Devereux nun Martha zur Frau nehmen, könnten potenzielle Kinder durchaus einen Anspruch auf den Thron geltend machen. Oder Devereux selbst könnte ob dieser Verbindung einen Anspruch erheben. Diesem Widerling war alles zuzutrauen. Sie hatte unlängst miterleben müssen, dass er nur auf sein eigenes Wohl bedacht war. Bestes Beispiel dafür war ihre Freundin Peggy, die auf seine haltlosen Lügen und Avancen hereingefallen war. Als sie von ihm schwanger wurde, leugnete er sein Eheversprechen und sah ungerührt dabei zu, als sie in Schimpf und Schande des Hofes verwiesen wurde. Sie würde nicht zulassen, dass sie seine Frau wurde. Allein die Vorstellung, was von ihr als Ehefrau des Nachts erwartet wurde, dass sie ihm bereitwillig das Bett zu wärmen hatte, verursachte heftige Magenschmerzen. Niemals würde sie ihm zu Willen sein!

Deshalb führte kein Weg an dem Gespräch mit der Königin vorbei. Letztlich würde sie auch in Kauf nehmen, in Ungnade zu fallen. So oder so, ihre Entdeckung würde nicht wirkungslos verpuffen. Da war sie sich sicher, denn wenn es etwas gab, das die Königin verabscheute, dann waren es Umstände, die ihre allumfassende Macht einzuschränken drohten. Schließlich hatte es nicht einmal der Kronrat geschafft, sie zu verheiraten. Sie war die alleinige Herrscherin von England und gedachte, das auch zu bleiben, komme was da wolle. Bis zu ihrem Tod.

Ein resolutes Klopfen an ihrer Zimmertür kündigte das Eintreten ihrer Magd Gail an und Martha versuchte ihr unfertiges Vorhaben aus den Gedanken zu verbannen. Es gelang ihr nur halbherzig und so ließ sie sich geistesabwesend von der Magd herrichten und überhörte ihre Anmerkung schlichtweg.

»Mylady?« Gail räusperte sich mit streng erhobener Augenbraue.

»Entschuldige, Gail. Was sagtest du gerade?«

»Ich dachte, es würde Euch interessieren, dass Sir Stanley zurück am Hof ist.«

Marthas Herz machte einen freudigen Satz nach vorne. Doch was sie antwortete, war lediglich: »Ach wirklich?« Jonathan – für sie Jonah – war ihr bester Freund, wie auch ihre Väter vor ihnen. Nachdem seine Mutter früh verstorben war, hatte ihn sein Vater in die Obhut ihrer Großmutter gegeben, die ihn gemeinsam mit Martha großzog. Doch seit ihrem letzten Treffen, seit ihrem Kuss, empfand Martha noch etwas anderes als brüderliche Zuneigung für ihn: Wut. Sie war wütend auf ihn, weil er ihr seither aus dem Weg ging. Sie verstand einfach nicht, weshalb er das tat.

»Ja, Mylady. Er kam spät nach Mitternacht von seinem Botengang zurück. Die Köchin berichtete mir in der Früh, dass sie ihm eine kleine Stärkung zubereitet hat. Der arme Junge muss die ganze Nacht durchgeritten sein …«

Martha hörte ihr längst nicht mehr zu. Stattdessen überlegte sie fieberhaft, wie sie es schaffen konnte, Jonah im Laufe des Tages abzufangen. Sie hatte ihm noch nichts von ihrer folgenschweren Entdeckung erzählen können. Sie musste ihn unbedingt sprechen. Vielleicht wusste er Rat, was ihr weiteres Vorgehen betraf. Doch mehr noch als das, verlangte es ihr danach ihn zu sehen. Wenn er es nicht fertigbrachte, auf sie zuzukommen, dann würde sie ihren Mut eben zusammennehmen. Geduld war eine Tugend, von der sie noch nie sonderlich viel besessen hatte.

Anno Domini 1370-1372

»*Onus est honos.*«

Würde ist Bürde.

Westminster, Januar 1370

Das neue Jahr zählte gerade mal neun Tage und dementsprechend kalt war es in der Klosterkirche. William bildete sich ein, er könne seinen Atem vor sich sehen, wie er in kleinen Wölkchen davonstob.

Die Zeremonie zu Ehren Philippas hatte mit der Präsentation des Alabaster Bildnisses auf ihrem Grab seinen Höhepunkt erreicht. Vor knapp sechs Monaten war die Königin im Alter von neunundfünfzig Jahren nach längerer Krankheit verstorben. Die Ärzte hatten ihr Leiden als Wassersucht bezeichnet, was ihren Körper mit der Zeit immer mehr anschwellen ließ und letztlich zu ihrem Tod geführt hatte.

Ihr Dahinscheiden hatte den König schwer erschüttert. Besorgt beäugte William seinen Vater aus der ersten Reihe, wie er neben ihrem Grab stand, die Hände vor dem Körper gefaltet hielt und andächtig der Predigt des gestrengen Bischof Sudburys lauschte. Dunkle Schatten lagen unter seinen Augen und ließen ihn alt und erschreckenderweise auch gebrochen aussehen. Neben ihm standen Williams Halbbrüder Edmund, Thomas und John, die mit ernsten Mienen die Totenfeier verfolgten. Vor allem Johns Gesichtsausdruck wirkte äußerst angespannt. Die vergangenen Monate waren auch an ihm nicht spurlos vorübergegangen, so hatte er zeitweise den Vorsitz im Kronrat übernommen, da sich der König nicht in der Lage sah, Entscheidungen zu treffen. William fragte sich, wann sich Edward wohl wieder fangen würde.

Auf die Predigt des Bischoffs folgten noch zwei weitere Gebete, bis er alle Anwesenden segnete und die Totenmesse feierlich enden ließ. Gemeinsam mit seinen Halbbrüdern trat er an den König heran und verweilte neben ihm, um Philippa in einem stillen Gebet die letzte Ehre zu erweisen. Anschließend nahmen sich Edmund und John des Königs an und durchschritten mit ihm Seite an Seite den Mittelgang der Abtei hinaus ins Freie. Draußen hatte unterdessen ein leichter Schneefall eingesetzt, der die Welt um sie herum in friedvolle Stille verwandelte.

William setzte seine Kapuze auf und führte die kleine Prozession aus der Kirche heraus und folgte seinen Halbbrüdern. Die kalte Winterluft war ganz klar. Gedankenversunken sog er sie tief ein und ließ seinen Blick in den grauen Himmel wandern.

Aus dem Augenwinkel nahm er wahr, wie der Mann hinter ihm den Abstand zwischen ihnen verringerte und zu ihm aufschloss. »Mir wurde zugetragen, man kann dir gratulieren.«

Der Mann hatte die Kapuze tief ins Gesicht gezogen und hielt die Stimme gedämpft, doch er erkannte Harry trotzdem. Mit einem Lächeln in der Stimme erwiderte William: »Gott hat mich reich beschenkt. Unsere Tochter Alix ist ein bezauberndes kleines Wesen. Ich weiß gar nicht, womit ich das verdient habe!« Vor lauter Stolz musste er ein Grinsen unterdrücken. Keine ganze Woche war es her, dass seine Tochter das Licht der Welt erblickt hatte.

»Ihr habt sie nach Alice of Norfolk benannt?« Harry,

der die Feiertage und den Jahreswechsel bei Robs Familie verbracht hatte, versuchte seine Wissenslücken zu füllen.

William nickte fast unmerklich.

»Eine schöne Anlehnung an Avas Wurzeln«, befand sein Freund und ergänzte: »Ich hoffe Mutter und Kind sind wohlauf?«

»Beiden geht es prächtig!« William kam nicht umhin über die Natur der Dinge zu staunen. Es war ihm ein einziges Rätsel, wozu ein weiblicher Körper in der Lage war. »Wenn ich es richtig verstanden habe, kann ich dir ebenfalls gratulieren.«

»Ist es etwa schon in die höchsten Kreise durchgedrungen?« Harry ließ einen erstaunten Tonfall durchklingen.

Nur mit Mühe konnte er ein Glucksen unterdrücken. »Als ob des Königs Einverständnis bei dieser delikaten Angelegenheit nicht erbeten wurde! Nun sprich schon, wann ist es endlich soweit?«

»Am Tag des heiligen Gilbert. Ihre Familie will das Läuten der Glocken nicht unnötig weit in der Ferne wissen.«

William ahnte genau, worauf er anspielte, ignorierte dies jedoch und versuchte Harry aus der Reserve zu locken. »Sollte es etwa einen triftigen Grund geben, weshalb eure Hochzeit bereits in vier Wochen anberaumt ist?« Der Spott war trotz seines Flüstertons herauszuhören.

Als Antwort knuffte ihn sein Freund in die Seite. »Natürlich nicht! Die Verhandlungen finden bereits seit dem letzten Sommer statt und es gibt keinen Grund noch länger zu warten. Vor allem nicht, nachdem der Earl of Warwick unerwartet im Winter verstorben ist, wie du sicherlich mitbekommen haben wirst. Sein Sohn hat sich dieser Angelegenheit nun angenommen und die Hochzeit nach vorne datiert.«

William wusste, dass sich solche Verhandlungen gut und gerne über mehrere Monate, wenn nicht noch länger hinziehen konnten. Nach der Erbschaft, die Harry durchs Blanches Tod erhalten hatte, hatte er sich letztes Jahr schließlich ein Herz gefasst und beim Earl of Warwick um Julianas Hand angehalten. Er verfügte nun über die nötigen Mittel, um ihr ein standesgemäßes Leben bieten zu können. Seine Stellung als Williams Kastellan sprachen ebenso für ihn.

»Anders formuliert, der neue Earl will die Hochzeit besiegelt sehen. Aus dem dir wohl weißlich bekannten Grund«, fügte Harry hinzu.

William hätte Reue empfinden müssen, doch er verspürte lediglich einen Hauch von Mitgefühl für Juliana, dass er ihr erzwungenes Verlöbnis für Ava gebrochen hatte. Mehr nicht. Stattdessen erwiderte er: »Verkauf dich nicht unter Wert, mein Lieber. Der alte Earl of Warwick war von Beginn an ziemlich angetan von der Idee, Henry of Lancasters Sohn als Schwiegersohn zu gewinnen. Und auch sein Sohn weiß um deine enge Verbindung zur Krone.« Der Umstand, dass es sich bei Harry um Lancasters illegitimen Sohn handelt, schien keinen weiter zu interessieren.

»Ich denke, mein neues Vermögen wird sie darüber

hinweggetröstet haben, dass ich ein Bastard bin.« Harry las scheinbar seine Gedanken.

»Möglich. Doch das sollte dir herzlich gleichgültig sein. Du wirst in eine der mächtigsten Familien Englands einheiraten!«

Harry schwieg und stapfte stumm neben ihm einher.

»Hat da jemand etwa Muffensausen vor der Hochzeitsnacht?« Krampfhaft bemühte er sich seine Haltung zu bewahren, indem er erneut ein Lachen unterdrückte, da ihnen gefühlt die gesamte Hofgesellschaft hinterher schritt und solch ein unbeschwertes Verhalten mit Sicherheit nicht gutgeheißen würde.

»Ich wünschte, du könntest sehen, wie ich gerade die Augen verdrehe«, raunte Harry und stieß hörbar die Luft aus. »Ich werde meine Braut zumindest nicht vor der Trauung heimsuchen, wie manch anderer es tun würde ...«

Natürlich spielte er damit auf Rob und ihn an. »Was anderes habe ich von dir auch nicht erwartet. Du bist wahrlich der Ehrbarste unter uns!« Mit einer Handbewegung, die nur Harry sehen konnte, deutete William hämisch grinsend eine Verbeugung an.

»Wo zum Henker ist Ed?« Die Stimme des Königs war anklagend.

John wechselte einen besorgten Blick mit William und ging auf ihren Vater zu. »Ed ist auf dem Festland festgehalten worden. Er hat dir von den Scharmützeln geschrieben, weißt du nicht mehr? Er kann Aquitanien zurzeit nicht verlassen ...«

Nachdem Pedro im letzten Frühjahr von seinem Halbbruder mit einem Bestechungsversuch überlistet und im Duell getötet wurde, war endgültig klar, dass Ed auf den Kosten vom Kriegszug nach Nájera sitzen bleiben würde. Damit stand fest, dass die Steuererhöhung, die Ed in Aquitanien erlassen hatte, für längere Zeit bleiben würde, was dafür sorgte, dass die anfänglichen Unruhen unter einigen seiner Vasallen immer lauter wurden. Vereinzelt hatten Gefolgsleute ihre Beschwerde sogar beim König von Frankreich vorgelegt. Charles V. hatte Ed daraufhin eine Vorladung an seinen Hof zukommen lassen. Als Thronfolger Englands und rechtmäßiger Landesherr über das Herrschaftsgebiet Aquitanien dachte Ed natürlich nicht im Traum daran sich vorladen zu lassen. Diese Absage nutzte Charles letztlich als Vorwand, um mit der Waffenruhe zu brechen und den Krieg zwischen England und Frankreich wieder aufzunehmen. Als Antwort hatte Ed einen seiner engsten und fähigsten Vertrauten mit der Sicherung des Territoriums betreut, doch vor nicht mal einem Monat war dieser im Kampf ums Leben gekommen. Und da immer mehr Gerüchte aufkamen, dass Du Guesclin auf dem Rückweg von Kastilien war, um die militärische Führung für den französischen König zu übernehmen, waren nun Eds Kriegskünste gefordert. Sein erstes Ziel war die Stadt Limoges, die sich offen gegen seine Vorherrschaft stellte. Ed hatte ihnen und vor allem ihrem Vater ausführlich geschildert, was alles vorgefallen war und dass er sich in diesem Moment auf die Belagerung der Stadt vorbereitete, um ein klares

Zeichen für weitere Abtrünnige zu setzen. Hatte der König all das in seiner Trauer etwa vergessen?

Zerstreut fuhr sich der König mit den Händen durchs Gesicht. »Ja, ja … richtig, er hat es mir geschrieben … was sagte er noch gleich? Wann wird er herkommen?«

»Er hat dazu noch nichts verlauten lassen. Erst einmal gilt es die Vorherrschaft in Aquitanien zu sichern, wenn ihm das gelungen ist, wird er sich auf den Weg machen«, erwiderte John so geduldig, als redete er mit einem Kind.

»Nicht auszudenken, wenn Aquitanien an die Franzosen fällt. Das ist unser wichtigster Dreh- und Angelpunkt auf dem Festland«, ergänzte William leise murmelnd.

Thomas lehnte mit überkreuzten Beinen am Fenstersims und deutete ein leichtes Kopfschütteln an, das William verständlich machen sollte, dass das ein schlechter Zeitpunkt war, um die Vorkommnisse in Aquitanien mit dem König zu erörtern. Edmund war in den letzten Monaten häufiger am Hof zugegen gewesen als John und konnte demnach den Gemütszustand des Königs besser einschätzen als sie.

Mit einem nachsichtigen Blick richtete William erneut sein Wort an ihren Vater. »Ed wird die Kontrolle über Aquitanien zurückerlangen und sobald es ihm möglich ist, wird er zu einer gemeinsamen Andacht von Philippa herüberkommen. Und ich bin mir sicher, dass er bereits jetzt Messen für ihr Seelenheil lesen lässt.«

Das Gesicht des Königs entspannte sich ein wenig.

Mit einem tiefen Seufzer ließ er sich auf seine herrschaftlich hergerichtete Bettstatt nieder. »Lass nach Alice schicken, William. Und dann geht alle miteinander … ich möchte meine Ruhe … Schick nach … Alice …« Mit jeder Silbe wurde er leiser, bis ihm schließlich die Augen zufielen.

William strich sich etwas ratlos durch die Haare und betrachtete ihren schlafenden Vater.

Selbst John schien seine Sprache verloren zu haben. Doch wie gewöhnlich fing er sich schnell. »Wir werden nach Alice rufen lassen, allerdings wird sie mit uns vorliebnehmen müssen. Mir sind da ein paar Dinge zu Ohren gekommen, die ich geklärt wissen will.« Während er sprach, legte er seine Stirn in Falten.

William ahnte, worum es ging, und hinterfragte seinen Halbbruder nicht.

Sie verließen das Schlafgemach des Königs und begaben sich in Johns Kammer, da diese geräumiger war als die der anderen. Auf dem Weg dahin ließen sie nach Alice schicken. Sie mussten nur wenige Minuten warten, bis es an der Tür klopfte und Alice ohne Aufforderung eintrat.

»Mylords.« Milde lächelnd nickte sie ihnen zu.

William sah Alice an, dass sie bereits geahnt hatte, dass man nach ihr verlangen würde.

John machte eine einladende Geste auf den freien Stuhl, der vor dem Schreibpult stand, hinter dem er Platz genommen hatte. Alice folgte der Einladung und sah über Johns Schulter zu William herüber, der mit Edmund an der Wand lehnte. Thomas stand mit dem

Rücken zum Kamin und verschränkte seine Armen vor der Brust.

»Nach den heutigen Ereignissen möchte ich ohne Umschweife auf mein Anliegen zu sprechen kommen, Mylady.« John unterbrach sich und schob Alice ein Schriftstück zu.

Sie überflog das Schreiben und sah John anschließend geradewegs in die Augen. Ihr Blick war durchdringend. »Nun, worauf möchtet Ihr hiermit hindeuten, Mylord?«

Sein Halbbruder schwieg einen Augenblick, um ihr dann doch zunächst auszuweichen. »Euer Mann war Juwelier im Auftrag der Krone, wenn ich richtig unterrichtet bin?«

»Eure Quellen sind zuverlässig, Mylord. Mein Mann – Gott hab ihn selig – war der Beste auf seinem Gebiet.«

John neigte anerkennend sein Haupt. »Wie Ihr sicherlich erkannt habt, ist das vor Euch eine Auflistung all Eurer Besitzungen.«

»Das ist mir sehr wohl aufgefallen.« Ihre Lippen umspielte ein hinreißendes Lächeln.

»Die Frage, die sich mir aufdrängt, wie seid Ihr zu all den Ländereien gekommen?«

»Mein Mann hatte einen guten Geschäftssinn, den er offenbar an mich weitergegeben hat.« Alice gab nur so viel preis, wie sie für richtig hielt.

»Ich habe eine recht gute Menschenkenntnis, Mylady.« John taxierte sie. »Und ich denke, ihr sorgt Euch wahrhaftig um das Wohl des Königs und Ihr scheint ihm ebenfalls mehr als nur ein hübscher Zeitvertreib zu sein.«

William sah, wie sich der kostbare Stoff über Alice' Dekolleté empfindlich spannte.

John strich mit der flachen Hand über die glatte Oberfläche des Pults und machte bei einem Astloch Halt. »Ihr habt großen Einfluss auf den König.« Er sah ihr in ihre mandelförmigen Augen, die sich für einen Lidschlag zu kleinen Schlitzen verengten. »Ihr müsst wissen, ich habe Einblick in die Ausgaben der Krone und ich studiere sie regelmäßig.«

Alice hörte Johns Ausführungen schweigend zu. Es hatte den Anschein, als könne sie nichts aus der Ruhe bringen.

»Ich spreche Euch Euren ›Geschäftssinn‹ keineswegs ab. Ihr seid klüger als Ihr preisgebt, Madame.« Er nahm das Schriftstück zurück und legte es fein säuberlich an die äußere Kante des Pults. »Mir ist durchaus bewusst, dass nur ein Bruchteil der Besitzungen Schenkungen des Königs sind. Ihr scheint ein wahres Händchen dafür zu haben, Gutshäuser und Ländereien zu erwerben. Doch sagt mir, woher stammt das Geld dafür? Versteht mich nicht falsch, grundsätzlich spricht nichts gegen die Aufmerksamkeiten des Königs hier und da, solange – « Er lehnte sich in seinem Stuhl zurück. » – solange Ihr Euren Einfluss auf den König nicht überstrapaziert und in unserem Interesse handelt.«

Es war offensichtlich, dass John Alice Sympathie entgegenbrachte. Und auch William konnte nicht leugnen, dass er ihr wohl gesonnen war. Sie war eine reizende

Persönlichkeit, doch wie sein Halbbruder wusste auch er, dass sie überaus durchdacht, wenn nicht sogar durchtrieben, agierte und mit äußerster Vorsicht zu genießen war.

Alice faltete geruhsam ihre schmalen Hände auf dem Schoss und hob langsam ihren Kopf. »Was genau erwartet Ihr nun von mir, Mylord?«

»Wir lassen Euch gewähren, doch seid Euch darüber im Klaren, dass wir Euch im Auge behalten. Solltet Ihr im Interesse anderer handeln und Euren Einfluss auf den König ausnutzen, dann …« Er ließ den Satz unbeendet.

»Seid versichert, ich würde dem König niemals schaden!«, beteuerte sie aufrichtig.

»Wir zeigen Euch nur auf, welche Position Ihr als Mätresse des Königs zukünftig einnehmt, jetzt nachdem die Königin tot ist, Alice«, wandte sich William vertraulicher an sie. »Man wird mit Schmeicheleien und auch Bittversuchen auf Euch zukommen und dem König wird man Frauen ins Bett legen. Die Menschen sind seit jeher erfinderisch, wenn es darum geht einen Vorteil aus etwas zu gewinnen. Seid wachsam. Doch vor allem seid unser Auge und Ohr hier am Hof.«

Sie wechselte einen kurzen, aber intensiven Blick mit ihm und nickte. Sie hatte verstanden.

»Alsdann, Mylady. Damit wäre wohl alles gesagt.« John stand auf und verschränke die Arme hinter seinem Rücken. »Der König erwartet Euch derweil in seinen Gemächern.«

Sie stand ihrerseits auf, was ihre zahlreichen

Unterröcke rascheln ließ und deutete eine leichte Verbeugung an. »Mylords.«

John wartete, bis die Tür hinter ihr ins Schloss fiel, als er seine Worte an den Jüngsten unter ihnen richtete. »Thomas, sei so gut und achte darauf, dass des Königs ›Lady der Sonne‹ – wie er sie seit Kurzem nennt – nicht vom rechten Weg abkommt.«

Windsor, März 1371

»Etwas in mir sträubt sich immer noch daran zu glauben, dass er tot ist, Will.« Ed verbarg sein Gesicht im Schatten, den die große Marienskulptur auf ihn warf.

William biss sich auf die Zunge, um seine belanglose Frage herunterzuschlucken, woran er ihn erkannt hatte, da er ihm doch den Rücken zuwandte. Mit langsamen Schritten, die von den kunstvoll bemalten Wänden widerhallten, trat er auf seinen Halbbruder zu, der beinah bewegungslos vor dem Altar stand. Wieder einmal war der gesamte Hof in Aufruhr, weil Ed verschollen schien. In den letzten Wochen hatte es ihn immer häufiger in die Abgeschiedenheit der altehrwürdigen St. George Kapelle gezogen. Daher hatte er ihn auch dieses Mal hier vermutet.

Still betrachtete er die betende Haltung der Maria, die so friedlich und unerschütterlich neben dem Altar stand. Wie viele ihr wohl schon ihr Leid geklagt hatten? Sein Blick wanderte hinüber zu den kostbaren

Steinarbeiten am Altar.

In der irrwitzigen Hoffnung, dass er bei dessen Anblick passende Worte finden möge. Doch es gab nichts, was den Schmerz seines Halbbruders hätte lindern können; keine Worte, die beim Verlust eines Kindes tröstlich klingen würden. Also leistete er ihm schweigend Gesellschaft.

Nach einer geraumen Weile ergriff Ed erneut das Wort. »Es scheint mir, als habe Gott mich verlassen. Ich bin in seinem Haus und doch spüre ich seine Anwesenheit nicht. Ganz gleich zu welcher Tageszeit ich ihn aufsuche, ich habe nicht mehr das Gefühl, er schenke mir Gehör! Zuerst der Tod der Königin. Dann dieser gotterbärmliche schwarze Tod, der über uns hinweggefegt ist und Schuld am Tod meines Erstgeborenen hat. Und zu guter Letzt auch noch der Verlust von Aquitanien an diese französischen Hurenböcke. Ich weiß nicht mehr wohin mit meinem Leid! Ich fühle mich so unglaublich leer und müde … Onus est honos …«

William atmete tief aus und versuchte seine Empfindungen zu ordnen. Er merkte, wie Eds Hilflosigkeit an ihm nagte. »Alles, was ich darauf erwidern kann, wird dich weder zufriedenstellen noch dir deinen ersehnten Frieden schenken.« Er fasste seinen Halbbruder am Arm, woraufhin dieser ihm sein Gesicht zuwandte. Unter seinen Augen lagen tiefe, dunkle Schatten, als seien sie eingebrannt. Er hatte ihn ganze drei Jahre nicht mehr gesehen und war zugegebenermaßen erschrocken über seine äußerliche Veränderung gewesen. Ed schien um viele Jahre gealtert. Er wirkte nicht mehr agil und athletisch, wie er ihm in Erinnerung geblieben war. Der Tod seiner Mutter, die ihm sehr nahegestanden hatte, der Tod seines Nachfolgers, der Verlust Aquitaniens, all das schien ihn … gebrochen zu haben. Der schwarze Prinz, der gefeierte Turnier- und allseits gefürchtete Kriegsheld, der geliebte Kronprinz, sein Vorbild schien vor einem Abgrund zu stehen. Und allmählich drängte sich ihm die Frage auf, ob ihn überhaupt noch jemand vor dem freien Fall bewahren konnte.

Er verstärkte seinen Griff ein wenig. »Du bist mit deiner Wut und Trauer nicht allein! Ganz England leidet mit dir. Also hör auf, dich selbst zu bemitleiden, Mann! Aquitanien scheint für den Moment vielleicht verloren, doch in dieser Angelegenheit ist das letzte Wort noch nicht gesprochen. Wenn du morgen zu den Waffen rufst, würde dir jeder Engländer folgen, ganz gleich wohin! Willst du den Franzosen wirklich diese Macht über deinen Gemütszustand einräumen? Du kannst die Geschichte, die hinter dir liegt, nicht verändern, aber du kannst die Geschichte, die vor dir liegt, noch schreiben. Mach sie zu deiner Geschichte, sei der Autor und nicht die Marionette der Franzosen!« William holte kurz Luft.

»Und ich wünschte von Herzen, dass ich dir etwas anderes sagen könnte, aber nichts auf der Welt wird dir deinen Sohn zurückbringen! Es ist richtig und wichtig zu trauern, aber vergiss dabei nicht die Lebenden! Du hast einen lebendigen, gesunden Sohn, der an Edwards statt dein Nachfolger werden wird. Und nichts Geringeres als das Leben von Richard wird dich letztlich über den Tod deines Erstgeborenen hinwegtrösten können.

Du willst Aquitanien zurück in Englands Hand wissen? Dann setz all dein Wirken in ihn als deinen Nachfolger. Lehre ihn, was es heißt, ein würdiger Thronanwärter zu sein. Lehre ihn, was es heißt, ein Plantagenet und Sohn des schwarzen Prinzen zu sein!«

Sein Halbbruder erwiderte seinen Blick gebannt.

»Erinnerst du dich an die Schlacht in Nájera? Als sei es gestern, höre ich noch die Ansprache des schwarzen Prinzen, die er damals vor dem englischen Heer gehalten hat. Obwohl das gegnerische Heer haushoch überlegen war, hat er es geschafft Siegesgewissheit in den Männern zu wecken! Die Stärke seines Geistes und seiner Tapferkeit waren unvergleichlich. Nur ihm haben wir es zu verdanken, dass wir das Schlachtfeld als Sieger verlassen haben! Dieser schwarze Prinz warst du, Ed, und bist es noch immer!« Er hörte sich die Worte aussprechen, als hätte ein Fremder sie gesagt. Ein Stich in der Brust verriet ihm, dass er sich seiner Worte ganz und gar nicht sicher war, doch er ignorierte seine Angst. »Gib ihm die Chance wieder zum Vorschein zu kommen.« Seine Stimme wurde eindringlicher. »Nicht nur deinetwillen. Auch um unseretwillen! Dein Königreich liebt dich und steht hinter dir! Nimm dir die Zeit, die du brauchst, Ed, aber sei dir stets gewiss, dass ganz England hinter dir steht!«

Sein Halbbruder schwieg einige Atemzüge lang, ehe er langsam nickte. »Ich denke, ich werde John die Verhandlungen mit den Franzosen überlassen. Er verfügt über den nötigen Abstand, den ich scheinbar nicht aufbringen kann. Und ...« Er unterbrach sich kurz und fuhr sich mit der Hand über das fahle Gesicht. »Du wirst recht haben, Richard wird mir den nötigen Trost spenden. Ich weiß, ich kann mich glücklich schätzen mit zwei Söhnen gesegnet zu sein.«

Der Stich in seiner Brust wurde von einer aufkommenden Wärme abgelöst, die sich wie ein immer größer werdender Ball in seinem Oberkörper ausbreitete. »Das kannst du, Ed. Und mit deinem Zutun wird Richard seinen neuen Platz in der Welt einnehmen, als sei es nie anders vorherbestimmt gewesen.«

»Sudbury würde jetzt wahrscheinlich sagen: ›Gottes Wege sind unergründlich, mein Sohn.‹«

William schnitt eine ebenso hässliche Grimasse, wie sein Halbbruder, als er ihn an den streng dreinblickenden Londoner Bischoff erinnerte.

Ed blickte ihm offen entgegen. »Ich danke dir für deine ehrlichen und ungeschönten Worte, Will. Ich weiß, dass ich derzeit nicht in bester Verfassung bin … und mir hängen die ganzen Phrasen aller kirchlichen Vertreter und speichelleckenden Günstlinge aus dem Halse raus, die immer genau zu wissen meinen, was Gottes Wille sei und sich dabei selbst kein Wort abkaufen oder mir nur nach dem Mund reden wollen. Bei Joan sitzt der Schmerz selbst zu tief und der König ist genauso bestürzt und ungläubig, wie ich es bin und mir keine Hilfe. John und du, ihr seid die einzigen, die sich darauf verstehen, mich aus dieser Düsternis herauszuholen …«

In William wuchs eine Idee heran. »Vielleicht sollten Joan, du und Richard für ein paar Wochen in den

Norden reisen.«

Ed schaute ihn interessiert an. »Weshalb sollten wir das tun?«

»Um vor dem Hof Reißaus zu nehmen und den Kopf frei zu bekommen. Ich kann mir vorstellen, ein wenig Abstand von all dem hier würde euch guttun. Der Norden liebt Joan und dich, Ed. Was, wenn nicht die Liebe deines Volks, kann Balsam für deine Seele sein und dir wieder zu neuer Kraft verhelfen?«

Für den Bruchteil einer Sekunde stahl sich ein verträumtes Lächeln auf Eds Gesicht. »Dann sei so gut und begleite mich, Bruder.«

Corfe Castle, Mai 1372

William verstärkte den Druck seiner Fersen leicht und lehnte sich noch ein Stück weiter über den Hals seines Grauschimmels. Doch es nützte nichts mehr, Robs Fuchsstute hatte die Nase vorne und galoppierte als erste an dem ausgemachten Ziel der alten, knorrigen Eiche vorüber.

»Dir scheint das Landleben nicht so gut zu bekommen! Du rostest ein!« Mit einem kehligen Lachen wendete Rob seine Stute und klopfte ihr lobend den Hals.

William zog eine missmutige Grimasse. »Bilde dir nicht zu viel darauf ein! Wir sind noch im Training.« Er gab seinem Dreijährigen mehr Zügel und strich ihm über die braune Mähne. Aeolus kam aus einer Zucht aus Dorsetshire. Einer seiner Untervasallen hatte sich seit mehreren Jahren erfolgreich einen Namen gemacht, was die Züchtung ausdauernder Streitrösser betraf und er war recht zuversichtlich, dass das Training mit Aeolus bald Erfolge zeigen würde. Auch wenn er hoffte, dass er ihn in nächster Zeit nur für Turniere und keine Schlacht einsetzen musste.

»Selbst diese Freude vermag meine Stimmung nur kurzweilig zu heben.« Sein Freund schloss zu ihm auf und er sah, dass die Unbeschwertheit von eben verflogen war. Er ahnte, was ihm zu schaffen machte. »Hat sich deine Frau inzwischen ein wenig zurecht gefunden in ihrem neuen Zuhause?«, begann er vorsichtig nachzuhaken.

Rob zog seine Augenbrauen so hoch wie nur irgend möglich, was William unweigerlich zum Schmunzeln brachte. »Doch so schwierig?«

»Du machst dir ja keine Vorstellung …« Er schüttelte ratlos seinen Kopf.

William betrachtete Rob eingehender. Er wirkte erschöpft und etwas abgekämpft. Auf seiner Stirn zeichneten sich deutlich Sorgenfalten ab, was seine Narbe über dem rechten Auge stärker hervortreten ließ. »Gib ihr einfach mehr Zeit sich einzugewöhnen.«

Vor knapp zwei Monaten hatte Rob Juana de Torres geheiratet, die im Gefolge von Johns neuer Ehefrau, Constanza de Castilla, Ende letzten Jahres mit an den englischen Hof gekommen war. Constanza war die älteste Tochter von Pedro I. und mangels eines männlichen Erbens hatte sie einen Anspruch auf die kastilische Krone. Durch ihre Heirat mit John gingen diese Ansprüche auf ihn über, was ihm seinem ehrgeizigen Ziel, Enrique vom Thron zu verdrängen, ein großes Stück näherbrachte. Constanza kam gemeinsam mit ihrer jüngeren Schwester Isabella und mehreren Hofdamen, unter anderem mit Juana nach England. Keine der Frauen hatte sonderlich Wert daraufgelegt, ihre ablehnende Haltung gegenüber den Engländern zu überspielen. Sie waren alles andere als glücklich über die Entscheidung ihrer Familie gewesen, doch eine Wahl blieb ihnen nicht. Um den Thronanspruch zu festigen, nahm ihr Bruder Edmund Prinzessin Isabella zur Frau und um die übrigen Kastilierinnen in England ebenfalls zu verwurzeln, verheiratete sie John mit seinen Edelmännern. Zu diesen hatte zu Robs Bedauern und Unverständnis auch er gezählt. In seinen Augen hätte es noch Zeit gehabt, bis er vor den Traualtar getreten wäre. Mit seinen zweiundzwanzig Jahren war eine Heirat allerdings nicht unüblich und so hatte sich Rob – nach einigen Tobsuchtsanfällen – wohl oder übel von seinem Junggesellenleben verabschieden müssen.

»Mann ... Diese Frau bringt mich noch um den Verstand! Sie hat so viel Temperament wie eine Herde Bullen! Wenn ich vorwärts sage, dann macht sie kehrt. Sage ich schwarz, sagt sie weiß. Ganz so, als läge sie es darauf an mich zu provozieren. Es ist zum Verrücktwerden, ich sag' es dir!«

»Ich glaube viel eher, dass du es nicht besser hättest treffen können mit Juana. Sie gibt dir genau den Gegenwind, den du brauchst!«

»Ich habe ja nichts gegen ein gewisses Feuer einzuwenden. Aber ich will mich auch nicht durchgehend verbrennen ...« Er zog eine sauertöpfische Miene und fuhr dann mit deutlich gesenkter Stimme fort. »Ich ... also ... es kam noch nicht einmal zum Beischlaf! Kannst du dir das vorstellen? Sie verweigert sich schlichtweg. Jedes Mal, wenn mir ein Pater begegnet, rechne ich schon fast damit, dass Juana ihn auf die Annullierung der Ehe angesetzt hat. Wie würde ich denn dann dastehen? Ich sag' dir, diese Frau macht mich fertig!«

»Oh«, entwich es William. Damit hatte er wahrlich nicht gerechnet, nicht bei Rob, der doch dafür bekannt war, dass ihm die Frauen zu Füßen lagen. »Würdest du denn wollen, dass eure Ehe annulliert wird?«

Rob sann über seine Worte nach. »Du meinst, unabhängig was das für meinen Ruf bedeuten würde? Nein, ich denke, was Gott zusammengeführt hat, sollte der Mensch nicht trennen ...«

»Per aspera ad astra, oder wie heißt es so schön?«, schloss er etwas altklug, wie er selbst fand.

»Über raue Pfade gelangt man zu den Sternen. Ja, ja. Du hast leicht reden! Es ist ja nicht so, dass ich nicht gewillt bin. Sie ist nur so ungeheuer dickköpfig!«

»So wie du, meinst du? Ich würde behaupten, da haben sich zwei gesucht und gefunden.«

Rob funkelte ihn von der Seite her finster an. »Ich schwöre dir, ich bin nichts im Vergleich! Ich meine, soll ich sie ins Bett säuseln, oder was? Bei Gott, aus welchem Grund habe ich eine so widerspenstige

Gemahlin? Verstehe einer die Frauen!«

William prustete los. »Du bist doch sonst nicht so einfallslos! Leg dich ein wenig mehr ins Zeug, mach ihr den Hof und frage sie bei Entscheidungen nach ihrer Meinung. Sie gehört jetzt zu deinem Leben dazu, ob es dir gefällt oder nicht. Wenn du die Beziehung zwischen euch vertrauensvoller und vor allem angenehmer gestalten willst, dann lass sie nicht nur ein Beiwerk deines Lebens sein. Wenn sie dein Wohlwollen spürt, wird sie ihr Herz schon für dich öffnen. Du wirst sehen. Gib ihr Zeit und hab' ein bisschen mehr Geduld.«

»Hört, hört! Da spricht der Experte. Zum Glück brütet Harry gerade über eine deiner Pachten und kann mir nicht auch noch eine Predigt halten.«

William nickte. »Der hätte dir noch eindrücklicher gesagt, was auf dem Spiel steht.« Er schaute ihn direkt an. »In diesem Punkt kannst du uns beiden ruhig Glauben schenken. Du entscheidest selbst, ob du eine Ehe führst, die nur dazu dient Erben in die Welt zu setzen. Du weißt, so gut wie ich, dass du dein Recht auf Beischlaf ganz einfach einfordern kannst, auch ohne ihr Einverständnis. Mit der Zeit würde Juana sicherlich resignieren und sich dir unterordnen. Doch ist es das, was du wirklich willst? Das bezweifle ich doch stark. Eine distanzierte Ehefrau, die den Kopf wegdreht, wenn du ihr beiwohnst, es pflichtbewusst über sich ergehen lässt und ihre Freude kaum verstecken kann, wenn du wieder deiner Wege ziehst? Ich glaube kaum, dass dich solch eine Frau auf lange Sicht glücklich machen würde. Du brauchst eine Frau mit einem eigenen Kopf.«

Rob brummte mürrisch in seinen etwas zottelig gewordenen Bart.

William überblickte die Ländereien von Corfe Castle. Sie waren am höchsten Punkt seiner Liegenschaften angelangt. Von hieraus konnte man bei gutem Wetter am Horizont die Steilküste seiner Grafschaft erahnen.

»Ich habe mir das Eheleben ein wenig anders vorgestellt«, seufzte sein Freund. »Ich dachte immer, ich werde eine Frau aus einer ebenso alteingesessenen englischen Familie heiraten, wie die meine. Eine Frau, die tief verwurzelt ist mit unserem Vaterland. Und nun ist meine Ehefrau kaum unserer Sprache mächtig, geschweige denn verbunden mit unserem Land ...«

»Wann verläuft das Leben schon nach Plan? Wer weiß, was die Schicksalsgöttinnen sich dabei gedacht haben. Die Frage ist doch nur, bist du bereit es herauszufinden oder wirst du dich weiter dagegen zur Wehr setzen?« Er zwinkerte ihm provokativ zu und wendete dann Aeolus. »Komm, lass uns zurückreiten. Es wird allmählich dunkel und mich beschleicht langsam, aber sicher ein Bärenhunger.«

Während des Abendessens in der großen Halle, hatte William sein Augenmerk auf Rob und Juana gerichtet. Es stand außer Frage, dass Robs Frau ein großes Temperament besaß. Sie machte keinen Hehl daraus, dass sie nicht gut auf ihren Mann gestellt war. Beide schienen zu schmollen und schwiegen sich an. Stur verspeisten sie ihr Essen und verabschiedeten sich recht früh von der übrigen Gesellschaft, was überaus untypisch für

Rob war. Doch man sah ihm an, dass er angespannt war. Beim Hinausgehen bot Rob seiner Gemahlin noch den Arm an, was sie jedoch ausschlug und ihm mit großen Schritten voraus in ihre Kammer eilte. William lächelte in sich hinein. Es würde seinem Freund noch so einige Nerven kosten, aber er glaubte nicht, dass es hoffnungslos war. Er musste nur viel Geduld aufbringen, so viel war sicher.

Es dauerte nicht lange, da verließen auch William und Ava die Tafel, an der noch munter weiter getrunken und gelacht wurde. Noch bevor sie ihre Privatgemächer richtig erreicht hatten, entledigte er sich seines Gürtels und Surcots. Ohne wirklich darauf zu achten, ließ er beides auf den Boden ihrer Kammer gleiten und goss Ava und sich, nach dem übermäßig gewürzten Essen, je einen Becher verdünnten Wein ein.

Sie missachtete den Wein und wandte sich stattdessen mit besorgtem Blick an ihn. »Will, kannst du mir etwas versprechen?«

»Hm?« Er schaute sie verwirrt an.

»Die Zeit bei Hof hat mich beängstigt.« Die letzten Monate hatten sie bei Hofe verbracht. William hatte versucht John, der nach wie vor einen Großteil der Regierungsgeschäfte übernahm, den Rücken freizuhalten, indem er alle an ihn gerichteten Belange prüfte. So konnte er vorsondieren, was von wirklicher Dringlichkeit war, und was warten konnte, das sparte Zeit und Nerven.

Eds Zustand hatte sich nach der Rundreise durch England zwar gebessert, trotzdem war er ein Schatten seiner selbst. Er wohnte dem Parlament bei, überließ zumeist jedoch John das letzte Wort. Der König hatte sich seit Philippas Beisetzung fast vollständig zurückgezogen und seinen Söhnen alle Angelegenheiten der Krone überlassen. Damit übernahmen der König und Ed nur noch repräsentative Aufgaben. Es hatte gedauert, bis William diese Entwicklung akzeptieren konnte. Beide zählten zu den Vorbildern seiner Jugend. Immer hatte er werden wollen wie sein Vater und ältester Bruder, die eine so königliche Würde ausstrahlten, dass er selbst bei der Erinnerung an frühere Tage Ehrfurcht verspürte. Doch er hatte sich langsam an den Zustand gewöhnt und sich darauf fokussiert John zu unterstützen, dem alle naselang unterstellt wurde, er würde die Situation nur zu seinem ganz eigenen Wohle ausnutzen und seine Finger nach der Krone ausstrecken, was natürlich völliger Quatsch war. Natürlich genoss er die Macht, die er innehatte, doch Interesse am Thron hatte er keineswegs.

Ava hatte die Zeit gemeinsam mit Lucan bei Joan of Kent und dem Thronfolger Richard verbracht. Und da beide im ungefähr gleichen Alter waren, verstanden sich beide auf Anhieb und schlossen erste wichtige Bande.

William wusste um die Bedeutung, wenn ihr Sohn gemeinsam mit Richard aufwachsen würde. Unabhängig vom Machtbereich, der rund um einen Prinzen existierte und der seine Vorteile mit sich brachte, war es für einen zukünftigen König wichtig, wahre Freunde um sich herum zu haben, die aufgrund ihrer Verwandtschaft kein heuchlerisches Spiel spielten und vertrauenswürdig waren. Nun war es an William, dass die Freundschaft der beiden tiefere Wurzeln schlug. Er wusste, dass er Lucan von nun an mit an den Hof nehmen würde.

Für Ava und ihn war es gleichermaßen eine fordernde Zeit. Der Hof verlangte William wiederholt viel Kraft ab. An zu vielen Ecken wurden derzeit Ränke geschmiedet, immer mit dem Ziel politisch mehr Einfluss zu gewinnen. Ganz besonders, wenn der König langsam, aber sicher vor sich hinvegetierte und der Thronfolger gebrochen schien. Man hätte meinen können, dass diese Umstände eine Prinzgemahlin überforderten, nicht jedoch Joan. Je abwesender Ed wurde, desto mehr bemühte sie sich den Regierungsgeschäften und Angelegenheiten der Krone beizuwohnen und John, wo es nur ging, unter die Arme zu greifen. Sie investierte bereits jetzt in die Zukunft ihres Sohnes, wusste William. In die Zukunft des Landes. Diese Erkenntnis, wie stark seine Mutter war, machte ihn ungeheuer stolz …

»Sag mal, hörst du mir überhaupt zu?« Avas Ton war vorwurfsvoll. »Will?«

»Bitte entschuldige, Liebes. Wieso hat dich die Zeit bei Hofe beängstigt?«

»Weil mir klar geworden ist, dass ich meine Augen für kurze Zeit vor der Wirklichkeit verschlossen hatte und nur mein Idealbild der Welt sehen wollte. Ich meine damit deinen Bruder John. Ich dachte, er sei ein Mann von Ehre, dass seine Worte nicht nur bloßer Schall und Rauch sind … er … er hintergeht seine Ehefrau mit Catherine Swynford, der Kinderfrau seiner beiden

Töchter! Gerade von ihm hätte ich etwas anderes erwartet!«

William stieß gedankenverloren die Luft aus und fuhr sich mit der Handfläche über den frisch gestutzten Bart. Er hatte erwartet, dass sie ihn darauf ansprechen würde, denn selbstverständlich wusste er von der Affäre seines Bruders. »Glaube mir, niemand Geringeres als John selbst, möchte dem Idealbild gerecht werden. Und ja, wenn du mich fragst, dann hätte er Constanza nicht heiraten dürfen. Auch nicht aus den uns bekannten politischen Gründen der Krone und seinem unerbittlichen Ehrgeiz England zu mehr Einfluss auf dem Kontinent zu verhelfen. Offensichtlich hegt er keine Gefühle für seine Ehefrau, so wie sie auch keine für ihn. Es ist eine reine Zweckehe. Und Catherine … ja, ich schätze die Anziehung zwischen beiden war schon länger gegeben und nachdem ihr Ehemann im letzten Winter verstorben ist, haben sie ihren Gefühlen einfach freien Lauf gelassen …«

»Also heißt du sein Verhalten auch noch gut?« Ihr Tonfall verriet ihm, dass er seine nächsten Worte wohl bedacht äußern sollte.

»Das habe ich nicht gesagt, Ava. Ich habe nur versucht dir die Lage der beiden zu veranschaulichen. Das bedeutet nicht, dass ich Beifall klatschend neben ihnen stehe. Jedoch …«

»Was?« Avas Zornesfalte grub sich in ihre sonst so makellose Haut.

»Ich habe mit John eben genau hierüber gesprochen und er hat mir sehr glaubhaft versichert, dass Catherine und er keine bloße Affäre miteinander haben. Sie verbindet eine Liebesbeziehung. Und das ist noch nicht alles … Catherine trägt sein Kind unter dem Herzen. John versicherte mir, er wird es, ohne zu zögern, anerkennen.«

Ava schlug erschrocken die Hand vor den Mund und drehte ihm den Rücken zu.

Er hörte, wie sie ein Schluchzen unterdrückte. Langsam trat er auf seine Frau zu und umschlang sie von hinten mit den Armen. »Wieso bringt dich das so aus der Fassung? So kenne ich dich ja gar nicht.«

»Weil du John sein könntest … verstehst du? Constanza und John, das könnten wir sein.«

»Liebes, wo denkst du nur hin?« Er hatte Mühe ihren Gedankengängen zu folgen.

»Sieh doch, wie wenig Skrupel John an den Tag legt, wie einfach es für ihn scheinbar ist. Die arme Constanza, sie kann einem nur leidtun.« Sie begann zu zittern.

»Ava… Einfach ist es für ihn nicht, davon kannst du ausgehen. Doch du hast recht, er könnte seinen Gefühlen natürlich auch den Rücken zukehren, sie verleugnen bis sie irgendwann erkalten. Aber auch er ist nur ein Mensch und fehlbar. John opfert sein Leben der Krone, für dich, für mich, für jeden von uns. Du weißt so gut wie ich, dass er es sich nicht leisten kann sich von Gefühlen leiten zu lassen, nicht bei den weittragenden Entscheidungen, die er für Englands Zukunft treffen muss. Wenn Catherine jetzt die Schwäche ist, die er sich bislang untersagt hat und sie ihm gut tut, dann hat er meinen Segen! Gehe nicht zu hart mit ihm ins Gericht … denn damit würdest du im Grunde auch mich verurteilen. Vergiss nicht, wie egoistisch und rücksichtslos ich gehandelt habe, als ich mich für dich und in dem Fall für mein privates Glück entschieden habe.«

»Würdest du es wieder tun?«

William horchte auf. »Mich für dich entscheiden? Die Frage ist hoffentlich nicht ernst gemeint.«

»Ich meine … würdest du dich erneut egoistisch für dein eigenes Glück entscheiden, ganz gleich der Konsequenzen?«

»Worauf genau möchtest du hinaus, Ava? Glaubst du im Ernst, dass ich eine Affäre haben könnte? Weshalb sollte ich das wollen? Ich habe alles, was ich zum Glücklichsein brauche! Du kannst Johns Ehe nicht mit unserer vergleichen. Nicht im Ansatz. Ich liebe dich, du kleine Närrin!«

»Falls sich das irgendwann einmal ändern sollte und ich herausbekommen sollte, dass du mich betrügst, dann werde ich dich des Nachts von deiner Männlichkeit trennen.«

William lachte auf. »Die Erlaubnis erteile ich dir hiermit, denn es wird nie geschehen. Du weißt zu viel, als dass ich dich als meine Feindin wissen will«, raunte er ihr spitzbübisch zu und drehte sie zu sich herum, sodass sie einander tief in die Augen schauten. »Bei dem Leben meiner Mutter schwöre ich dir, dich immer zu lieben und zu ehren in guten, wie auch in schlechten Tagen.« Dann küsste er ihr die salzigen Tränen fort, legte seine Hände um ihre Hüfte und setzte sie auf die Tischkante.

144

Wie erhofft schlang sie ihre Arme um seinen Nacken und drückte ihre Lippen fest auf die seinen. Er erwiderte ihre gierigen Küsse und begann die komplizierte Schnürung ihres Mieders zu öffnen.

Ungeduldig unterbrach sie sein Tun, indem sie nach seiner Hand fasste und sie stattdessen unter ihre Röcke schob.

»Madam!« Er tat schockiert und entwand sich ihrem Griff. »Ich muss leider darauf insistieren, es wäre doch schade, wenn ich mir für meine Frau nicht ausreichend Zeit nehmen würde. Und außerdem – «, er senkte seine Stimme zu einem kaum hörbaren Flüstern, » – gebe ich das Tempo vor. Jede deiner Regungen werde ich auskosten. Hörst du? Jede …«

Ihr entglitt ein erwartungsfreudiger Laut, der ihm das Blut ihn die Lenden schießen ließ. Entschlossen hob er sie hoch und trug sie zu ihrem frisch bezogenen Bett herüber und drückte sie sanft, aber bestimmt in die weichen Daunenkissen. Der Baldachin war ebenso wie die Kissen von einem schwachen Mintgrün und mit zartweißen Blumen bestickt. Es sah aus wie eine Sommerwiese.

Behutsam strich William durch Avas glänzenden Haare und drapierte sie kunstvoll neben ihr. Zufrieden mit dem Bild, das er kreiert hatte, betrachtete er seine Frau und registrierte, dass sie ihre Augen geschlossen hielt und sich ganz seiner Führung überließ. Von einem Eigenleben erfüllt, begannen seine Hände zunächst sie und dann sich selbst zu entkleiden. Mit einem Knie schob er ihre Schenkel auseinander und strich mit seinem Daumen über ihr Bein, bis er das schwarze Dreieck an weichem Flaum erreichte. Er neckte und liebkoste sie und hörte erst auf, als ihr Atem immer schneller wurde, ihre Hände sich ins Laken krallten und ihr Körper schließlich erschauderte. Ava bot einen nahezu göttlichen Anblick: Ihre Haut war von feinen Schweißperlen bedeckt, die Wangen von einer feinen Röte überzogen. Sehnsüchtig streckte sie ihm beide Hände entgegen, um ihn zu sich heranzuziehen. Folgsam kam er ihrem Wunsch nach. Genießerisch vergrub er seinen Kopf in ihrem Nacken und sog ihren Geruch tief ein. Dann endlich fanden seine Lippen die ihren, wie ein Verdurstender das Wasser. Seine Küsse waren voller Gier, während er ihre Zunge umspielte. Als Antwort streckte Ava ihm wollüstig ihr Becken entgegen, bereit ihn in sich aufzunehmen, was endgültig den letzten Funken an Kontrolle in ihm zunichte machte. Kopflos gab er sich ihrer scheinbar unstillbaren Lust hin und drang ohne weitere Vorwarnung in sie ein …

England, 1589

Whitehall, August 1589

»Mehr Puder!«, verlangte die Königin ungehalten und betrachtete ihr Antlitz in dem hohen Spiegel hinter ihrem Frisiertisch.

Martha folgte ihrer Anweisung ohne Umschweife und verteilte mehr von dem weißen Puder in Elizabeths Gesicht. Sie hörte erst auf, als es einen elfenbeinfarbenen Ton annahm. Erst als Elizabeth die Veränderung für gut befand, entspannte sich ihre Mimik wieder.

Niemand außer ihrer Zofen, bekam Elizabeth ungeschminkt zu sehen. Sie war sehr auf ihr Aussehen bedacht. Sie wollte jugendlich erscheinen und das Puder überdeckte die ein oder andere Falte und ließ sie jünger als ihre sechsundfünfzig Jahre erscheinen. Um jeden Preis wollte sie jedoch ihre Pockennarben verdecken, deren Ursprung ihr einst fast das Leben gekostet hatten.

Nach der allmorgendlichen Routine Elizabeth herzurichten, folgten Martha und die anderen Zofen ihr in die große Halle zum gemeinsamen Frühstück.

In letzter Zeit suchte die Königin immer häufiger die Nähe zu ihrem Hofstaat und nutzte die Mahlzeiten dazu, um mit ihren Höflingen ins Gespräch zu kommen.

Elizabeth versuchte sich abzulenken und Martha wusste auch wovon. Die Auseinandersetzung mit Spanien war auf einem neuen Höhepunkt angelangt. Im Sommer hatte die englische Armada Kurs auf Spanien genommen. Doch anstatt, wie geplant die spanische Flotte zu versenken und die Silberflotte abzufangen, waren tausende englische Soldaten erkrankt und gestorben. Das war ein herber Rückschlag für England, denn das bedeutete, König Felipe II. würde seine Flotte weiter ausbauen können. Die Niederlage hatte die Königin natürlich in besonders gereizte, unkontrollierbare Stimmung versetzt. Diesen Umstand nutzte Martha als fadenscheinige Ausrede vor sich selbst, um vorerst Abstand von ihrem Vorhaben zu nehmen, das Gespräch mit der Königin zu suchen.

In der großen Halle angelangt, verlangsamte Martha ihren Schritt und ließ ihren Blick über die lange Tafel gleiten. Auf den Bänken der lichtdurchfluteten Halle fanden sich wie jeden Tag dutzende Höflinge, fremdländische Boten, Dichter und Denker, die sich unterhielten, philosophierten oder über belanglose Dinge stritten. Es war ein buntes Zusammentreffen.

Zu ihrer Linken entdeckte sie Jonah neben einem schwarzhaarigen Fremden, mit dem er sich scheinbar angeregt über etwas austauschte. Mehrere Wochen waren seit seiner Ankunft am Hof inzwischen verstrichen, ohne dass sie ihn allein zu Gesicht bekommen hatte. Wie es aussah, musste sie also etwas nachhelfen, um ungestört mit ihm reden zu können. Entschlossen straffte sie ihre Schultern und schritt selbstsicherer als sie eigentlich war, an ihm vorbei. Hinter ihrem vorgehaltenen Fächer flüsterte sie ihm zu: »Rosengarten. Zur Mittagsstunde. Wage es ja nicht, fernzubleiben!«

Schnellen Schrittes durchquerte Martha den Park des Königspalasts. Mit all seinen Gebäuden, dem Park und der Gartenlandschaft war Whitehall so groß, dass die gesamte Anlage auch als kleinere Stadt hätte durchgehen können. Wenn man nicht aufpasste, konnte man sich hier gut und gerne verlaufen. Oder aber eine halbe Ewigkeit brauchen, um von einem Ende zum anderen zu gelangen. Und wie sollte es auch anders sein, tatsächlich musste sie sich sputen, damit sie Jonah am vereinbarten Treffpunkt nicht verpasste. Fast hätte sie es nicht geschafft, die anderen Hofdamen abzuschütteln. Jetzt glaubten alle, ihr sei nicht wohl und sie müsse sich die Beine vertreten. Zu ihrem Glück war es heute derartig drückend, dass keine der Damen die Lust verspürt hatte, sie auf ihrem Rundgang zu begleiten. Martha konnte sie gut verstehen, unter anderen Umständen wäre sie liebend gerne in den kühlen Räumlichkeiten von Whitehall geblieben.

Die Mittagshitze wog schwer wie Blei und es wehte kein einziges Lüftchen. Ihre Korsage drohte ihr bei jedem Schritt mehr und mehr die Luft abzuschnüren und zu ihrem Bedauern geriet auch die Halskrause nicht aus

der Mode. Selbst ihr Fächer konnte dagegen nichts ausrichten und ihr nicht die erhoffte Linderung verschaffen.

Etwas außer Atem, gelangte sie schließlich zu den
Rosengärten und suchte sich ein einigermaßen schatti-
ges Plätzchen unter einem größeren Rosenbusch. Der
Duft der weißroten Tudorrosen war hier besonders be-
törend, sodass sie nicht widerstehen konnte, ihre Nase
in eine der zarten Blüten zu drücken, als sich hinter ihr
jemand vernehmlich räusperte.

»Martha?«

Sie hob ihren Kopf und sah sich ihrem Freund gegenüber. Jonah trug einen dunkelblauen Surcot, das
schulterlange braune Haar hatte er ordentlich nach hinten gebunden.

»Es tut gut dich wiederzusehen.« Auf seinen Wangen
bildeten sich rosa Flecken.

Ob ihm die Hitze auch so zu schaffen machte? Oder
war er gar wütend auf sie und versuchte das nun vor ihr
zu verbergen? Plötzlich war ihre Kehle, wie zuge-
schnürt. Sie wollte verdammt sein, wenn sie sich jetzt
die Blöße gab, keinen Ton herauszubekommen und
nickte nur leicht.

»Nun, du wolltest mich sprechen. Hier bin ich also
…« Er mied ihren Blick.

Konnte oder wollte er sie nicht anschauen? Wut
machte sich in ihr breit und löste ihre Stimmbänder von
dem unsichtbaren Band. »Ach, wenn es so gut tut, wie
du sagst, weshalb werde ich dann das Gefühl nicht los,
dass du mir seit Wochen aus dem Weg gehst?«

»Ich gehe dir nicht aus dem Weg«, erwiderte er matt.

»Sondern was?« Sie spürte, wie ihre Wangen an Farbe gewannen, obwohl ihr Gesicht ohnehin schon glühen musste.

Er schaute ihr das erste Mal seit Langem wieder in die Augen. Es wurde ein intensiver Blick. »Ich weiß nicht, ob ich mich in deiner Nähe weiter im Griff habe. Du hast keine Ahnung, welche Kraft es mich gekostet hat …«

»Was hat dich Kraft gekostet?«, unterbrach sie ihn irritiert.

»… nach unserem Kuss aufzustehen und zu gehen!« Verzweifelt rang er mit seinen Händen.

Sie öffnete ihren Mund und schloss ihn sogleich wieder. Mit der Antwort hatte sie nun nicht gerechnet. Sie legte ihren Kopf schrägt und musterte ihn. »Was willst du damit andeuten …?«

Jonah sah ihr dabei zu, wie sie sich vergeblich versuchte Luft zuzufächeln.

Unvermittelt trat er einen Schritt auf sie zu und hielt ihre Hand mit dem Fächer fest. Sein Griff war nicht grob, sondern erstaunlich sanft. Langsam wanderte sein Blick vom verzierten Fächer hinauf zu ihren graugrünen Augen. Dabei kam sein Gesicht ihrem immer näher.

Ihr Herzschlag beschleunigte sich, als sie seinen Atem auf ihrer Haut fühlte. Der Kuss kam für sie ohne Vorwarnung.

Im ersten Moment wollte sie zurückzucken, doch da legte er ihr bereits besitzergreifend seine Hand in den

Nacken. Sie musste sich eingestehen, dass sie eigentlich nicht zurückweichen wollte.

Seine Lippen waren so weich und warm, wie in ihrer Erinnerung. Der Kuss hingegen war längst nicht mehr so zurückhaltend, wie noch beim ersten Mal. Seine Lippen öffneten sich leicht und er tastete nach ihrer Zunge. Er schmeckte gut.

Wohlige Wärme breitete sich in ihrem Körper aus, von der Nasenspitze bis hin zu ihren Zehenspitzen.

Vorsichtig berührte sie mit ihrer freien Hand seine Brust, was ihm einen kehligen Laut entlockte. Ein Kribbeln erfasste ihre Magengegend.

Ungeduldig löste er sich von ihr und führte sie drei weitere Verzweigungen des Rosengartens entlang.

Hinter einer unscheinbaren Biegung zog er sie mit sich hinunter ins knöchelhohe Gras. Hier würden sie vor neugieren Blicken verschont bleiben.

Martha bemerkte, wie sie vor Aufregung zu zittern begann. Nie zuvor hatte sich ihr ein Mann auf diese Weise genähert.

Jonah schien ihre Gedanken treffsicher erraten zu haben. »Du brauchst keine Angst zu haben.« Zärtlich küsste er ihre Handinnenflächen. »Ich werde dir nicht wehtun, Martha.«

Sie nickte stumm und schaute ihm geradewegs in seine haselnussbraunen Augen. Sie hatte das Gefühl, als gäben sie ihr sein Innerstes preis.

»Vertraust du mir?« Seine Stimme war mit einem Mal ganz rau.

»Ja«, antwortete sie, ohne zu zögern. Sie kannte Jonah

bereits ihr gesamtes Leben, war mit ihm aufgewachsen. Er war ihr Freund. Sie konnte ihm blind ihr Leben anvertrauen.

Vor ihrem ersten Kuss hatte sie nie daran gedacht, ihm auf andere Weise näher zu kommen. Doch seither fühlte sie ein unsichtbares Band zwischen ihnen. Sie war wütend auf ihn gewesen, dass er ihr aus dem Weg gegangen war. Wütend, weil der Kuss, Gefühle in ihr erweckt hatte, die sie sich nicht hatte erklären können. Doch jetzt fing sie allmählich an zu begreifen: Sie hatte Sehnsucht nach ihm verspürt. Mit anderen Worten: Sie war schlichtweg in Jonah verliebt.

Aufmerksam musterte er ihre Mimik und legte erneut seine Hand in ihren Nacken. Sie merkte, wie er sich bemühte, sie behutsam zu küssen, sie nicht zu überfordern, doch die Leidenschaft schien ihn nach nur wenigen Atemzügen zu übermannen. Er verstärkte den Druck seiner Hand und küsste zunächst ihren Hals, anschließend ihr Dekolleté. Als hätten sie alle Zeit der Welt, ließ er seinen Zeigefinger Zentimeter für Zentimeter von ihrer Halskrause zu ihrem herzförmigen Ausschnitt wandern und beobachtete, was seine Berührungen bei ihr auslösten. Dann küsste er sie erneut, fordernder und eine Spur unbeherrschter als zuvor.

Ihr Atem wurde hörbar schneller, als seine Hand ihre Brust umschloss. Sie spürte, wie sich ein Schmunzeln auf seinen Lippen abzeichnete, was ihr ebenfalls ein Lächeln entlockte.

»Oh, Martha ...«, flüsterte er ihr ins Ohr und schloss konzentriert die Augen. Dann wich er unerwartet eine

Handbreit zurück.

Verwundert nahm sie wahr, wie er beide Hände zu Fäusten ballte. »Stimmt etwas nicht … mit mir?«

Jonah öffnete seine Lider und lachte in sich hinein. »Du glaubst, mit dir stimmt etwas nicht? Mit dir stimmt einfach alles, Martha! Das ist es ja gerade! Du hast keine Ahnung, wie lange ich dich schon begehre. Ich … ich will dich. Du sollst mein sein! Aber nicht so … Das kann ich einfach nicht mit mir vereinbaren. Wenn dann möchte ich es richtig machen. Ich möchte dich als meine Frau an meiner Seite haben …« Er ergriff ihre schmale Rechte und hielt sie fest umschlossen.

Wiederholt hatte es Martha die Sprache verschlagen. Seine Worte bewegten sie. Jonah wollte sie genauso, wie sie ihn. »War das etwa gerade ein Antrag, Sir Stanley?«

»Wie konnte ich nur annehmen, dass du einmal um eine Antwort verlegen bist?«, erwiderte er stattdessen lachend und küsste ihre Hand.

»Das war keine Antwort auf meine Frage«, beharrte sie neckisch.

»Ja, Mylady. Ich habe Euch soeben einen Antrag gemacht … Gesetzt den Fall, dass Ihr mich wollt …« Mit einem Mal wirkte er unglaublich verletzlich.

»Würde ich ansonsten hier mit Euch liegen, Mylord?«

»Wer weiß …« Lachend drückte er ihr seine Lippen auf den Mund, um ihren Protest zu ersticken und hielt ihre zierliche Faust davon ab, ihn in die Seite zu knuffen.

Sie konnte nicht sagen, wie lange sie so dalagen, sich küssten und einander tief in die Augen schauten, als wollten sie die Seele des anderen ergründen.

Dann wurde sie ernst. »Hilf mir, Devereux loszuwerden.«

Ihm entfuhr ein tiefer Seufzer. »Vorherigen Monat habe ich meine Cousine, Devereux' Schwester Penelope, aufgesucht und sie gebeten sich der Angelegenheit anzunehmen. Sie ist die einzige, mit der ich trotz unserer Familienfehde, gelegentlich in Kontakt stehe. Penelope weiß am besten, was es bedeutet, unglücklich verheiratet zu sein. Doch selbst sie vermag ihren Bruder nicht zum Einlenken zu bewegen. Er ist stur und will an seinem Vorhaben festhalten. Er will dich unbedingt zur Frau haben …«

»Ich denke, ich könnte die Lösung für dieses Problem gefunden haben.« Gedankenversunken drehte sie eine seiner kastanienfarbenen Haarsträhnen um ihren Finger. »In der Familienbibel meiner Großmutter habe ich einen alten Stammbaum gefunden … er zeigt, dass ich eine direkte Nachfarin von William Plantagenet bin.«

Verständnislos schaute er sie an. »Wie soll dir das dabei helfen, die Hochzeit zu verhindern?«

»Verstehst du nicht? Dadurch vereine ich nicht nur väterlicherseits, sondern auch mütterlicherseits königliches Blut und das sogar in direkter Linie! Heirate ich nun Devereux, der ebenfalls mit dem Königshaus verwandt ist, könnte diese Verbindung Elizabeths Macht bedrohen.«

Jonahs Blick klarte sich auf. »Und das würde sie niemals zulassen!«

»Exakt, das war auch mein Gedanke! Nur weiß ich

nicht, wie ich sie davon in Kenntnis setzen soll, ohne dass sie mir grollt.«

»Und wenn schon!» Er zuckte gleichgültig mit den Schultern. »Wenn es bedeutet, dass du diesen Hornochsen los bist, ist es das allemal wert!«

»Das heißt, aber auch, dass sie nicht besonders empfänglich für deinen Gesuch, mich zu ehelichen, wäre.«

»Dann heiraten wir halt heimlich.«

»Sie würde meine Mitgift im Namen der Krone konfiszieren und uns beide des Hofes verweisen. Vielleicht würde sie uns sogar in den Tower sperren. Sie ist bei sowas nicht zimperlich, das weißt du so gut, wie ich!«

»Das ist mir gleich. Solange ich dich an meiner Seite weiß. Ich brauche keinen Prunk. Und Penelope würde mir helfen, eine Anstellung zu finden, sodass wir unser Leben bestreiten könnten …«

»Warum bist du dir bei Penelope so sicher …?«

»Weil ich sie bereits danach gefragt habe. Auch wenn es für dich den Anschein erweckt hat, aber ich war keineswegs untätig die letzten Wochen. Es ist mir ernst mit uns. Ich lasse nicht zu, dass er dich bekommt, eher fordere ich ihn zum Duell …«

»Das wirst du schön bleiben lassen! Tod oder verletzt nützt du mir gar nichts.« Sie umfasste sein Gesicht und küsste ihn auf den Mund. »Lass uns abwarten, was die Königin zu Joan of Kents Vermächtnis zu sagen hat. Reißaus können wir immer noch nehmen …«

»Eure Zuversicht möchte ich haben, Mylady.«

Anno Domini 1377

»Qui vivra, verra.«

Die Zukunft wird es zeigen.

Richmond Palace, Juni 1377

Die grauen Wolken hingen schwer am Himmel und passten sich der bedrückten Stimmung auf der Burg an. Ein leichter Windstoß ließ die Baumwipfel am Rand des Gartens hin und her wippen.

William ließ seinen Blick durch den Burggarten schweifen und blieb an einem abgestorbenen Ast hängen, auf dem in aller Seelenruhe eine Krähe verweilte, als verhöhnte sie die Welt.

Verfluchte Unglücksbotin, dachte er und nahm fröstelnd wahr, wie sich sämtliche Härchen auf seinen Oberarmen aufstellten.

Das Klacken des Türschlosses verriet ihm, dass er nicht mehr allein im Raum war. Ohne sich umzudrehen, stellte er die allesentscheidende Frage: »Wie geht es ihm?«

»Seine Atmung wird schwächer. Die Leibärzte geben ihm nicht mehr lange ... der König wird bald erlöst sein ...«, wusste John ihm zu berichten.

»Und lässt uns mit seinem Erbe zurück ...« William strich sich mit der Hand über den Bart und stieß einen tiefen Seufzer aus. »Irgendwie beneide ich ihn darum.« Er drehte sich um und schaute seinem Bruder in die fast schwarzen Augen. »Nicht genug, dass mit Ed letztes Jahr sein legitimer Thronfolger gestorben ist und ein reines Chaos in puncto Nachfolge hinterlassen hat ... jetzt stirbt unser Vater, bevor Richard auch nur ansatzweise Haare am Sack hat! Er ist noch so verdammt jung und ...«

»Beeinflussbar. Ich weiß ...« Johns Tonlage spiegelte seine besorgte Haltung wider.

»Ich weiß ehrlich nicht, wie ich zu ihm stehen würde, hätte mir Ed nicht das Versprechen auf seinem Totenbett abgenommen, seinem Sohn auf den Thron zu verhelfen.«

Sein Halbbruder sah ich interessiert an. »Was lässt dich zweifeln?«

Er stieß hörbar die Luft aus. »Mir ist ja bewusst, dass Richard, dem Protokoll entsprechend, der nächste in der Thronfolge ist. Aber ... er ist so anders als sein Vater. Ich bin mir einfach unsicher, John, ob er zum König geschaffen ist, ob er die Bürde wirklich und wahrhaftig tragen kann. Ist er der König, den England braucht?« Nun war es heraus. Bisher hatte er seine Gedanken noch mit niemanden geteilt, nicht einmal mit Ava.

Noch ehe John etwas darauf erwidern konnte, wurde die Tür schwungvoll aufgerissen und gab Robs einstigen Knappen Godric preis. Godric und Adam waren im letzten Sommer in den Stand eines Ritters erhoben worden und unmittelbar in seinen Dienst getreten. »Verzeiht Mylords, aber Ihr sollt Euch umgehend ins Gemach des Königs begeben!«, gab er völlig außer Atem von sich.

John und William begriffen sofort. Ohne etwas zu erwidern, stürmten sie an ihm vorbei.

Beim königlichen Gemach angelangt, trafen sie auf Edmund und Thomas, die mit gefalteten Händen vor der Bettstatt ihres Vaters standen. Sie stellten sich neben sie und blickten auf Edward hinab.

»Seine Atmung setzt immer wieder aus«, klärte sie Edmund auf.

»Ist er nochmal zu Bewusstsein gekommen?«, wollte John wissen.

Edmund schüttelte mit dem Kopf.

William betrachtete den König. Er sah aus, als würde er lediglich einen kurzen Mittagsschlaf halten. Seine grauen Haare und auch der feinsäuberlich gestutzte Bart schimmerten Silber und verliehen ihm, wie eh und je, einen erhabenen Ausdruck.

»Es ist nicht rechtens. Du solltest König werden, John. Nicht dieser elfjährige Bengel!«, unterbrach Thomas unvermittelt die Stille. »Ed ist niemals zum König gekrönt worden, deshalb gebührt dir der Thron!«

John starrte schweigend auf das Bettende und verzog keine Miene. William ahnte, wie es in ihm aussah.

Edmund legte dem Jüngsten in der Runde die Hand auf die Schulter. »Lass gut sein, Thomas. Du wirst am letzten Willen des Königs nichts mehr ändern können …«

»Willst du es einfach so hinnehmen? Willst du diesen Jungen wirklich auf dem englischen Thron sitzen sehen? Soll er das Schicksal unseres Landes lenken?« Thomas' Stimme bebte vor Wut.

»Das ist weder der rechte Zeitpunkt, noch Ort, für solch ein Gespräch«, mahnte John leise, aber eindringlich.

»Ich denke nicht, dass es einen besseren Zeitpunkt geben könnte. Mir scheint, dass unser Vater in den nächsten Stunden das Zeitliche segnen wird, und dann werden wir den neuen König ausrufen lassen müssen. Und ich sage es erneut: Richard ist nicht der König, den England braucht!«

»Thomas …«, setzte Edmund erneut an.

Doch der Jüngste schnitt ihm mit einer energischen Handbewegung das Wort ab. »Für mich bist du der rechtmäßige Nachfolger, John! Als Ed gestorben ist, hat er sein Geburtsrecht auf dich, als nächsten lebenden Sohn, übertragen, weil er nie gekrönt wurde!« Thomas wandte den Kopf in seine Richtung.

John schüttelte verständnislos seinen Kopf. »Hörst du dir eigentlich selbst zu beim Reden? Richard ist der rechtmäßige Thronfolger!«

»Will, hast du keine Meinung dazu?«, verlangte Thomas zu erfahren.

William zog seine Augenbrauen in die Höhe und tauschte einen kurzen Seitenblick mit John aus. »Ich hege ähnliche Zweifel, wie du. Allerdings sehe ich mich an mein Versprechen gegenüber Ed gebunden, mich für die Interessen seines Erben einzusetzen.«

»Das kann doch nicht dein Ernst – «

»Schluss jetzt!«, fiel ihm John schneidend ins Wort. »Ich respektiere den Willen unseres Vaters und Königs. Und das sollten wir alle! Er allein hat das Recht über die Thronfolge zu entscheiden und das hat er unlängst getan. Für mich ist die Sache damit ein für alle Mal vom Tisch. Auch ich habe Ed mein Wort gegeben und daran werde ich mich, genau wie Will, halten. Richard mag jung und unbedarft sein, aber es ist unsere Aufgabe ihn zu einem fähigen Herrscher zu erziehen, ihm die richtigen Werte mit auf dem Weg zu geben, ihn zu beraten und zu unterstützen, wo es uns nur möglich ist, auf dass er ein ebenso würdiger König wie sein Großvater wird!«

Nachdem der Älteste geendet hatte, ruhte sein Blick für einen Atemzug lang auf William. Er wusste, so überzeugt, wie sich sein Bruder gab, war er im tiefsten Inneren nicht. Doch es genügte, um Thomas zum Schweigen zu bringen, zumindest vorerst.

Elf Tage nach der Beisetzung Edwards III. war es dann so weit, die Krönung von Richard of Bordeaux stand kurz bevor.

Der gesamte Hof war in völligem Aufruhr. Die Bediensteten huschten gewichtig durch die Gänge, Höflinge versuchten sich möglichst gewinnbringend einzubringen oder sich unsichtbar zu machen.

Es wurde viel gelacht, die Stimmung schien gelöst. Die meisten hofften auf neuen, frischen Wind, der England erfassen und sie die letzten Schicksalsjahre – die von streitsüchtigen Schotten, einer erneuten Pestwelle, sowie schlechter Politik geprägt waren – vergessen ließ.

Doch gab es auch die Zweifler, zu denen nicht nur Thomas gehörte. Nach dem Tod ihres Vaters hatte er sich zurückgezogen und auffallend oft mit seiner Abwesenheit geglänzt. Der anstehenden Krönung zu entfliehen, hatte er sich unter Johns Argusaugen allerdings nicht getraut.

William wurde das Gefühl nicht los, einen Knoten in

der Brust zu haben. Er stand zwischen den Stühlen. Auf der einen Seite war er an sein Ehrgefühl gebunden und auf der anderen konnte er die leisen Zweifel, die auch in ihm keimten, nicht leugnen. Doch im Unterschied zu Thomas, war ihm bewusst, dass seine persönlichen Befindlichkeiten nicht weiter von Belang sein durften. Es galt einzig und allein die Thronfolge Edwards zu sichern. Und William würde versuchen mit bestem Beispiel voranzugehen. Er hatte bereits mit Ava gesprochen und sie hatte sich, damit einverstanden erklärt, gemeinsam mit ihm an den Hof zu ziehen, auch wenn sie diese Entscheidung nicht mit Glück erfüllte. Doch sie hatte einsehen müssen, nur so sah sich William im Stande, Richard die Stütze zu sein, die er brauchte. Er wollte ihn der Lasterhaftigkeit des Hofes nicht allein ausgeliefert sehen. John würde nicht auf ewig in seiner Nähe verweilen können und es galt abzuwarten, wie groß Joans Einfluss auf ihren Sohn sein mochte. Fragen über Fragen, die die Zukunft vage erscheinen ließen. Aber war es nicht ganz normal, Bedenken, ob der Zukunft zu verspüren? Schließlich ging es hier um die Zukunft Englands. Niemandem war also geholfen, wenn sie sich ihrer Sorgen gegenseitig bestätigten und ihrem Land schwere Zeiten vorhersagten. Lieber wollte er handeln und sein Möglichstes tun, anstatt tatenlos mitanzusehen, wie ihre Befürchtungen wahr wurden.

»Will ...« Ava trat auf ihn zu und strich auf Höhe seines Herzens behutsam über den moosgrünen Surcot, den er sich eigens für die Krönungsfeierlichkeiten hatte anfertigen lassen. »Du tust das Richtige!«

Seine Muskeln begannen sich unter ihren zarten Händen anzuspannen. »Wenn ich mir dessen auch so sicher sein könnte …« Er fuhr über ihre samtenen Haare, die kunstvoll zu einem Zopf geflochten waren und küsste ihre Nasenspitze.

Ihre Miene wirkte bekümmert. »Du folgst nur deinem Gewissen, indem du den letzten Willen des verstorbenen Königs befolgst und die damit rechtmäßige Thronfolge sicherstellst. Du hältst die von Gott gewollte Ordnung im Gleichgewicht!«

Er ergriff ihre schmale Linke und drückte sie an seine Wange. Er hatte das Gefühl sein Kopf müsste bersten vor lauter Gedanken und organisatorischen Dingen der letzten Wochen. »Zumindest rechtfertige ich mein Handeln so vor mir selbst und doch … werde ich das Gefühl nicht los, dass dieser Schritt der Anfang vom Ende bedeuten könnte … als besiegle ich hiermit den Zerfall des Hauses Plantagenet …«

Ava umfasste sein Gesicht mit beiden Händen. Das satte Grün ihrer Augen hatte den gleichen Ton, wie sein Surcot. »Hab' Vertrauen, Liebster!«

Er vergrub den Kopf in ihrem Dekolletee, das in dem enggeschnürten Kleid einfach verführerisch aussah. Ehe er antwortete, nahm er zwei lange Atemzüge von dem Lavendelduft, den sie verströmte: »Qui vivra, verra … Wollen wir hoffen, dass auch andere dieses Gottvertrauen besitzen werden …«

Ein zaghaftes Klopfen an der Tür unterbrach seine weiteren Gedanken.

»Mylord, wir wären soweit«, gab eine helle Jungenstimme dahinter wieder.

»Hmm … Keine Sekunde zu früh …«, flüsterte Ava schwach und zupfte am Ausschnitt ihres Kleides, bis es wieder richtig saß. Ihre Augen funkelten verräterisch.

William musste sich einen Ruck geben, um den Blick von Avas Brüsten zu lösen und seine Vernunft obsiegen zu lassen. Etwas schuldbewusst, weil er ihre Nähe hatte nutzen wollen, um der unheilschwangeren Gegenwart zu entfliehen, ergriff er ihre Hände und küsste die Innenflächen. »Dann wollen wir mal Richard of Bordeaux zum König krönen … Gott, steh uns bei!«

Es war stickig und die Luft war zum Zerreißen dick in der festlich hergerichteten Westminster Abbey. Die steinerne Säule in Williams Rücken strömte zu seinem Glück eine angenehme Kühle aus, was die Schweißperlen unter seiner Kleidung ein wenig in Zaum hielt. Er war in den oberen Rang des linken Querschiffs gegangen, um sich einen kurzen Überblick über den Stand der Vorbereitungen zu verschaffen und gegebenenfalls organisatorisch nachjustieren zu können. Doch es schien augenscheinlich alles nach Plan zu verlaufen. An allen Bänken waren weiße und rote Rosen befestigt worden, Richards Wappen hing von allen freien Wänden und auch die Bannerträger hatten dieses wie angeordnet zu beiden Seites des Portals gehisst. Der goldverzierte Krönungsstuhl war mit einem mit Löwen bestickten Überwurf geschmückt und auch die Krönungsinsignien hatten ihren Weg unbeschadet aus der königlichen Schatzkammer hergefunden. Direkt davor hatte sich Michael de la Pole postiert.

Von seinem Posten aus, musterte William de la Pole und musste mit Genugtuung feststellen, dass er, trotz seines gestandenen Alters von fast fünfzig Jahren, nervös wirkte. Er wusste nicht wieso, doch er konnte ihm nichts Gutes abgewinnen. Auch nicht mit dem Wissen, dass de la Pole keine unerheblichen Dienste für John und auch Ed geleistet hatte. Wahrscheinlich missfiel ihm einfach, wie er die Verhandlungen im Parlament bezüglich Richards Thronbesteigung für seinen persönlichen Aufstieg nutzte.

William wandte seinen Blick ab und gab Rob, der gerade durch das Portal kam, mit einem Kopfnicken zu verstehen, dass er die Lords und Ladys einlassen konnte. Er wartete nicht, bis diese die Reihen besetzten und den Innenraum der Kirche fluteten, sondern schritt stattdessen die Treppe in den hinteren Teil der Kirche hinunter, in dem Harry bereits auf ihn wartete, der eine gewichtige Miene zum Besten gab.

»Adam und Godric haben mir von John mitteilen lassen, dass er – wie besprochen – im Begriff sei mit Richard vom Westminster Palace aus herzureiten.«

»Wo sind die beiden jetzt?«

»Sie warten vor der Tür.« Mit dem Daumen deutete er auf die kleine Tür am Ende des schmalen Raumes. »Soll ich sie hereinholen?«

William schüttelte den Kopf. »Hast du Sudbury gesehen?«

»Der Bischof of Canterbury«, korrigierte ihn Harry

mit gerunzelter Stirn und tadelndem Tonfall, »hat sich vor einer guten Stunde gemeinsam mit den Bischöfen of York und London zu einem kurzen Gebet zurückgezogen.«

Harrys Versuch ihm, in diesem Moment völliger Angespanntheit, korrekte Anredeformen näher zu bringen, kommentierte er mit einem gleichmütigen Schulterzucken. »Sei so gut und schick Godric zu Sudbury. Rob hat das Portal eben geöffnet, das heißt in wenigen Augenblicken sollten alle Plätze besetzt sein. Sudbury kann Joan also mit der Königsfamilie ins Querschiff geleiten und sich dann gemeinsam mit Neville und Courtenay zum Hauptportal begeben, um dort Richard in Empfang zu nehmen.«

Harry nickte zustimmend und wollte sich bereits zur Tür wenden, als ihn William nochmals aufhielt.

»Adam schickst du zu de la Pole. Er soll mit ihm erneut den Ablauf durchgehen. So nervös, wie der mir erscheint, vergisst er noch die Reihenfolge, wie er die Insignien überreichen soll. Und sobald Richard vor der Abtei angelangt ist, werden auch John und ich unseren Platz bei ihnen einnehmen.«

Während er die letzten Worte aussprach, bewegte er sich bereits durch den Raum, zur zweiten Tür, hinter der sich eine hölzerne Treppe verbarg, die zu einem unterirdisch gelegenen Gang in Richtung Westportal führte.

Der unterirdische Gang roch modrig und nach abgestandener Luft, verbreitete aber die von ihm erhoffte Kühle. Am Ende des Ganges löschte er die Fackel, die er vor dem Treppenabsatz aus der Wandhalterung genommen hatte, und trat durch die kleine, unscheinbare Seitentür ins Freie.

Er nahm ein paar tiefe Atemzüge und schaute blinzelnd in den klaren, blauen Himmel. Beiläufig nahm er die Wachposten wahr, die mit einem gemurmelten »Mylord« an ihm vorbeimarschierten.

Gott, ich mache drei Kreuze, wenn dieser Tag vorüber ist, dachte er und versuchte seine Kiefermuskeln zu entspannen.

Mit Robs und Harrys Hilfe hatte er sich darum gekümmert, dass sich die übliche Zahl an Wachmännern vervierfachte. Die Sicherheit des zu krönenden Königs hatte oberste Priorität und um diese zu gewährleisten, hatten sie mehrere Maßnahmen ergriffen. Unter anderem hatten sie am Morgen den gesamten Weg vom Westminster Palace bis hin zur Abtei von einer Vielzahl an Männern abreiten und kontrollieren lassen, um sicherzugehen, dass sich dort keine ungebetenen Gäste aufhielten, die die Krönung möglicherweise zu verhindern versuchten. Alle Seitentüren und Portale der Abtei wurden von mindestens zwei Mann bewacht und betreten durfte man jene nur unbewaffnet. Richard und John wurden – neben der königlichen Leibgarde – zudem von einer guten Schar an Rittern begleitet. Die eigentliche Krux stellte allerdings der anschließende Ritt des neugekrönten Königs durch die Straßen dar. Die Londoner ließen es sich nie nehmen, diesen Part der Krönungsfeierlichkeiten zu missen und den neuen König auf dem Weg zum Tower zu bejubeln. Auch wenn

William das Ganze aufgrund der Unwägbarkeiten gerne auf ein kurzes Zusammentreffen mit dem Londoner Bürgermeister beschränkt hätte, konnte er sich der Tradition nicht erwehren. Mit den Bürgern Londons war es nämlich so eine Sache, entweder sie liebten oder sie hassten einen aus den Reihen des Adels. Und für den König war es natürlich ratsam, wenn ersteres zutraf, schon allein wegen des Parlaments, in dem ein Großteil an besser betuchten Londoner Bürgern unter den Commons saßen. Die Commons vertraten im Parlament die Bürgerlichen und bestanden zumeist aus neureichen Pfeffersäcken. Genoss der König unter diesen ein gutes Ansehen, waren sie eher dazu geneigt bei Entscheidungen im Sinne des Königs zu stimmen.

Aus der Ferne war lauterwerdendes Hufgetrappel zu vernehmen und im nächsten Moment kam John auf seinem prächtig geschmückten Wallach hinter dem alten Gemäuer der Abtei zum Vorschein.

Nun konnte das Spektakel beginnen.

Für einen Lidschlag blieb William im Querschiff stehen und ließ seinen Blick über die Versammelten schweifen. Wohin er auch schaute, fanden seine Augen allesamt fein eingekleidete Lords und Ladys, sowie wohlbetuchte Kaufleute. Alles, mit Rang und Namen hatte sich einen Platz auf den Bänken verschafft. Diejenigen, die noch aufzusteigen hofften, mussten mit einem weniger attraktiven Stehplatz ganz hinten vorliebnehmen. So oder so, es hätte keine Maus mehr Platz finden können, was für die sich anstauende Luft hier drin nicht gerade förderlich war, kam es ihm in den Sinn. Es gab kaum eine Dame, die ihren Seidenfächer nicht durch die Luft schnellen ließ, in der kleinsten Hoffnung, so die unerträgliche Hitze abzumildern.

In der vordersten Reihe des rechten Querschiffs saß seine Mutter Joan, die baldige Königinmutter. Neben ihr hatte sich soeben John zu seinem Sohn Henry Bolingbroke, der im gleichen Alter wie Richard war und neuerlich den Titel Earl of Derby mit sich führte, gesetzt. Keine Handbreit dazwischen saß Johns kastilische Frau Constanza und daneben Ava mit Lucan und Alix. In der Reihe dahinter hatten seine Halbbrüder Thomas und Edmund mitsamt ihrer Ehefrauen und Kindern Platz genommen.

Während sich William zu Ava setzte, beäugte er Thomas für einen Moment von der Seite. Seine Miene wirkte steinern, doch sein Blick weich. An seiner Meinung, dass John anstelle von Richard den Thron besteigen sollte, hatte sich nach wie vor nichts geändert. Edmund hatte versucht einen Mittelweg einzuschlagen und John als vorübergehenden Regenten vorgeschlagen, bis Richard volljährig war. Nichts von alledem war im Interesse des Parlaments. Beides wurde von den Kronvasallen und den Commons diskutiert, von letzteren jedoch entschieden abgelehnt. Nicht, weil sie grundsätzlich gegen eine Abänderung der Nachfolge Edward III. gewesen wären, sondern weil sie ausschließlich gegen John waren.

Seitdem er zu den einflussreichsten und wohlhabendsten Männern Englands zählte, hatte sich das

Verhältnis zwischen den Londonern und John verschlechtert, ganz so, als sei sein Reichtum auf ihren Kosten entstanden. Doch sein Ruf war zu Unrecht schlecht. Kaum einer wusste, dass John es war, der seinen Kopf hinhielt, wenn ihr seit Langem regierungsunfähige Vater politische und militärische Fehlentscheidungen getroffen hatte oder er es war, der aufgrund der betriebenen Schuldenpolitik mit unangenehmen Forderungen – meist finanzieller Natur – ans Parlament herantrat. John wusste, ob seines Rufs, unternahm jedoch nichts dagegen. Möglicherweise, weil es ihn tatsächlich nicht interessierte, was andere über ihn dachten oder weil er nicht auf die Milde der Londoner angewiesen war. Vielleicht war es auch ein Zusammenspiel aus beidem, so oder so, das Misstrauen der Commons wurde mit dieser Einstellung natürlich nicht beseitigt.

Dabei war ihre Gegenwehr im Grunde sinnlos. Zwar würde John kein Amt im Kronrat bekleiden und damit nichts mit den königlichen Alltagsgeschäften zu tun haben, aber gemeinsam mit Joan die Fäden in Richards Rücken ziehen. Solange, bis er alt genug war, um Verantwortung zu übernehmen und sicher auch, um zwischen Freundschaft und Habgier am Hof unterscheiden zu können. Letzteres hatte sich zumindest William vorgenommen …

Ein Trompetenstoß zerstreute seine Gedanken. Richard musste das Portal erreicht haben.

Er spürte, wie sein Herz in der Brust schneller schlug und sich seine Haltung prompt versteifte. Unauffällig tastete Ava nach seiner Hand.

Dankbar ergriff er die ihre und drückte sie sacht.

Ein erneuter Klang der Trompeten kündigte den Beginn der Krönungsfeierlichkeiten an, woraufhin Sudbury mit würdevollem Gesichtsausdruck den steinernen Gang zwischen den vielen neugierigen Gesichtern andächtig entlangschritt. Die Bibel fest an die golddurchwirkte, weiße Robe gedrückt, führte er die kleine Prozession aus Neville, Courtenay und Richard an. Die beiden Bischöfe folgten ihm gemessenen Schrittes. In ihren ausgestreckten Händen hielten sie zwei wichtige Krönungsinsignien empor: das Schwert der Barmherzigkeit von Edward, dem Bekenner, und das königliche Zepter.

Mit etwas Abstand folgte ihnen Richard in einem langen purpurnen Gewand, in dem er fast zu verschwinden drohte, so groß wirkte es an ihm.

Nach einer gefühlten Ewigkeit erreichten sie schließlich den Krönungsstuhl. Dort übergaben Neville und Courtenay die Insignien an de la Pole, der sie mit gesenktem Kopf entgegennahm und auf bereitgestellte rote Samtkissen ablegte.

Dann stellte sich Sudbury vorm Hochaltar auf, schlug ein Kreuz in die Luft und murmelte ein Ave-Maria, ehe er sich gewichtig vor Richard stellte und nun vor diesem verschiedene Psalmen sprach.

Die Bedeutsamkeit Sudburys war unumstritten. Seit William, dem Eroberer, wurde die Krönungszeremonie durch den amtierenden Bischof of Canterbury durchgeführt, da dieser als geistliches Oberhaupt Englands galt und die engste Verbindung zum Papst und damit zu Gott darstellte. Die Krönung durch ihn sollte der Welt also nichts anderes als Gottes Willen symbolisieren: Richard of Bordeaux würde König von Gottes Gnaden werden.

Jetzt trat Courtenay auf de la Pole zu, der sein Gewicht unruhig von einem Fuß auf den anderen verlagerte, was ihm, wie William von seiner Position aus genaustens sehen konnte, einen vernichtenden Blick des Bischofs einbrachte.

Fast schon hastig übergab er ihm das geforderte königliche Zepter, das einen guten Meter maß. Es war aus purem Gold gefertigt und mit nicht wenigen Edelsteinen besetzt. Auf seiner Spitze befand sich ein Kreuz, auf dem wiederum eine emaillierte Taube saß. Diese versinnbildlichte den Heiligen Geist, der die Könige Englands in all ihrem Sein leiten sollte.

Ehrfürchtig nahm Richard das dargebotene Zepter entgegen.

Als nächstes bekam Neville das Schwert der Barmherzigkeit überreicht, das er wiederum an Richard gab.

Jetzt fehlte noch die Krone. Ein letztes Mal hob de la Pole eines der roten Seidenkissen an und wartete darauf, dass Neville die Insignie entgegennahm.

Und zu guter Letzt öffnete Sudbury eine kleine silberne Ampulle und träufelte Richard etwas von dem darin befindlichen Öl auf die Stirn, um es anschließend zu einem Kreuz zu verstreichen. Dann hob er trichterförmig die Hände über den Kopf und erklärte die Salbung mit den Worten »Dei gratia« für vollendet.

Richard ließ einige Augenblicke verstreichen, bis er

schließlich die alte Formel sprach: »Ich, Richard II., gelobe feierlich mich stets durch die Gnade Gottes leiten zu lassen und meinem Volk ein barmherziger und gerechter Herrscher zu sein. Die Kirche Gottes und mein Volk sollen unter meiner Herrschaft den wahren Frieden erfahren.«

Die gesamte Kirche hielt den Atem an, als Richard sich anschließend vom Krönungsstuhl erhob und seinen Blick über die Anwesenden wandern ließ.

William wartete darauf, dass Richard die Augen seiner Mutter suchte, doch damit lag er falsch. Er schaute nacheinander jeden aus der engsten Königsfamilie an und schien doch niemanden wirklich zu sehen. Seine Augen funkelten.

Er versuchte die Gedanken dahinter zu erahnen. Was war es, was aus seinen Augen sprach? Aufregung? Oder Hochmut?

Langsam, als sei Richard unsicher, ob er das Gewicht der Krone auch wirklich schultern konnte, bewegte er sich auf Sudbury zu, der vor dem Altar auf ihn wartete.

Dort würde er sich nun der Zeremonie entsprechend hinknien – doch, er kniete nicht. Hatte er diesen entscheidenden Vorgang etwa vergessen? Nein, dafür hatten sie die Abläufe zu häufig mit ihm besprochen. Richard blieb bewusst aufrecht vor dem Altar stehen. Und auch legte er seine Hand nicht auf die Bibel, die Sudbury zuvor dort abgelegt hatte, sondern hielt das Schwert stattdessen fest umschlossen in der rechten Hand.

Mit ungeahnt kräftiger Stimme gab er nun die

geforderten Worte von sich: »So wahr mir Gott helfe, werde ich mein soeben gegebenes Versprechen einhalten!« Im Anschluss küsste er das Schwert. Das Schwert und nicht die Bibel.

Beunruhigt wechselte William einen vielsagenden Blick mit John.

Nun war es unumkehrbar: Richard II. war der neue König von England. Gott steh uns bei!

England, 1589

Whitehall, September 1589

»Ihr seht bedrückt aus, Liebes.« Die Königin schielte über den Rand ihrer Spielkarten zu Martha herüber und wirkte ernsthaft besorgt.

Martha schluckte, um den Kloß in ihrem Hals loszuwerden und ließ ihre Karten langsam sinken. Übermorgen sollte das Aufgebot für ihre und Devereux' Eheschließung gestellt werden. Wenn sie jetzt nicht das Gespräch suchen würde, konnte sie es gleich bleiben lassen, dachte sie beklommen. »Ich muss etwas mit Euch besprechen. Es ... es duldet keinen Aufschub.«

Misstrauisch kniff Elizabeth ihre Augen zu kleinen Schlitzen zusammen. »So? Dann sprecht frei heraus.«

»Ich ...« Im letzten Moment entschied sich Martha dafür, sich nicht unwissend zu stellen, wie sie es eigentlich vorgehabt hatte. Wenn sie bei der Wahrheit blieb, konnte sie sich selbst nichts vorwerfen. Auch wenn das Elizabeth Zorn auf sie verstärken konnte.

Sie atmete tief durch und rief sich ins Gedächtnis,

nichts war schlimmer, als Devereux' Frau zu werden, nicht einmal die Aussicht auf den Tower.

»Ich glaube, Ihr solltet eine Heirat zwischen Lord Essex und mir noch einmal überdenken, Majestät …«

Elizabeth zog ihre Augenbrauen in die Höhe. »Nie gestatte ich meinen Hofdamen zu heiraten und jetzt da ich es tue, bittet Ihr mich davon Abstand zu nehmen?«

»Es liegt nicht am Heiraten per se, sondern an dem Bündnis zwischen ihm und mir …«

Die Königin machte eine auffordernde Geste, die ihr bedeutete, fortzufahren.

Martha schluckte erneut und versuchte ihr in die Augen zu schauen. Sie wusste, dass Elizabeth es als Schuldeingeständnis wertete, wenn sie ihren Blick meiden würde. Sie durfte weder Schwäche noch Überheblichkeit ausstrahlen. Doch der Grat war schmal. »Sollten dieser Verbindung Kinder entspringen, würden sie keinen unerheblichen Anspruch auf den Thron haben. Bedenkt man seine Verwandtschaft mit Euch und die meine …«

»Inwieweit sollte Eure Verwandtschaft mit mir eine Rolle spielen?« Ihr Ton war schneidend.

»Weil ich einer Bastardlinie von Edward III. und Joan of Kent entstamme, Eure Hoheit.«

Elizabeth legte die Karten beiseite. Um ihren Mundwinkel hatte sich ein bitterer Zug gebildet. »Was veranlasst Euch zu solch einer abstrusen Äußerung?«

»Ich habe im Nachlass meiner Großmutter Marthilda ein Tagebuch von Joan of Kent gefunden und einen alten Stammbaum, der mich als ihre Nachfahrin ausweist.« Martha holte die Dokumente aus ihrer eingenähten Tasche am Kleid hervor und legte sie vor sich hin. »Wenn die Aufzeichnungen stimmen, dann hätte ich nicht nur väterlicherseits durch die Familie Somerset, sondern auch mütterlicherseits durch die Bastardlinie Plantagenet königliches Blut in meinen Adern ... Ich dachte, Ihr solltet das wissen. Ich würde es mir nie verzeihen, wenn diese Umstände ein schlechtes Licht auf unsere Freundschaft werfen würden.«

Lippen waren nicht mehr als solche zu erkennen, so fest presste sie diese aufeinander.

Martha zuckte leicht zusammen, als Elizabeth zweimal in die Hände klatschte und wartete, bis ein blonder Page herbeigeeilt kam. »Hol den Lord High Treasurer!«

Dann wandte sie sich an die übrigen Höflinge im Privy Chamber. »Hinaus mit euch. Geht! Ich will mit Lady Somerset ungestört sein.« Elizabeth erhob sich und schritt ruhelos durch den Raum, während sich dieser langsam, und unter gehörigem Gemurmel, leerte.

Cecil ließ nicht lange auf sich warten. Mit großen Schritten trat er herein und beäugte die beiden Frauen aufmerksam. Er nahm die angespannte Stimmung direkt wahr.

Unter einer tiefen Verbeugung, richtete er sein Wort an die Königin: »Eure Hoheit, Ihr habt nach mir rufen lassen?«

»Überprüft diese Schriftstücke auf ihre Echtheit, Lord Burghley.« Mit einem unwirschen Wink deutete sie auf die Dokumente zu Marthas Füßen und setzte ihren ruhelosen Gang fort.

Martha klaubte die Dokumente zusammen und überreichte sie Cecil stillschweigend.

Voller Neugier nahm er die Dokumente entgegen, setzte sich an den gebeizten Eichentisch und begann sie zu studieren.

Martha beobachtete abwartend, wie er interessiert den ledernen Umschlag des Tagebuchs befühlte und Joans Schrift eingehend untersuchte. Parallel dazu besah er sich ihre Ahnentafel, fuhr mit seinem Zeigefinger die einzelnen Namen entlang, stutzte hier und da und las mehrere Tagebucheinträge quer. Schließlich betrachtete er die Verzichtserklärung, die Williams Eheschließung mit Ava belegte.

Martha spürte, wie ihr Herz zu klopfen begann, als wolle es aus ihrer Brust hüpfen und in tausend Teile zerbersten. Diese Stille machte sie mürbe. Unruhig rutschte sie auf ihrem Sitzkissen hin und her und mahnte sich gleichzeitig zur Ruhe. Keinem wäre damit gedient, wenn sie jetzt panisch werden würde.

Nach einer gefühlten Ewigkeit hob Cecil endlich seinen Kopf und nahm Martha prüfend in Augenschein. Aus seinem Gesicht war der Ausgang des Geschehens nicht abzulesen.

Angestrengt bemühte sie sich seinem Blick Stand zu halten.

»Nun, zu welchem Ergebnis seid Ihr gekommen?« Elizabeths Ungeduld war nicht zu überhören.

Cecil wandte sich zur Königin. »Ja, Eure Excellenz. Die Dokumente lassen mich nicht an ihrer Echtheit zweifeln. Joan of Kent und Edward III. scheinen die

Vorfahren von Lady Somerset zu sein. Um ganz sicher zu gehen, müsste ich alte Aufzeichnungen von Joan of Kent zu Rate ziehen und die Handschrift vergleichen. Tatsächlich ist mir der Name William Plantagenet, als Bastard des Königs, bereits untergekommen.«

»Und was hat es mit der Verzichtserklärung auf sich?«, wollte Elizabeth wissen.

»Die scheint mir glaubwürdig zu sein, auch wenn das königliche Siegel fehlt.«

»Das bedeutet, die Bastardlinie von William Plantagenet hat durch ihr königliches Blut nach wie vor Anspruch auf den Thron?«

Cecil überlegte. »Das lässt sich nicht so einfach beantworten.«

»Wie würde es sich verhalten, wenn Lady Somerset nun eine Ehe mit Lord Essex eingehen würde?«

Cecil schaute von der Königin zu Martha. »Mit dem Wissen«, er deutete auf die Dokumente, »kann ich ein Bündnis dieser beiden Häuser nicht gutheißen.«

Martha musste krampfhaft einen Jubelschrei unterdrücken und biss sich sicherheitshalber auf die Zunge.

Elizabeth drehte ihr den Rücken zu. »Unter diesen Umständen ist Euer Verlöbnis mit Lord Essex hiermit aufgehoben. Und nun geht mir aus den Augen! Ich muss mir Gedanken machen, was ich mit Euch anfange!«

Anno Domini 1381

Rage must be withstood.
Shakespeare, King Richard II.

Wut muss bekämpft werden.

»Mylord, ich muss Euch kurz sprechen.«

Adams Miene verriet William augenblicklich, dass etwas nicht stimmte. Er erhob sich von seinem Platz im großzügigen Wohngemach, von dem aus er Lucan und Henry beim Schachspielen zugesehen hatte, und ging mit Adam ein paar Schritte zur Seite. »Was ist passiert?«

»Es scheint so, als hätte sich der Bauernaufstand jetzt doch bis nach London ausgebreitet. Vor den Eingangstoren des Palace hat sich ein wütender Mob gebildet, der stetig anwächst. Die Wachen werden langsam schon unruhig. Sie sind nicht voll besetzt, da Lancaster ja, wie Ihr wisst, einen Teil von ihnen mit nach Schottland zur Verhandlung der Grenzstreitigkeiten genommen hat.«

Nachdenklich strich sich William mit einer Hand über den Bart. »Wie genau schätzt du die Lage ein?«

»Ganz ehrlich? Ihr solltet umgehend mit den Jungen von hier verschwinden, Mylord!«

Er schaute zu den beiden hinüber. Henry war gerade am Zug und überlegte angestrengt, mit der Zungen zwischen den Lippen, welche Taktik er fahren sollte. Sein Sohn hatte unterdessen ein triumphierendes Schmunzeln aufgesetzt, mit dem er seinen Freund aus der Ruhe bringen wollte.

»Godric ist schon dabei ein Boot für euch bereit zu machen. Ich denke, es wäre – « Ein plötzliches Scheppern, gefolgt von lautem Stimmengewirr unterbrach Adam abrupt im Reden.

Mit schnellen Schritten waren sie bei den Fenstern

angelangt, aus denen der Lärm herüberdrang und die zum Innenhof zeigten. Dort erkannten sie im Halbdunkel der hereinbrechenden Nacht eine Schar von Männern, die ihrer Kleidung nach zu urteilen Bauern, Fischer und Tagelöhner waren. Ein Teil hielt Fackeln in den Händen, ein anderer Teil Schwerter, Äxte, Mistgabeln oder Holzknüppel. Einer von ihnen schien sich sogar eines abgebrochenen Tischbeins bedient zu haben. Und auch wenn ihre Waffen ein unorganisiertes Sammelsurium ergaben, die Männer dahinter schienen umso entschlossener. Sie wirkten fanatisch und nicht als sei mit ihnen noch zu reden.

William sah blinde Wut in ihren Gesichtern. Er wollte sich nicht ausmalen, was sie mit ihnen machten, wenn sie ihrer habhaft würden. Zum Glück hatten Ava und Alix ihn nicht mit nach London begleitet und waren in Corfe Castle geblieben. »Lucan, Henry, holt unverzüglich eure Mäntel und Kurzschwerter. Wir brechen sofort zum Tower auf!«

Die beiden Jungen warfen sich gegenseitig einen unsicheren Blick zu, stellten jedoch keine Fragen, ob der Ernsthaftigkeit und taten umgehend wie ihnen geheißen.

»Vergewissere dich, ob das Boot abfahrbereit ist!« William schritt zum Stuhl, auf dem er eben noch seelenruhig gesessen hatte, warf sich seinen Mantel über und gürtete sein Schwert fest.

Adam nickte und verschwand in Richtung der Tür, als diese schwungvoll aufgestoßen wurde und Godric hereinplatzte. »Mylord! Die Aufrührer sind kurz davor die Eingangshalle zu stürmen!«

William legte eine Hand auf den Schwertknauf und folgte den Brüdern auf den Gang hinaus. Von der Galerie aus hatten sie einen freien Blick auf den unteren Flur, der in der fein geschliffenen Tür der Eingangshalle mündete. Klirrende, sowie dumpfe Geräusche drangen zu ihnen hoch, die von erbitterten Kampfhandlungen zeugten und ihnen ihre bedrohliche Lage einmal mehr deutlich machten.

»Sie werden nicht mehr lange von der Treppe fernzuhalten sein, Mylord!«, schätzte Godric.

William wusste, dass er recht hatte. Suchend drehte er sich nach den Jungen um und wollte schon nach ihnen rufen, als sie aus einer angrenzenden Tür heraustraten. Nacheinander sah er sie eindringlich an. »Wir müssen auf dem schnellsten Weg zu den Booten! Die Männer dort unten werden kurzen Prozess mit jedem von uns machen, wenn sie uns in die Finger bekommen! Seid also kampfbereit!«

»Sie glauben meinen Vater hier zu wissen …« Die Stimme des Vierzehnjährigen war erstaunlich fest. Sein Alter sagte wahrlich nichts darüber aus, wie erwachsen Henry in den letzten Monaten geworden war. Tatsächlich musste sich William immer wieder ins Gedächtnis rufen, dass er bereits seit über einem Jahr mit der kleinen Mary de Bohun verheiratet war.

Zur Bestätigung blickte ihm William fest in die Augen und trat dann auf die Treppe zu. »Wir wählen besser den Weg über den Gesindetrakt!«

Er zog sein Schwert und schritt voran, nahm

teilweise drei Stufen auf einmal, dicht gefolgt von den Jungen. Adam und Godric bildeten die Nachhut. Zielstrebig wandte er sich nach links, passierte eine Tür, die in einen schmalen Flur führte, an den Gesindekammern, Haushaltsräume und die Küche angrenzten. Von der Küche aus konnte man in die Kellerräume gelangen, die einen direkten Zugang zur Themse ermöglichten.

Doch noch ehe sie das Ende des Ganges erreichten, verriet ihnen das Bersten der soeben verriegelten Tür hinter ihnen, dass ihr Plan nicht unentdeckt geblieben war.

Die Männer fuhren herum und sahen sich erst zwei, dann drei Angreifern gegenüber, die sich unter Ächzen durch die Tür zwängten. Einer von ihnen warf einen Blick auf Williams Emblem, das am Mantel zu erkennen war und rief über seine Schulter hinweg: »Na, sieh einer an! Heute scheint unser Glückstag zu sein, Jungs! Das ist doch der Königsbastard!«

»Geht, Mylord! Wir werden sie, so lange es geht, aufhalten!« Godric klang fest entschlossen.

»Der Savoy Palace wird nicht zu halten sein!«, antwortete William beschwörend. Dabei wusste William genau, dass es Godric nur um ihren sicheren Abzug ging.

»Aye!« Erwiderte einer der Männer angriffslustig, der vermutlich dem Fischereigewerbe angehörte.

»Nun geht schon, verdammt!«, flehte ihn Adam mit zusammengebissenen Zähnen an.

William blickte seinen loyalen Gefolgsmännern

nacheinander in die Augen und hoffte, dass sie seine Dankbarkeit sehen konnten. Die Brüder wussten genau, was sie taten. Sie wussten, sie würden hier und jetzt ihr Leben für ihn und die beiden Jungen lassen.

Wie gelähmt, fasste er Henry und Lucan bei den Schultern und drängte sie vor sich her, die Küche hindurch und die steinerne Kellertreppe hinunter; versuchte krampfhaft das Waffenklirren auszublenden.

Hinter ihnen waren laute Schreie zu vernehmen, die vermutlich von einer Magd stammten.

William presste seine Lippen zusammen, als er merkte, dass die Jungen aufgrund der verzweifelten Rufe ins Stocken gerieten. Sie hatten das Herz am rechten Fleck, doch sie würden ihnen nicht helfen können. »Wir dürfen keine Zeit verlieren … Adams und Godrics Opfer soll nicht umsonst gewesen sein!«

Hastig liefen sie weiter den Keller entlang und gelangten schließlich an den kleinen Steg, der hinter einer der letzten Holztüren verborgen lag.

Ein nervös wirkender Knecht befingerte zitternd das Tau, mit dem das Boot an einem Eisenring am Treppenabsatz befestigt war. »Schnell, Mylord! Schnell! Ich habe das Fallgitter bereits hochgezogen!«

Mit einem Fingerzeig deutete er auf das algenbehangene Gitter, das nur bei Benutzung des Seeweges hochgeholt wurde, damit sich niemand ungebeten Zutritt über die Themse verschaffen konnte.

William wartete, bis sein Sohn und Henry sicher Platz genommen hatten, dann löste er das Tau, gab dem Boot einen Anstoß und sprang geschickt hinein, ohne das

Gleichgewicht zu verlieren.

»Wohin, Mylord?«, fragend blickte ihn der Knecht an, während er mit den Rudern auf die Mitte der Themse paddelte.

»Zum Tower, Bryan.«

Keinen Lidschlag später, tauchten zwei finster dreinblickende Gestalten am Fuß der Treppe auf und reckten wütend ihre Waffen in die Höhe.

»Wieso …?« Lucans Gesichtsausdruck spiegelte seine innere Ratlosigkeit wider. »Wieso, haben diese Männer den Savoy Palace gestürmt? Und, wieso haben sie es ausgerechnet auf uns abgesehen?«

»Weil mein Vater die Kopfsteuer veranlasst hat. Dafür hassen sie ihn. Sie hofften sicherlich, ihn heute Nacht anzutreffen, um ihn bezahlen zu lassen. Sie wollten ihn … töten«, kombinierte Henry fassungslos.

»Und warum ist diesem Aufstand noch kein Einhalt geboten worden? Wie ist es möglich, dass er bis hier nach London kommen konnte?«

William holte tief Luft. »Der gesamte Adel ist so von sich eingenommen … Keiner aus unseren Reihen hat es für möglich gehalten, dass sich der unterste Stand ernsthaft traut sich in diesem Ausmaß zu erheben.«

»Aber sie werden doch wissen, dass sie für ihr Handeln hart bestraft werden? Sie können sich doch nicht einfach so über geltende Gesetze stellen und hoffen damit durchzukommen!« Verständnislosigkeit sprach aus Lucans Stimme.

Henry legte seinen Kopf schräg. »Ich denke, sie wollen vielmehr ein Zeichen setzen und zeigen, dass sie nicht alles mit sich machen lassen. Vielleicht ist ihnen die Bestrafung sogar gleichgültig, wenn sie eine Veränderung bewirken können.«

Lucan blickte zum Savoy Palace und schüttelte seinen Kopf. »Und auf ihrem Weg zur Veränderung bringen sie zahllose Menschen um. Vielleicht wird Gott Verständnis für ihre armen Seelen haben, ich tue mich schwer damit ...«

»Vielleicht, weil es uns zu gut geht, Lucan«, gab William zu bedenken. »Können wir wirklich nachempfinden, was diese Menschen antreibt? Wissen wir, was es heißt solch einen Hunger zu leiden, dass man nicht mehr ein noch aus weiß? Wenn man nicht weiß, wie man den nächsten Winter überstehen soll? Wie groß muss die eigene Not sein, wie verzweifelt muss man sein, dass man den sicheren Tod für sein Handeln in Kauf nimmt, nur um ein Umdenken zu bewirken? Und nichts anderes wird sie erwarten, wenn der Aufstand erst gestoppt ist, und das werden sie wissen. Sie haben nichts zu verlieren und das macht sie gefährlich.« Nachdenklich besah er das schwarze Nass unter ihnen.

»Ich denke, an Henrys Vermutung ist etwas Wahres dran. Der dritte Stand beklagt sich nicht erst seit gestern darüber, dass ihre Abgaben zu hoch seien, um ihr Überleben zu sichern. Und sie haben Recht mit dem, was sie sagen ... Ihre Abgaben sind zu hoch! Doch wir übergehen diesen Umstand mit der einfachen Begründung, dass unsere gesellschaftliche Ordnung von Gott gewollt ist. Der dritte Stand arbeitet, leistet Frondienste und zahlt eben Naturalabgaben und Steuern, schließlich erhält er dafür von uns Schutz. So ist es seit Menschengedenken. Doch wir sollten uns fragen, wovor wir sie wirklich schützen, wenn wir keine Anstalten machen und sie vor dem sicheren Hungerstod bewahren, sondern sich ihnen selbst überlassen. Dabei vergessen wir jedoch, dass der untere Stand, zu denen nicht nur Bauern, sondern auch Handwerker oder Fischer zählen, unsere Gesellschaftsordnung maßgeblich stützen. Bricht ihr Stand weg, wie sollen sich der erste und zweite Stand dann halten? Wir können diese Bevölkerungsgruppe nicht durchweg schröpfen, so funktioniert es eben nicht … Ich würde mich auch zur Wehr setzen, wenn ich meine Familie nicht mehr zu ernähren wüsste.«

Ein vorsichtiges Räuspern erinnerte sie daran, dass sie nicht allein im Boot saßen. »Mit Verlaub, Mylord, aber ich habe zeitlebens noch niemanden aus Eurem Stand solch weise Worte sagen gehört …«

»Das liegt daran, dass wir mit jenen Worten unsere gesamte gesellschaftliche Ordnung untergraben und es einem Verrat gleichkommen würde, Bryan …«, antwortete er wahrheitsgemäß.

»Und doch zeugen die Worte von Großmut. Vor allem, wenn man bedenkt, was soeben mit Euren Männern geschehen ist und was die Rebellen Euch um ein Haar angetan hätten …«

William betrachtete Bryan eingehender. »Im Leben geht es weder gerecht noch problemlos zu. Das wirst du noch besser beurteilen können, als ich es kann. Doch ganz gleich, was das Schicksal für einen bereit hält, niemals wird es einen voranbringen, wenn man mit diesem hadert. Es geht einzig und allein darum, wie man mit Widrigkeiten umgeht, die sich einem in den Weg stellen.« Er richtete seinen Blick auf die Jungen. »Edward III. sagte eins zu mir, dass erst die Taten den wahren Charakter eines Mannes offenbaren. Mit anderen Worten also, formen uns solche Vorkommnisse, wie heute Nacht. Entweder man zerbricht daran oder gewinnt an Stärke und Mut. Gibt man sich dem Schicksal hin oder nimmt es selbst in die Hand? Letztlich ist es das, was Männer voneinander unterscheidet.«

Die Jungen hingen, wie gebannt, an seinen Lippen. »Und das beinhaltet auch die Frage, mit welcher Einstellung ihr durch das Leben geht, ob ihr in der Lage seid, das große Ganze zu überblicken. Mutig ist nicht der, der mit Feuer auf Feuer antwortet, sondern mit Wasser. Sobald Richard seine Truppen gesammelt hat, wird es ihm ein Leichtes sein, den Aufstand zu ersticken. Doch würde das die Ursache nur verschieben, nicht lösen.«

Eine Weile sagte niemand etwas, bis es sein Sohn nicht mehr aushielt. »Richard wird sie bitterlich dafür büßen lassen und ihnen zeigen wollen, wo sie hingehören … richtig, Vater?«

»Davon gehe ich aus, ja.«

Henry schüttelte verständnislos den Kopf. »Aber damit wird der dritte Stand doch nur für den Moment mundtot gemacht, nichts weiter. Sollte man nicht eher einen Schritt auf sie zugehen? Zufriedene Bauern leisten sicher bessere Arbeit als unzufriedene oder gar tote Bauern. Und damit würde man einem erneuten

Aufstand den Nährboden entziehen.«

William musterte seinen Neffen anerkennend für seinen politischen und gesellschaftlichen Weitblick. »Ich stimme dir in allen Punkten zu. Allerdings bin ich mir nicht sicher, ob dein Vater diese Ansichten ebenso teilt. Zumindest was die Zugeständnisse betrifft. Auch wenn die Kopfsteuer nicht seine eigene Idee gewesen ist, und er sie nur eingeführt hat, um der Krone aus ihrer finanziellen Misere zu helfen, vertritt er doch die Meinung, dass der dritte Stand seinen vorbestimmten Platz hat.«

»Aber vielleicht ist es an der Zeit unsere weltliche Ordnung zu überdenken …«, sann der Ältere der beiden Jungen nach.

William war sich dessen nicht so sicher. »Die Frage ist nicht, ob die Zeit dafür gekommen ist, sondern ob die Welt für derartige Veränderungen schon bereit ist.«

Noch ehe Henry darauf etwas erwidern konnte, ließ sie ein lautes Knacken innehalten.

Stumm mussten sie mitansehen, wie aus den Fenstern der oberen Stockwerke flackerndes Licht auftauchte. Feuer. Die Rebellen hatten wahrhaftig Feuer gelegt. Die ersten Flammen züngelten bereits am Dach und feine Rauchfäden stiegen in den Nachthimmel.

»Noch vor dem Morgengrauen wird der Savoy Palace Geschichte sein«, prophezeite William.

Und dann verschwand das prächtige Anwesen in der nächsten Biegung der Themse.

»Sagt das nochmal!«

De la Pole blinzelte dümmlich, als hätte er die

Aufforderung des Königs nicht verstanden.

Unter einer kleinen Verbeugung traten William, Henry und Lucan in die große Halle auf Richard zu, der an der langen Tafel Platz genommen hatte.

Nach ihrer Ankunft in der gestrigen Nacht, hatten William und die Jungen erfahren müssen, dass der Tower kurz zuvor ebenfalls von einigen Rebellen gestürmt worden war. Anders als im Savoy Palace war es der Besatzung jedoch gelungen die Angreifer zurückzudrängen, allerdings zu spät.

Die Rebellen hatten es geschafft, Sudbury und auch Richards Schatzkanzler in ihre Gewalt zu bringen. Inzwischen waren beide auf der Freifläche vor dem Tower enthauptet worden, auf der die wütende Meute nun auch ihre Lager aufgeschlagen hatte, um auf die Ankunft des Königs zu warten.

Vor gut einer halben Stunde war Richard schließlich mit seinem königlichen Gefolge aus Windsor eingetroffen und ließ sich schildern, was sich in London und Umgebung zugetragen hatte.

Neugierig musterte William die Günstlinge, die sich neben ihm aufgereiht hatten.

De la Pole war eindeutig der Älteste und vielleicht auch Klügste in der Runde, und das sollte schon etwas heißen. Zu Richards Rechten stand sein engster Freund, Thomas Mowbray. Er musste etwa im gleichen Alter wie Richard sein, und dürfte somit noch mehr als grün hinter den Ohren sein. Obendrein war er ein verzogener kleiner Rotzbengel. Zu Richards linken Seite hatten ihre gemeinsamen Halbbrüder Thomas und John

Holland Stellung bezogen, Joans Söhne aus ihrer Ehe mit Thomas Holland.

William wusste nicht recht, was er von ihnen halten sollte. Außer, dass sie die gleiche Mutter teilten, was keiner der beiden wusste, hatten sie seiner Auffassung nach keinerlei Gemeinsamkeiten.

Nach Richards Krönung waren sie die Karriereleiter am Hof steil emporgeklettert, was keinen wirklich wunderte, schließlich waren sie offenkundig seine glühendsten Verfechter. Auf Richards Wunsch hin, hatte ihn Thomas vor kurzem als Captain der königlichen Wache abgelöst. Angeblich damit sich William der Diplomatie widmen konnte. Ob das der wirkliche Grund war oder nicht, wenn er ehrlich zu sich war, kam ihm das ganz gelegen, denn so war ihm mehr Zeit mit seiner Familie in Corfe Castle vergönnt.

Das Leben am Hof hatte nach wie vor nicht an Glanz gewonnen. Und seitdem das Parlament Richard im vorherigen Jahr vorzeitig für volljährig erklärt hatte, war ihre Beziehung zueinander zunehmend distanzierter geworden. Er spürte, dass er und auch John den Zugang zu ihm verloren hatten. Das mochte unter anderem daran liegen, dass sich Richard beweisen wollte, und zwar ohne die Unterstützung seiner königlichen Onkel. Und zum anderem taten seine Günstlinge alles nur Erdenkliche, um ihren Einfluss auf ihn stetig zu vergrößern.

»Wiederholt, was Ihr mir soeben berichtet habt! Lord Plantagenet soll ruhig in Gänze hören, was mir die vermaledeite Kopfsteuer meines Lieblingsonkels eingebracht hat!«, forderte Richard de la Pole auf, ungeachtet der Tatsache, dass es nicht Johns Steuer war, sondern die der Krone.

De la Pole öffnete seinen Mund, schloss ihn aber sogleich wieder, als ihm Richard unerwartet das Wort abschnitt. »Wo ist der Duke of Lancaster eigentlich? Traut sich wohl nicht her, he? Jetzt wo sein hochheiliger Savoy Palace nicht mehr steht.«

Der Rotzbengel lachte laut auf.

Das hätte er sich in Johns Anwesenheit gewiss nicht getraut, dachte William und konnte seine Augenbrauen gerade so daran hindern, nicht in die Höhe zu schnellen.

»Der Duke befindet sich im Norden und versucht in Eurem Namen Frieden mit Schottland zu schließen.«

William kam nicht umhin, Henry für seinen beiläufigen Tonfall zu bewundern, den er tadellos beherrschte, trotz der wohl platzierten Spitzen Richards.

»Ach, das wäre mir doch beinahe entfallen«, war alles, was er darauf krötig erwiderte. Natürlich hatte er genau gewusst, wo sich John aufhielt.

»Nun«, unterbracht William die angezettelte Reiberei seines Neffen, »ich bin ganz Ohr, de la Pole«.

De la Pole räusperte sich kurz, als ob er nur darauf wartete, erneut unterbrochen zu werden und wandte sich dann direkt an William. »Der Aufstand hat vor wenigen Tagen in Essex begonnen. Dort haben sich die hiesigen Bauern gegen die Steuereintreiber zur Wehr gesetzt, indem sie sie entweder vertrieben oder getötet haben. Und wäre das nicht schon schlimm genug, haben sie auch sämtliche Abgabenlisten vernichtet. Diese Unverfrorenheit muss man sich mal vorstellen ... Danach hat sich der Aufstand wie ein Lauffeuer über die Grafschaften Norfolk, Suffolk, Hertfordshire, Middlesex, Sussex – «, er holte kurz Luft, » – bis hin nach Devonshire ausgebreitet. Und zu guter Letzt sind die Rebellen gestern auch hier in London eingefallen, haben sämtliche Gefängnisse geöffnet, sowie den Middle Temple und den Savoy Palace niedergebrannt, wovon ihr selbst Zeuge wurdet.«

»Was sich diese Bauerntölpel anmaßen ... einfach unglaublich! Unter der Herrschaft meines Großvaters hätte es dergleichen nicht gegeben! Da bekomme ich doch das Gefühl, ich werde falsch beraten ...« Richards Tonfall war anklagend.

»Und als sei das nicht schon frevelhaft genug, haben sie auch noch den Bischof of Canterbury und Euren Schatzkanzler Hales auf dem Gewissen!«, merkte der kleine Bengel an. »Aufgeknüpft, alle miteinander gehören sie aufgeknüpft!«

William bemerkte, wie Lucan und Henry einen beredeten Blick tauschten.

»Ein gewisser Wat Tyler soll ihr Anführer sein«, wusste Thomas Holland weiter zu berichten.

»Wer soll das sein?«, fragte Richard.

»Er scheint ein ehemaliger Soldat gewesen zu sein.«

»Wissen Eure Kundschafter auch, wo sich dieser Tyler jetzt befindet?«

Holland nickte. »Er lagert mit den anderen vor dem Tower.«

»Was wartet Ihr dann noch? Ich will mit ihm reden.«

»Wie stellt Ihr Euch das vor, Sire? Er wird sich kaum bereit erklären ohne Waffen in den Tower zu kommen«, warf de la Pole kopfschüttelnd ein.

»Anstatt das zu fragen, solltet Ihr mir lieber Vorschläge unterbreiten!«

De la Poles eingeschnapptes Schweigen quittierte Richard mit einer wegwerfenden Handbewegung und wandte sich an William. »Was meint Ihr, Onkel?«

Für Richard war William nur ein Onkel. Ebenso wie die Holland Brüder, wusste auch er nichts von der näheren Blutsverwandtschaft, worüber er recht froh war, wenn er die Skepsis bedachte, die ihm entgegengebracht wurde. »Schlagt Tyler einen neutralen Treffpunkt für eine Unterredung vor, zum Beispiel in Smithfield.«

»Smithfield?«, hakte der junge König nach.

»Dort befindet sich eine große Wiese und Ihr könnt mit Eurem Gefolge im Rücken Eindruck bei den Bauern schinden. Guter Vorschlag, Plantagenet«, antwortete der neue Captain etwas widerstrebend.

Richard überlegte einen Moment, was er von der Idee halten sollte, und kam schließlich zu dem gleichen Schluss. »Teilt Tyler mit, dass er morgen zur Mittagsstunde in Smithfield zu sein hat.«

Der Captain deutete eine Verbeugung an und gab seinem Bruder zu verstehen ihn zu begleiten. Noch ehe sie den Ausgang der Halle erreichten, erteilte er mehrere Befehle, woraufhin sich, vom Geräuschpegel her anzunehmen, ein knappes Dutzend Soldaten in Bewegung setzte, um ihnen zum Haupteingang der Festung zu folgen.

Sie warteten eine geraume Weile, bis die Männer mit ernsten Mienen zu ihnen zurückkehrten.

Erwartungsvoll waren alle Augen auf sie gerichtet.

»Und? Was haben sie gesagt?«, platzte es ungeduldig aus Richard heraus, als die Brüder die große Halle betraten.

»Tyler und der Londoner Bürgermeister Walworth haben eingewilligt, aber ...« Der Captain ließ den Satz unbeendet.

»Aber?«, bohrte Rotzbengel nach.

»Die Forderungen, die sie stellen, sind mehr als ungeheuerlich.«

»Na und?« Richard lehnte sich auf seinem Platz zurück. »Was scheren mich deren Forderungen?«

»Bedenkt, dass Euer Heer nicht vollständig sein wird und die Rebellen besser bewaffnet sind, als wir es tatsächlich für möglich gehalten haben. Wir sollten morgen nichts riskieren, indem wir sie vor den Kopf stoßen«, gab der jüngere Holland zu bedenken.

Richard betrachtete seinen jüngeren Halbbruder nachdenklich. »Alles, was ich morgen entscheide, würde ich ohne Zustimmung des Parlaments anordnen. Oder irre ich mich?«

»Und damit könnten Eure Entscheidungen außer Kraft gesetzt werden, da Ihr ja ohne das Einverständnis des Parlaments über deren Eigentum verfügt hättet«, kombinierte William.

»Das kann doch aber nicht Euer Ernst sein, Sire!«, meldete Sich Henry empört zu Wort.

Richards Kopf schnellte herum. »Wer hat Euch nach der Meinung gefragt, lieber Vetter?«

Da William an einem der hinteren Deckenpfeiler lehnte, hatte er uneingeschränkte Sicht auf Henry und nahm somit als einziger wahr, wie sich dessen Hände zu Fäusten ballten. Trotzdem führte er seine Gedanken mit gelassener Stimme aus. »Ihr wollt den Rebellen Zugeständnisse machen, mit dem Wissen, dass Ihr sie ihnen wieder entziehen werdet?«

Rotzbengel beugte sich mit seinem Oberkörper nach vorne, um den Abstand zwischen ihm und Henry zu verkleinern. »Fällt Euch etwa eine bessere Lösung ein, um die Meute dort draußen zu besänftigen, Lord Bolingbroke?«

Henry hielt dem provokanten Blick von Rotzbengel stand. »Ich kann nichts Schlechtes daran finden, ihnen gewisse Zugeständnisse zu machen. Versteht mich nicht falsch –«, er machte eine abwehrende Geste, um etwaigen Einwänden Einhalt zu gebieten, »natürlich sollten die Rebellen, die Selbstjustiz verübt haben, zur Rechenschaft gezogen werden! Aber wir sollten uns überlegen, ob alle Gesetze noch zeitgemäß sind. Ich meine, weshalb hat die Leibeigenschaft weiter Bestand? Ist die Höhe der Steuern wirklich vertretbar? Denn ich frage mich ernsthaft, ob wir mit zurückgezogenen Versprechen keine erneute Revolte provozieren. Vielleicht nicht sofort, aber die Bauern werden nicht vergessen, wozu sie in der Lage waren.«

Auf Henrys Beitrag herrschte betretenes Schweigen. Keiner schien so recht zu wissen, was er antworten sollte.

William sah Richards Berater an, dass sie Wahres in seinen Worten erkannten, sehr zum Missfallen von Rotzbengel.

»Es sind nur verdammte Knechte! Nur scheiß verdammte Knechte! Und er ist der König, der König von England! Von jedem Mann und jeder Maus! Er kann ihnen versprechen, was ihm beliebt!« Rotzbengel hatte sich in Rage geredet und war keine Handbreit vor Henry zum Stehen gekommen.

Henry zuckte nicht mit einer Wimper. »Nun, dem habe ich zu keinem Zeitpunkt widersprochen. Vielleicht solltet Ihr mal wieder ein Bad nehmen, um Eure Ohren gründlich zu putzen, Mowbray.«

»Ihr meint, wie es Eure Frau bei Euch macht? Wärmsten Dank, vielleicht komme ich auf Ihre Dienste zurück.« Seine Augen blitzten angriffslustig, während er beobachtete, welche Wirkung seine Worte auf Henry hatten.

William stieß sich vom Pfeiler ab und wollte einen Schritt auf die Jungen zu machen, doch sein Sohn kam ihm zuvor. »Zu schade aber auch, dass Ihr Euch nur der Mägde bedienen könnt.«

Mowbray betrachtete Lucan, als wolle er ihn wie einen lästigen Käfer zerquetschen. »Warum wundert es ich mich nicht, dass gerade Ihr Euch auf die Seite des Bauernliebhabers stellt?«

»Lasst es gut sein, Mowbray«, intervenierte Richard, der dem Schauspiel interessiert zugeschaut hatte. »Mir scheint, als wären die Gemüter aller erhitzt. Eure

Zänkereien bringen keinen uns von weiter, Mylords«, betonte er entschieden. Vergessen waren die Spitzen, mit denen er Henry eben selbst noch hatte provozieren wollen.

»Der König hat wie immer recht«, meldete sich eine zarte, aber feste Stimme hinter ihnen zu Wort.

Joan, fuhr es William in den Sinn, noch bevor er sich zu ihr umdrehte.

Als die übrigen Männer sie erblickten, senkten sie ehrerbietig ihre Köpfe und sahen ihr stumm dabei zu, wie sie vor die Jungen trat und diese mit einer einfachen Geste auseinanderbrachte.

Dann wandte sich die Königinmutter wieder an Richard. »Lord Bolingbroke hat einen wichtigen Aspekt angesprochen: Wie gelingt es uns die Rebellen zum Einlenken zu bewegen, ohne ihnen das Gefühl zu geben, ihre Belange nicht ernst zu nehmen? Denn auch, wenn es nur ›Knechte‹ sind, wie es uns Lord Mowbray eben lebhaft dargelegt hat – «, Joan legte eine künstliche Pause ein und blickte streng auf den Angesprochenen, der förmlich in sich zusammensank, » – sollten wir nicht außer Acht lassen, dass sie fähig waren, London zu stürmen.«

In Richards Kopf arbeitete es. Joan hatte, wie so oft, die passenden Worte gewählt, denen man kaum etwas entgegensetzen konnte. Wenn William nicht bereits eine hohe Meinung von seiner Mutter gehabt hätte, dann spätestens ab diesem Zeitpunkt.

Engelsgleich stand sie in ihrem weinroten Kleid neben Richard und berührte sanftmütig dessen Schulter.

»Ich bin mir sicher, dass Ihr längst zu dem gleichen Schluss gekommen seid, Sire.«

»Was schätzt Ihr, wie viel Männer bringen sie zusammen?«, wollte Richard von William wissen und trat unter dem aufgestellten Baldachin hervor.

William blinzelte gegen das grelle Sonnenlicht an und ließ seinen Blick prüfend über die sich allmählich füllende Wiese wandern. Nach und nach schlossen sich die Reihen der Rebellen, obwohl man weiß Gott nicht von einer organisierten Aufstellung sprechen konnte. »Schwer zu sagen, da sie derart ungeordnet stehen. Vielleicht fünfhundert Mann.«

Richard nickte stumm.

»Aber auch wenn wir nur knapp dreihundert Mann stark sind, im Gegensatz zu denen sind wir kampferfahren und deutlich besser bewaffnet«, ergänzte er und betrachtete seinen Neffen aus dem Augenwinkel. Er konnte nicht einschätzen, was in ihm vorging. Seine kinnlangen, krausen Haare umrahmten sein noch jungenhaftes Gesicht. Seine Haut war perlweiß und seine mandelförmigen, braunen Augen gaben ihm ein wahrlich unschuldiges Aussehen. Wenn er es nicht besser wüsste, hätte man fast den Eindruck gewinnen können, dass Richard gleich zum Lateinunterricht gehen, nicht aber eine Verhandlung mit Rebellen leiten würde.

»Sollen wir Tyler und Walworth entgegenreiten, um sie herzugeleiten, Sire?«, erkundigte sich de la Pole und stellte sich neben sie.

Der Angesprochene drehte ihnen langsam den Rücken zu und ging mit langen Schritten zu seinem prunkvollen Sessel, für den extra eine kleine Erhöhung errichtet worden war. »Lord Mowbray wird Euch begleiten.« An William gerichtet sagte er: »Gebt Holland Bescheid, dass er sich mit den Soldaten hundert Fuß hinter dem Baldachin in Position bringen soll. Ich will auf alles vorbereitet sein.«

»Ist praktisch schon geschehen«, gab er zur Antwort und folgte de la Pole. Bevor er jedoch mit Holland sprach, wollte er sich Rotzbengel schnappen und ihn einmal auf Links drehen.

Kurz angebunden gab er de la Pole zu verstehen, dass er sich um die Pferde kümmern könne und er derweil Mowbray für ihn suchen würde. Schnell wurde er fündig. Gemeinsam mit zwei Bengeln aus dem höheren Adel saß er auf einem umgekippten Baumstamm an einem schattigen Plätzchen und würfelte.

»Mylord«, gaben sie artig von sich als sie ihn bemerkten.

Er nickte ihnen knapp zur Begrüßung zu. »Mowbray, der König möchte, dass Ihr mit de la Pole zu den Rebellen reitet und Tyler, wie auch Walworth herbringt.«

»Na, endlich geschieht hier mal etwas!« Enthusiastisch schlug Mowbray den ledernden Becher auf den Baumstamm. Achtlos kullerten die Würfel davon und verschwanden im kniehohen Gras.

»De la Pole wartet bei den Pferden auf Euch.« Er musterte seine glitzernden Augen und musste sich zusammenreißen nicht mit dem Kopf zu schütteln. »Ich bringe Euch zu ihm.«

Mowbray lächelte höhnisch. »Zählt das in den Aufgabenbereich eines nicht zum Duke erhobenen Earls? Oder spielt Ihr Euch allzu gerne als Kinderfrau auf, Plantagenet?«

William blickte ihm geradewegs in die Augen. »Zu meiner Aufgabe als königlicher Bastard und Onkel des Königs gehört es, Personen, die die Krone gefährden, unschädlich zu machen. Als Sohn von Edward III. – Bastard hin oder her – kann ich mir alles herausnehmen, vertraut mir. Und da Ihr in Eurem kindlichen Leichtsinn den Ernst der Lage nicht zu verstehen scheint, werde ich ein ganz besonderes Auge auf Euch haben, Mowbray. Solltet Ihr den König mit nur einem einzigen unpassenden Augenaufschlag oder einem quersitzenden Furz in Gefahr bringen, werde ich Euch eigenhändig den Hals umdrehen. Verlasst Euch drauf! Und nun setzt endlich Euren Arsch in Bewegung, de la Pole wartet nicht ewig auf Euch!« Er machte eine unmissverständliche Geste in Mowbrays Richtung, der wie ein geprügelter Hund entrüstet davonstapfte. »Und ihr zwei«, sagte er an die sparsam dreinblickenden Jungen gewandt, »macht, dass ihr zu euren Dienstherren kommt. Na, wird's bald! Oder soll ich euch etwa Beine machen?«

Sie hatten sich alle unter dem Baldachin versammelt. Richard saß auf seinem thronartigen Sessel, de la Pole, die Holland Brüder, Mowbray, Henry, Lucan und William standen neben ihm aufgereiht.

Ihnen gegenüber hatten sich Tyler und Walworth aufgestellt, ihre Waffen trugen sie bei sich, ebenso wie sie selbst. Die Rebellenanführer hatten einem Treffen ohne Waffen nicht zustimmen wollen, hatte ihnen de la Pole zurückgemeldet.

William musterte die beiden. Tyler war eher kompakt gebaut, einen guten Kopf kleiner als der Bürgermeister, dafür aber mit einem breiten Kreuz gesegnet. Sein Bart wuchs unordentlich und war von vereinzelten grauen Strähnen durchzogen. William schätzte ihn etwas älter als sich, vielleicht um die vierzig Jahre, wo hingegen Walworth um einiges älter schien. Älter und vielleicht auch weiser, doch das galt es noch herauszufinden.

»Nun.« Richard bedachte beide Männer mit einem leichten Kopfnicken. »Sir Walworth, Master Tyler. Wir haben euch hier her einbestellt, um dem unnötigen Blutvergießen Einhalt zu gebieten.«

Tyler schnaubte verächtlich, erwiderte jedoch nichts.

Stattdessen ergriff der Bürgermeister das Wort. »Sire, nichts liegt uns ferner als noch weiteres Blut zu vergießen. Wir sind verhandlungsbereit.«

»Wenn Ihr es seid«, fügte Tyler kaltschnäuzig hinzu.

Richard breitete salomonisch die Arme aus. »Wir sind bereit euch anzuhören.«

Walworth holte Luft. »Unsere Forderungen lauten: Abschaffung der Leibeigenschaft und Grundherrschaft, freies Kaufs- und Verkaufsrecht, sowie Begrenzung der Pachtgebühr, eine Kirchenreform, das Jagdrecht und darüber hinaus – «

»Macht Euch doch nicht lächerlich!«, unterbrach de

la Pole den Bürgermeister.

Tyler funkelte de la Pole wütend an. »Wir fordern zusätzlich eine Bestrafung der Verräter!«

Richard betrachtete die beiden Männer eingehend und nahm sich Zeit für seine Antwort. »Wir sehen die Beweggründe, die hinter euren Forderungen stehen. Dennoch können Wir hier und heute nicht das Grundgerüst der göttlichen Fügung auf den Kopf stellen.« Mit einer unaufgeregten Handbewegung brachte er Tyler, der schon zu einer Erwiderung ansetzte, zum Schweigen. »Sehr wohl können Wir euch aber gewisse Zugeständnisse machen.« Aus seinen Worten sprach Vernunft, wie auch Wohlwollen.

»Die da wären?« Tyler sah Richard unverfroren in die Augen, was Walworth unruhig von einem auf das andere Bein treten ließ.

»De la Pole, welche Bewandtnis hat es noch mit der Leibeigenschaft oder dem Jagdverbot? Gehen Wir recht in der Annahme, dass diese Regularien längst überholt sind? Und erklärt mir, weshalb es keine Obergrenze bei den Pachtgebühren gibt?«

»Die Pachtgebühren lassen sich begrenzen, allerdings müsste dies an der jeweiligen Größe und Wert des Hofs bestimmt werden.«

»Und weshalb stellt das nochmal ein Problem dar?«

Alle verfolgten gebannt die Unterhaltung, was die Rebellen nicht wussten, sie war durch und durch fingiert.

»Also …«

»Die Grundherren werden die Größe ihres bestellten

Landes wohl festgehalten haben. Bringt Lord de la Pole Papier und Feder.« Richard hielt einen Augenblick inne, bis zwei Knappen das Geforderte mitsamt einem Stehpult herbeitrugen.

Hastig tunkte de la Pole die angespitzte Feder in die Tinte.

»Notiert euch Folgendes, Mylord: Die Höhe der Pachtgebühren soll sich künftig an der Größe des gepachteten Landes orientieren. Kann ein Bauer seine Abgaben nicht leisten, soll ihm eine Toleranzzeit von drei Monaten eingeräumt werden, um die Gebühren aufzubringen«, entschied Richard. »Die Leibeigenschaft soll vom heutigen Tag abgeschafft sein, die Bauern stehen von nun an im Dienst ihrer Grundherren. Das Jagdrecht soll ihnen ebenso im begrenzten Maße erlaubt sein. An jedem ersten Samstag eines Monats dürfen in angrenzenden Wäldern zwei Tiere pro Familie gejagt werden, davon ausgenommen bleiben Rehe.«

»Was ist mit der Bestrafung der Verräter?«, wollte Tyler aufgebracht wissen.

Auf Richards Gesicht zeichnete sich ein mildes Lächeln ab, während seine Augen zu kleinen Schlitzen verengt waren. »Darüber werden Wir nachsinnen.«

Tyler sollte sich jetzt besser in Acht nehmen, wusste William, doch dieser schien nicht im Entferntesten davon etwas mitzubekommen. »Euresgleichen ist so sehr davon überzeugt mit Gott auf einer Stufe zu stehen, dabei übersetzt ihr, dass auch wir Gottes Werk sind!«

»Wie kannst du es wagen, so mit dem König zu sprechen!«, Mowbray machte Anstalten sein Schwert zu ziehen, doch William stellte sich ihm direkt in den Weg und packte ihm am Kragen.

»Lasst Euer Schwert los, Mann!«, knurrte er leise.

»Lord Mowbray, ich verbitte mir Euer Gehabe!« Richard hob gebieterisch die Arme, woraufhin ihn William losließ. »Unter meiner Aufsicht wird den Männern hier kein einziges Haar gekrümmt!«

»Ja, Sire …« Mowbray ließ seine Schultern hängen und senkte scheinbar demütig den Kopf, während er Tyler provokante Blicke zuwarf.

Tyler, der seinerseits den Knauf seines Kurzschwertes umfasst hielt, wurde puterrot im Gesicht.

Die nächsten Geschehnisse überschlugen sich förmlich. Mit einer flinken Bewegung zog Tyler sein Schwert aus der Scheide. Doch noch ehe er einen Schritt nach vorne unternehmen konnte, stieß ihm Walworth seinen Dolch in den Nacken.

Tyler gab einen überraschten Laut von sich und zog den Dolch heraus, was dafür sorgte, dass das Blut wie ein Quell Wasser munter aus der Wunde plätscherte. Keine drei Sekunden später, sackte er vor Richard auf die Knie und fiel, wie ein gefällter Baum stumm vorne über.

Diesen Umstand ließ Mowbray nicht ungenutzt, umrundete William geschickt und rammte dem Rebellenführer seine Schwertspitze auf Herzhöhe in den Rücken. Anschließend stellte er den Fuß auf seiner Schulter ab und zog das Schwert aus dem leblosen Körper heraus.

Im selben Atemzug stellten sich die Holland Brüder

mit gezogenen Schwertern zwischen dem König und Walworth auf, als würden sie mit einem weiteren Angriff rechnen.

Lauter werdendes Stimmengewirr lenkte ihre Aufmerksamkeit derweil auf die aufgebrachte Rebellentruppe vor ihnen. Trotz der Entfernung hatten sie mitbekommen, was geschehen war.

Missmutig verzog Richard das Gesicht. »Lasst die Waffen sinken und stellt euch wieder neben mich.« An Mowbray gewandt fügte er mit finsterer Miene hinzu: »Und Ihr seht um Gottes Willen zu, dass Ihr verschwindet! Wir wollen Euch hier nicht mehr sehen!«

Geknickt wollte Mowbray etwas erwidern, der Ausdruck in Richards Gesicht hielt ihn jedoch davon ab und so zog er sich unter einer tiefen Verbeugung zurück.

Unterdessen trat der Bürgermeister auf den am Boden liegenden Tyler zu und nahm ihm den Dolch aus den Händen, wischte das Blut an dessen Kleidung ab und steckte die Waffe zurück an seinen Gürtel. »Tyler ist eindeutig zu weit gegangen, Sire! Er hat seinen Stolz über den Erfolg dieser Unterredung gestellt.«

»Nur, dass Euren Leuten diese entscheidende Information fehlt und sie nun davon ausgehen müssen, dass meine Männer ihn vorsätzlich erschlagen haben.«

»Es wird ein Leichtes für mich sein, sie zu beruhigen, wenn Ihr zu Eurem Wort steht und uns eine Amnestie zusichert, Eure Hoheit.«

Richard nahm Walworth in Augenschein. »Eins müssen Wir Euch lassen, aufs Verhandeln versteht Ihr

Euch, Sir. Nun gut, Ihr sollt Straffreiheit erhalten, wenn sich Eure Truppe umgehend zurückzieht.«

Auf den Lippen des Bürgermeisters zeichnete sich ein feines Lächeln ab. »Das wird sie, Sire!«

Richard nickte und gab de la Pole stumm zu verstehen, dass er ihm das Schreiben bringen solle, damit er seine Unterschrift daruntersetzen konnte. Anschließend übergab er das unterzeichnete Schriftstück einem Knappen, der es wiederum dem Bürgermeister aushändigte.

»Ihr dürft Euch entfernen, Sir Walworth.« Richard stand auf und entließ ihn mit einer salbungsvollen Geste.

»Habt Dank, Sire!« Mit der Hand auf der Brust und unter mehreren Verbeugungen, machte er sich auf den Rückweg zu seiner erzürnten Meute.

Gemeinsam mit seinem Sohn und Neffen stellte sich William am Rand des Baldachins auf und beobachtete, wie der Bürgermeister mit den Rebellen sprach. Es dauerte eine geraume Weile, bis er sie besänftigt hatte und wieder Ruhe einkehrte. Kurz darauf, lösten sie sich bereits auf.

»Und jetzt schafft endlich mehr Männer heran. Ich will, dass sie diesem Heer an Bauerntölpeln hinterhergehen!«

Lucan zuckte beinahe zusammen. Sie hatten nicht bemerkt, dass Richard zu ihnen getreten war.

»Walworth sollen sie am Leben lassen.« Gebannt schauten sie zu, wie der Bürgermeister in der sich auflösenden Menge verschwand. »Alle übrigen

Rebellenführer, derer sie habhaft werden, sollen sie exekutieren. Lasst sie ein öffentliches Spektakel daraus machen, sie sollen sie aufknüpfen, ihre Köpfe aufspießen und auf der London Bridge zur Schau stellen. Ihre Wut muss bekämpft werden! Das wird ihnen eine Lehre sein, sich nicht mehr gegen ihren König aufzulehnen. Tragt dem Parlament auf, dass es meine Versprechungen mit sofortiger Wirkung außer Kraft setzen soll.« Mit deutlich leiserer Stimme ergänzte er: »Knechte seid ihr und Knechte werdet ihr auch für immer bleiben.«

Henry sah aus, als wolle er etwas darauf erwidern, beließ es jedoch dabei. Er wusste, dass es jetzt keinen Sinn machen würde, ihm zu widersprechen.

»Ach, Onkel …« Richards Blick war in die Ferne gerichtet, während er wie ein Schelm zu grinsen begann.

»Sire?« Er versuchte im Gesicht seines jüngeren Neffen zu lesen, vermochte die plötzliche Wandlung jedoch nicht zu deuten.

»Mir steht der Sinn nach heiraten. Findet mir eine ansehnliche Braut! Ich bin zu der Ansicht gelangt, dass ich und auch England eine Königin brauchen.«

»Ich kann die Burg bereits riechen!« Lucans Augen strahlten.

Es war unverkennbar, wie sehr er sich auf ihr Zuhause freute. Und auch William hatte Mühe seine Vorfreude im Zaum zu halten. »Es ist das modrige Laub, was du zu riechen meinst!«, antworte er lachend.

»Worauf freust du dich am meisten, Vater?«

William sann einen Augenblick nach. »Auf deine

Mutter, Alix und die Abgeschiedenheit.«

»Ja! Und auf das Essen! Himmel, wie habe ich Louises Kuchen vermisst! Rosinenkuchen, Früchtekuchen, Käsekuchen, Topfkuchen und nicht zu vergessen, ihre – «

»Quiche!«, riefen sie wie aus einer Kehle.

Tatsächlich hatte Lucan recht, sie dürften keine drei Meilen mehr von Corfe Castle entfernt sein. Sie hatten ihre Herberge bereits im Morgengrauen verlassen, um noch vor der Mittagsstunde bei ihren Liebsten einzutreffen.

William war froh, dass sie dem Hof für den Moment den Rücken zugekehrt hatten. Es hatten sich derzeit so viele Günstlinge um Richard geschart, dass es ihm immer schwerer fiel, Ruhe zu bewahren. Und da der Bauernaufstand fürs erste abgewandt schien, hatte er es nicht für nötig empfunden, weiter stillschweigend da zu sitzen und den Speichelleckern dabei zu sehen, wie sie ihren Einfluss auf seinen Neffen weiter ausbauten. Würde Richard ihn brauchen, wäre er sofort zur Stelle, doch das dürfte vorerst nicht geschehen.

»Ob wir dieses Mal ein wenig länger bleiben können, Vater?«, fragte sein Sohn, als hätte er seine Gedanken erraten.

»Wir werden sehen!«, stellte er in Aussicht.

Schweigend ritten sie den Rest des Weges nebeneinanderher. Es herrschte keine unangenehme Stille zwischen ihnen, das war das Wunderbare bei ihrer Vater-Sohn-Beziehung. Lucan war ihm nicht nur optisch sehr ähnlich, auch vom Wesen her, wenn auch ein wenig ruhiger vom Temperament. Das hatte er wohl seiner Mutter zu verdanken. Sie hatte Lucan als besonnener und weniger gefühlsbestimmt bezeichnet, was sicherlich nur von Vorteil sein konnte, hatte ihn seine eigene lose Zunge oder seine Übersprungshandlungen doch schon mehr als einmal in Schwierigkeiten gebracht. Diese Sorge würde ihm sein Sohn also ersparen. Bei seiner Tochter war er sich da nicht so sicher, die Zeit würde zeigen, wie viel Temperament der Plantagenet in ihren Adern floss …

Vor ihnen ragte das imposante Gemäuer von Corfe Castle auf, das er die letzten Jahre aufwändig hatte instand setzen lassen.

Sie passierten die runtergelassene Zugbrücke und ritten im Trab auf die kleinen Stallungen im Innenhof zu.

William stieg von Aelous ab und atmete die langsam einsetzende Herbstluft ein und spürte seine Erleichterung endlich zu Hause zu sein. Er ließ seinen Blick im Burghof umherwandern. Die Rosen, die am unteren Teil des Bergfrieds wuchsen, trugen wie jedes Jahr um diese Jahreszeit ihre dritte Blüte und präsentierten sich von einem tiefen Dunkelrot. Munter rankten sie sich an der Außenfassade entlang. Zufrieden stellte er fest, dass alles so aus, wie er es im Frühjahr zurückgelassen hatte. Außer die Treppe, die zur inneren Wehranlage emporführte, schien erneuert worden zu sein. Recht so, bereits im letzten Jahr, war ein Knecht dermaßen auf den ausgetretenen Stufen ausgerutscht, dass nicht viel gefehlt hätte, und er hätte sich das Genick gebrochen.

Gerade als William Ausschau nach einem Knecht halten wollte, wurde er mit einem freudigen »Mylord Plantagenet. Willkommen, zu Hause!« begrüßt.

»Schön wieder hier zu sein, Dylan. Wisst ihr, wo sich Mylady aufhält?«

»Sie hat sich gemeinsam mit dem Haushalt vor einer guten halben Stunde in die große Halle begeben«, wusste der Knecht zu berichten als er die Zügel der beiden Pferde entgegennahm.

William nickte zur Antwort und machte sich gemeinsam mit Lucan auf den Weg zu ihrer Familie.

Als sie die Halle betraten, fanden sie den kleinen Haushalt an der großen Tafel versammelt, vermutlich hatten sie sich dort zu einem gemeinsamen Frühstück eingefunden, die leeren Schüsseln sprachen für sich.

»Vater! Lucan!«, riefen Alix und Nuria, Robs Tochter, lauthals, die sie als erste entdeckten. Stürmisch kamen die beiden Mädchen auf sie zu gerannt.

William breitete seine Arme aus und wirbelte seine Tochter durch die Luft. »Ist es denn zu glauben, wie groß du geworden bist, kleine Dame?«

Die achtjährige Nuria hatte stattdessen ihre kleinen Arme um Lucan geschlungen und ihren Kopf an seinen Bauch gedrückt. »Lucan! Ich hab' dich so vermisst! Ohne dich, war es nur halb so schön hier! Gehst du gleich mit mir zu den Stallungen? Ich zeig' dir die neuen Fohlen!« Ihre Kinderaugen funkelten vor Begeisterung.

»Nuria! Lass die beiden doch erst einmal hereinkommen«, gab Rob seiner Tochter zu bedenken.

»Lasst sie nur, Mylord.« Lucan ging auf die Knie, um

mit Nuria auf Augenhöhe zu sein. »Sicher gehe ich mit dir zu den Fohlen, Nuria! Aber lass uns einen Umweg über die Küche machen. Ich will doch meinen, dass Louise bestimmt etwas Leckeres gebacken hat …«

William staunte nicht schlecht, hatte er doch eher damit gerechnet, dass sein Sohn beschämt eine Ausrede finden würde, um Nuria loszuwerden, wie es Jungen in seinem Alter nun mal taten.

»Ohja! Ich komme mit euch!«, stimmte seine Tochter dem Plan der beiden zu.

William berührte daraufhin Alix' mit Sommersprossen übersäte Nasenspitze und setzte sie auf dem Boden ab.

Belustigt sah er den dreien hinterher, wie sie selig die Halle in Richtung Küche verließen und Nuria, die verstohlen Lucans Hand ergriff.

»Pass ja auf, dass du dein Kleid nicht wieder einmal ruinierst!«, rief Juana ihrer Tochter vergeblich hinterher.

»Mylord.« Die zarte Stimme seiner Frau gewann Williams Aufmerksamkeit.

Langsam trat er auf Ava zu, die, wie er dankbar registrierte, sich kaum noch zurückhalten konnte, ihn zu begrüßen. Ebenso schwungvoll, wie zuvor seine Tochter, schloss er nun sie in die Arme und vergrub seinen Kopf in ihrem Nacken. »Gott, wie habe ich deinen Geruch vermisst!«, flüsterte er ihr kaum hörbar ins Ohr.

»Nehmt euch eine Kammer, ihr Turteltauben!«, rief ihnen Rob johlend zu und drosch ihm wohlmeinend auf die Schulter.

Lachend löste sich William von Ava und umarmte

seinen Freund.

»Mann, tut es gut dich zu sehen!«, tat Rob kund. »Schottland ist grässlich! Dort ist das Wetter noch unbeständiger als hier!«

»Ich wusste nicht, dass das überhaupt noch möglich ist …«, neckte Juana ihren Mann, in ihrem immer noch stark spanischen Akzent, und legte ihren Arm einnehmend auf seine Schulter ab.

»Hat dich jemand nach deiner Meinung gefragt, Frau?«

»Burro!«, schalt ihn Juana, streichelte ihm jedoch zärtlich über die Wange.

»Selber Esel!«, erwiderte Rob und kniff seiner Frau so leidenschaftlich in den Hintern, dass sie aufquiekte.

Amüsiert betrachtete er die beiden und bekam nicht zum ersten Mal das Gefühl vermittelt, dass nicht Rob die Hosen in ihrer Ehe anhatte.

»Seit wann bist du wieder hier?«

»Seit vorgestern.«

»Kommt, lasst uns doch wieder Platz nehmen. Ich sehe nur eben zu, dass Louise uns mit weiterem Gebäck versorgt, bevor sie den Kindern in ihrer Nächstenliebe alles mitgibt.«

Es wurde eine gesellige Zusammenkunft. Inzwischen war die Nacht hereingebrochen und William und Rob saßen bei einer Flasche Burgunder am Kamin im behaglichen Bergfried. Ihre Familien hatten sich bereits zur Nachtruhe begeben.

William hatte Rob detailreich geschildert, wie sich der

Bauernaufstand nach London ausgebreitet hatte. Die Nachricht vom Tod seiner Neffen Adam und Humphrey hatte ihn schwer getroffen. Der einzige Trost war ihm ihr Heldenmut.

»Und ist Richards Plan aufgegangen? Hat das Parlament die gebrieften Zusagen für nichtig erklärt?«

William nickte und nippte an seinem Pokal. »Keine Woche später, was natürlich, wie nicht anders erwartet, für einen großen Aufschrei gesorgt hat. Durch die vielen Festnahmen und Hinrichtungen der Rebellenführer, blieb es allerdings dabei. Die Bauern appellierten mit Engelszungen an Richards Gewissen, doch wie du dir vorstellen kannst, hat ihn das nicht im geringsten interessiert.«

»Ich sehe es förmlich vor mir. Durch das Parlament meint er, seine Hände in Unschuld waschen zu können.« Beherzt griff Rob in die Schale mit dem Walnussbrot, dass Louise am Abend noch extra frisch für die Lordschaften gebacken hatte und brach sich etwas von der Kruste ab. »Trotzdem«, ergänzte er unter genüsslichem Kauen, »hat er deiner Erzählung nach Eier bewiesen. Ich hätte eher vermutet, dass er dich, die Holland Brüder und de la Pole in seinem Namen verhandeln lässt.«

»Ja, er hat Mut bewiesen.«

»Vielleicht überrascht er uns ja doch noch!«, kam es von der Tür.

Rob und William drehten sich erstaunt um, als sie die Stimme erkannten.

»Harry! Wo zum Teufel kommst du denn jetzt her?«

216

»Danke Sir Walter, Ihr braucht mich nicht anzukündigen«, gab er Williams Kastellan zu verstehen, der seine Mühe gehabt zu haben schien, mit Harry Schritt zu halten und sich mit einem dankbaren Nicken in Richtung seiner Schlafkammer wieder verabschiedete.

Freudestrahlend durchquerte Harry die behagliche Wohnkammer und umarmte seine Freunde einem nach dem anderen. »Ob ihrs glaubt, ich komme direkt aus Frankreich. Unser Schiff hat heute Abend am Port Weymouth angelegt. Also habe ich mir ein Pferd besorgt und bin hierher geritten. In deinem letzten Brief hast du mir ja geschrieben, du würdest dich bald auf den Weg nach Dorset machen. Da dachte ich mir, ich versuche mein Glück einfach.« Er zog sich einen freien Sessel heran und setzte sich unter einem Ächzen neben ihnen.

»Wird's denn gehen, alter Mann?«, erkundigte sich Rob spöttisch.

»Du kannst dir nicht vorstellen, wie mir die Knochen wehtun! Dieser Wind auf der See ist nichts für mich.«

»Ja, wir alle werden nicht jünger!« William reichte ihm einen vollen Weinpokal und prostete ihm zu.

Harry genehmigte sich direkt mehrere Schlucke. »Hab' Dank!«

»Na, da ist aber einer durstig!«, murmelte Rob schmunzelnd in seinen Pokal.

»Was habe ich deine Gesellschaft vermisst!«, antwortete Harry mit sarkastischem Tonfall.

William lachte in sich hinein.

»Und nun erzählt mir, was sich hier zugetragen hat!«,

forderte der Neuankömmling von den beiden ein.

»Wenn wir das Ganze erneut durchkauen, dann brauche ich definitiv mehr Wein!« Rob stand auf und schaute sich suchend um.

»Ich fürchte, die Bediensteten schlafen bereits alle. Du wirst in die Küche gehen müssen.«

Rob griff nach einem Kerzenhalter, der auf einer Kommode stand und verschwand mit dem leeren Weinkrug auf dem Korridor.

»Wusstest du, dass eure ehemalige Amme etwas mit dem Pferdeknecht hat?«

»Mary und Dylan?«, fragte William entgeistert. »Da fragt man sich doch, was sich in meiner Abwesenheit unter Sir Walter hier so abspielt ...«

Rob nickte. »Ich habe ihn gerade in ihre Kammer huschen gesehen.«

»Ich hoffe, du hast ihm die Leviten gelesen!« Harry warf ihm einen strengen Blick zu. Durch seine Heirat mit Juliana war der Schatten auf Harrys illegitimer Herkunft allmählich verblasst, sodass er vor nun mehr vier Jahren Richards Vertrauen bekam, indem er mehrere Aufträge als Diplomat am französischen Hof erhalten hatte. Seitdem war Walter Winham der neue Kastellan von Corfe Castle. Ein überaus fähiger Mann, der die Bücher der Burg gewissenhaft führte und von jedermann gemocht wurde, doch scheinbar strahlte er weniger Respekt aus, als es für Sitte und Anstand gut gewesen wären.

Ihr Freund schüttelte den Kopf. »Wie käme ich dazu? Das ist Williams Aufgabe. Meinetwegen sollen die beiden doch ihren Spaß haben. Mir werden ihre Bälger schließlich nicht die Haare vom Kopf fressen.«

»Wohl wahr …« William hob feierlich seinen Pokal in die Höhe. »Mir scheint, auf Corfe Castle wird demnächst eine Hochzeit gehalten.«

»So kann man seine Angelegenheiten auch regeln.« Rob tat es ihm gleich. »Auf Mary und Dylan, die von ihrem Glück noch nichts ahnen.«

»Ihr beide werdet wohl auf ewig Kindsköpfe bleiben, was?«

»Wieso etwas ändern, was Großartig ist?«

Sie stimmten in Robs kehliges Lachen mit ein und William bemerkte, wie gut es ihm tat mit seinen Freunden zusammen zu sein. Er hatte Nächte, wie diese, in letzter Zeit besonders schmerzlich vermisst.

»Konntest du am französischen Hof denn meiner Bitte nachkommen und Ausschau nach einer geeigneten Braut für Richard halten?«

Rob gluckste. »Welche Frau auch immer seine Braut wird: Sie tut mir jetzt schon leid! Jetzt mal ehrlich!«

Harry überging Robs Kommentar. »Ich denke eher weniger, dass wir am französischen Hof fündig werden. Aber dafür habe ich in Erfahrung bringen können, dass die Deutschen einer Verbindung mit dem englischen Königshaus nicht abgeneigt wären. Anne von Böhmen, eine Tochter des jüngst verstorbenen Kaiser Karl IV., müsste im gleichen Alter wie Richard sein. Eine Ehe zwischen den beiden könnte unseren politischen Interessen in Frankreich zum Vorteil gereichen, wenn sich ihr Bruder Wenzel IV. dazu verleiten ließe, uns mit einer

Armee zu unterstützen. Immerhin könnte er seiner Schwester damit neben der englischen, auch zur französischen Krone verhelfen.«

William drehte den verzierten Pokal nachdenklich in seiner Hand. »Mir kam zu Ohren, dass dieser Wenzel machtbesessen sein soll.«

»Was uns durchaus in die Karten spielen könnte«, überlegte Rob abschätzig. »Wenn diese Anne auch noch hübsch ist, dann solltest du bei den beiden doch Heiratsvermittler spielen können, Will!«

»Und wenn sie nicht seinen Wünschen entspricht, dann lade ich mir den unsäglichen Zorn meines verzogenen Neffen auf. Ich habe mir viel eher überlegt, ich könnte den kleinen Rotzbengel Mowbray mit dieser Aufgabe betreut machen. Sobald er nur im Ansatz Ruhm wittert, ist er doch Feuer und Flamme. Soll er sich ruhig nach Deutschland begeben und alles arrangieren. Ich schaue, mir gerne alles aus der Ferne an. Und wenn dies bedeutet, ein paar Wochen, ohne ihn am Hof zu sein, umso besser. Vielleicht ist es dadurch zur Abwechslung einmal möglich, sich vernünftig mit Richard auseinanderzusetzen.«

»Worüber zum Beispiel?«, hakte Harry nach.

»Wie wir zum Beispiel weiter mit den Schotten verfahren.«

Harry horchte auf. »Die Verhandlungen mit den Schotten sind also nicht so wie gewünscht verlaufen?«

Der Angesprochene zog eine leidvolle Grimasse. »Wir haben uns mit John Stuart, dem ältesten Sohn von Robert II. irgendwo im nördlichsten Teil der Grafschaft

Cumbria getroffen. Dieser Stuart ist vielleicht ein sturer Hund, sag' ich euch. Zunächst behauptete er doch felsenfest, dass die Scharmützel an der Grenze ausschließlich von uns ausgehen würden und er dieses Treffen daher für sinnlos erachte. Vielmehr sei John in der Pflicht den Engländern zivilisiertes Verhalten anzutragen.« Er nippte an dem Wein. »Naja, das hat dafür gesorgt, dass John endgültig der Geduldsfaden gerissen ist. Ihr könnt euch nicht vorstellen, wie er außer sich geraten ist. So habe ich ihn wahrlich noch nie erlebt! Und auch Stuart war nicht minder beeindruckt von der Autorität, die er ausstrahlte. Ich würde nicht behaupten, dass das Treffen durch und durch von Erfolg gekrönt war, aber zumindest hat Stuart von da an eingelenkt und sich bereit erklärt seinem Volk Einhalt zu gebieten. Selbiges hat auch John versprochen. Dann wechselten mehrere Schriftstücke den Besitzer und kurz darauf haben wir uns auf den Rückweg gemacht, aber nicht ohne jede Burg im Umkreis von fünfzig Meilen unsere Aufwartung zu machen. Und überall erzählte man uns, dass sie nicht wirklich an eine Veränderung glaubten.«

»Die Zeit wird es also zeigen müssen«, schloss der Älteste in ihrer Runde.

Rob nickte erneut. »John lässt euch übrigens ausrichten, dass er unsere baldige Anwesenheit am Hof erwünscht.«

»Auf mich wird er vorerst verzichten müssen. Ich werde eine Weile bei meiner Familie bleiben.«

»Ich kann dir gleich sagen, dass er das nicht gutheißen wird. Dass du ihn ohnehin mit den Günstlingen allein gelassen hast …« Er warf William einen Seitenblick zu. »Ohne, dass einer von uns am Hof ist …«

»Ob einer von uns da ist oder nicht, macht aktuell keinen Unterschied, vertrau mir.«

Harry kräuselte ungehalten seine Lippen. »Erzählt mir jetzt einer mal, was ich verpasst habe?«

Also wiederholte er, was er zuvor Rob erzählt hatte. »Seit dem Ereignis ist er wie von Sinnen. Ich habe den Eindruck, er glaube nun nicht mehr auf eine Beratung seiner Onkel angewiesen zu sein, als habe er auf einmal die Weisheit mit Löffeln gefressen. Er hat mir und auch Edmund ins Gesicht gesagt, dass er uns derzeit für ›entbehrlich‹ hielte.«

»Glasklar, dass ihm seine Speichellecker diesen Floh ins Ohr gesetzt haben«, kommentierte Harry.

»Davon kannst du ausgehen.«

»John wird am Hof schon gehörig aufräumen! Wartet's nur ab!«

William zögerte einen Augenblick. »Da bin ich mir nicht so sicher … du hast ihn die letzten Wochen nicht erlebt … Er ist so sehr von sich selbst eingenommen und meint, dass seine Onkel ihm doch nur ›das Heft aus der Hand nehmen‹ wollen. Und das ist natürlich der perfekte Nährboden für seine Günstlinge, die ihn tagein, tagaus umschmeicheln und nach dem Mund reden und ihn dadurch schrittweise in ihre gewünschte Richtung lenken. Wenn er vorher schon empfänglich für Manipulationen war, so ist er es jetzt erst recht!« Er nahm einen weiteren Schluck von dem Burgunder, ehe er fortfuhr. »Von John fühlt er sich ja ganz besonders bevormundet. Ich hege eher die Vermutung, dass er sich immer weiter von uns distanzieren wird.«

»Wir können nur hoffen, dass er schnell an Weitblick gewinnt und sieht, dass ihn seine Günstlinge nur übervorteilen ...«, Robs Stirn war von Falten zerfurcht.

Harry hatte seinen Freunden aufmerksam gelauscht. »War euch eigentlich bewusst, dass Richard nicht nur am Tag der heiligen drei Könige das Licht der Welt erblickt hat, sondern dass an seinem Geburtstag gleich drei Könige am Hof von Bordeaux anwesend waren? Wie bezeichnen wir diese Umstände nun, als Zufälle oder göttliche Fügung?«

Rob zog skeptisch eine Augenbraue nach oben. »Wohl eher als Versehen ... Gott wird bei seiner Geburt mit anderen Dingen beschäftigt gewesen sein, ansonsten hätte er sie zu verhindern gewusst ...«

»Welch verräterische Zunge, dich heute mal wieder beherrscht!« Harry schüttelte pikiert seinen Kopf.

»Was? Hast du ernsthaft etwas anderes von mir erwartet?« Der Gescholtene lächelte diabolisch. »Mal ehrlich, Gott muss bei seiner Geburt weggesehen haben. Er ähnelt weder Ed, noch seiner Mutter Joan! Beide sind – beziehungsweise waren – solch starke Persönlichkeiten. Joan ist der Inbegriff von Würde. Und jetzt schau dir Richard an ...«

Harry schnappte nach Luft, um etwas zu erwidern, doch William brachte ihn mit einer Geste zum Schweigen. »Ach Freunde, wir sollten den Abend mit angenehmeren Themen ausklingen lassen. Wir werden noch genügend Zeit haben, um uns damit weiter auseinanderzusetzen, doch der heutige Abend soll nicht davon bestimmt sein ...«

Rob nahm ihn umgehend beim Wort und wandte sich schamlos grinsend an den Dritten im Bunde. »Erzähl, wie geht es deinem ausdauernden Weib? Habt ihr das halbe Dutzend inzwischen voll?«

Vorsichtig öffnete er die Tür der Schlafkammer und schlüpfte hindurch. Er wartete, bis sich seine Augen an die Dunkelheit gewöhnten, bevor er sich auf leisen Sohlen vorwärts bewegte. Trotzdem stieß er sich den großen Zeh an der Truhe, die seit jeher an der Wand stand. »Mist! Verdammter!«, fluchte er leise und unterdrückte ein schmerzhaftes Stöhnen. Angestrengt bemühte er sich so geräuschlos, wie möglich die Kleidung abzustreifen, was ihm mehr schlecht als recht gelang. Der Wein setzte ihm doch mehr zu als gedacht.

Mit langsamen Schritten, um nicht auch noch zu stolpern, näherte er sich dem Himmelbett, in dem seine Frau tief und fest schlief und legte sich neben sie. Sanft rückte er an sie heran und drückte ihr einen Nachtkuss auf die Stirn, als ihm auffiel, dass ihm ihre Augen wach entgegenblinzelten.

»Oh, du schläfst noch gar nicht?«, fragte er verdutzt.

»Wie könnte ich das, wenn mein Gemahl nach einem halben Jahr endlich wieder bei mir ist.« Sehnsüchtig umschlang sie seinen Oberkörper und schmiegte sich an ihn.

Sanft bedeckte er erst ihre Lippen, dann ihren Hals mit Küssen und begann zärtlich an ihrem Ohrläppchen zu knabbern. Er spürte, wie sich ihre Brustwarzen unter dem dünnen Nachthemd aufrichteten. Mit kreisenden Bewegungen strich er mit seinem Daumen darüber und küsste sie wieder auf den Mund. »Ich liebe dich, Countess of Dorset.«

»Und ich dich, Mylord.«

Er bemerkte, wie sich ihre Lippen zu einem Grinsen formten. »Was ist so lustig?«

»Du bist voll, wie ein Seemann!«

»Aber schau mal, ich kann gar kein Seemann sein, ansonsten wäre ich doch jetzt in meiner Kajüte auf einem Schiff und nicht hier neben dir!«, erklärte er mit der Logik eines Betrunkenen.

Immer noch lächelnd, legte sie ihren Kopf auf seiner Brust ab. »Zu meinem Glück bist du bei mir!«

»Dann sollten wir dieses Glück doch auch nutzen, meint Ihr nicht Madam?«, fragte er unschuldig und streichelte mit seiner Hand über die Innenseite ihrer Schenkel.

»Mylord!« Ihr gespielter Protest wich einem herzergreifenden Seufzer und bestärkte ihn in seinem Tun.

Anno Domini 1385-1388

Numerum cuius finis est vita a scribis te.

Das Leben ist ein Märchen, dessen
Ende du selbst schreibst.

St. George Chapel, Februar 1385

Dicht an dicht drängten die Menschen aus der Kapelle, hinein in den stetigen Nieselregen. William hob seinen Kopf und blickte in den von grauen Schleierwolken überzogenen Himmel. Ein winziger Sonnenstrahl versuchte sich seinen Weg durch die Wolkendecke zu bahnen.

»Wenn das weiter so pisst, dann saufen wir hier noch alle ab«, prophezeite Rob verdrießlich, während er eine größere Pfütze umrundete. Seit gut zwei Wochen hatte es ununterbrochen geregnet und den vorherigen Schnee in Matsch verwandelt.

Gemeinsam mit Rob und seinen Halbbrüdern John, Edmund und Thomas hatte er die Morgenmesse zu Mariä Lichtmess besucht.

»Und ich dachte, mir würde das Wetter zu schaffen machen«, feixend zog Edmund eine Grimasse und machte einer entgegenkommenden Gruppe von Höflingen Platz.

Rob setzte zu einer Antwort an, als William aus dem Augenwinkel etwas aufblitzen sah, der Sonnenstrahl schien sich in etwas Metallenem zu brechen.

»John!« Mit einem heiseren Schrei warf sich William schützend vor seinen Halbbruder. Der plötzlich auftauchende Dolch durchdrang mühelos seinen Mantel, den darunterliegenden Surcot und fand sein Ziel schließlich unterhalb seiner linken Schulter. Ein stechender Schmerz durchzuckte ihn als der kalte Stahl mit einem heftigen Ruck wieder herausgezogen wurde.

Lautlos sackte er vor seinem Bruder in die Knie und rutschte zu Boden, von wo aus er mitansehen konnte, wie Rob einem dunkelgekleideten, schmächtigen Burschen den Dolch aus der Hand schlug und ihn mit einem weiteren Fausthieb mitten ins Gesicht niederstreckte.

Ihm verschwamm die Sicht vor Augen, sodass er nur schemenhaft erahnen konnte, wie sein Freund dem Angreifer ein Schwert an die Kehle hielt und ihm bedrohlich etwas zu raunte.

»Will? Will! Verdammt!« Jemand drückte ihm die Hand auf die Wunde.

Er stöhnte auf vor Schmerz und öffnete für einen kurzen Moment die Augen. Es war John, der sich über ihn gebeugt hatte. Sein Gesicht hatte einen besorgten Ausdruck angenommen.

William wollte etwas erwidern, doch seinem Mund entwich kein Sterbenston.

»Der Earl of Dorset wurde verletzt! Schnell, er muss sofort behandelt werden! So kommt doch!«

Er spürte mehrere starke Arme, die ihn vom Boden hochhoben und irgendwohin trugen. Dann schloss er die Augen und dämmerte weg.

» … ich kann nicht abschätzen, wie tief die Klinge eingedrungen ist. Seine Lunge scheint jedoch unverletzt zu sein, Mylord.«

»Also, ist er außer Lebensgefahr?«

»Wenn sich die Wunde bis jetzt nicht entzündet hat, wird sie das wohl auch nicht mehr …«

Dumpfe Stimmen drangen an sein Ohr. Vorsichtig öffnet William die Augen, schloss sie aber sogleich wieder. Das hereindringende Tageslicht blendete ihn. Er probierte es erneut und blinzelte mehrmals, bis sich seine Augen schließlich an die Helligkeit gewöhnt hatten.

»Will, du bist wach!« Er erkannte John und auch Rob, die am Fußende seiner Bettstatt standen und sich mit einem älteren Mann unterhielten, bei dem es sich vermutlich um seinen Arzt handelte.

Freudig trat John näher an ihn heran und legte ihm eine Hand auf die Schulter. »Wie fühlst du dich?«

»Was ... was ist passiert? Wo bin ich?«, brachte er krächzend hervor. Seine Kehle fühlte sich staubtrocken an.

John, der das bemerkt hatte, setzte ihm einen Weinschlauch an die Lippen und stützte mit der anderen Hand seinen Kopf, damit er trinken konnte.

Durstig nahm William mehrere Schlucke. Angestrengt legte er seinen Kopf wieder auf dem Kissen ab und atmete ruhig ein und aus. Jeder Atemzug schmerzte.

»Kannst du dich an nichts erinnern?«, erkundigte sich Rob erstaunt.

»Das kann durchaus vorkommen, dass man sich zunächst nicht erinnert.« Der Gelehrte lächelte freundlich.

John nickte verständnisvoll. »Danke, Sir Greyham. Wären Sie so nett, uns mit meinem Bruder allein zu lassen?«

»Aber gewiss doch, Mylord.«

John wartete, bis der Alte das Gemach verlassen hatte, ehe er sich wieder an ihn wandte. »Du hast mir das Leben gerettet, Will. Nach der Mariä Lichtmess hat sich ein Mann auf mich stürzen und erstechen wollen. Nur durch deinen mutigen Einsatz konnte er daran gehindert werden. Du hast dein Leben für meines aufs Spiel gesetzt ... so wie du es schon für Ed getan hast.«

Bruchstückhaft kamen die Erinnerungen zurück. Er schlug die Decke zurück und blickte an die Stelle, wo der Dolch in seinen Oberkörper gedrungen war. Ein dicker Verband verbarg ihm die Sicht auf die Wunde.

William nickte beruhigt, hielt in der Bewegung jedoch inne, als ihn eine Schmerzwelle überkam. »Verflucht. Ich bringe diesen Schweinehund eigenhändig um.« Er versuchte ein Stück hochzurutschen, doch seine Position wurde nicht angenehmer. »Sei so gut und hilf mir mich aufrecht hinzusetzen. Es hat etwas Entwürdigendes, während der Unterhaltung zu liegen.«

Umsichtig griff Rob ihm unter die Arme und legte ihm ein Kissen in den Rücken. »Der Dolch hat mit Glück Herz und Lunge verfehlt, wie es scheint, bist du noch einmal davongekommen.«

»Hm«, brummte er. »So fühlt es sich allerdings nicht an.« Schmerzverzerrt verzog er das Gesicht, als er die Decke wieder über den Verband zog.

»Die Wunde wurde gereinigt und ausgebrannt, um einer Entzündung vorzubeugen. Die Gefahr bei solchen Verletzungen ist immer die Wundheilung. Ist die Wunde erst einmal brandig, wird umliegendes Gewebe schwarz und stirbt ab. Dann hilft meist auch kein großzügiges

Herausschneiden des fauligen Fleisches mehr und das Leben des Verletzten ist im Grunde verwirkt.«

William musste schlucken, um den Kloß im Hals loszuwerden. »Wie lange liege ich hier schon?« Er hatte jegliches Zeitgefühl verloren.

»Drei Tage. Du warst zwischendurch zwar wach, aber nicht ansprechbar und hast nur wirres Zeug von dir gegeben.«

»Also im Grunde so wie sonst auch«, fügte Rob Johns Ausführung flapsig hinzu.

William lachte in sich hinein, was er jedoch umgehend bereute, als sich der Schmerz in seinem Oberkörper verschlimmerte. Er zog scharf die Luft ein, wodurch seine nächsten Fragen abgehakter klangen, als ihm lieb war. »Wisst ihr, wer der Angreifer war? Habt ihr ihn zum Reden bekommen?«

Sein Freund tauschte beklommen einen Blick mit John aus, was ihm ein ungutes Gefühl vermittelte. »Nun erzählt schon!«

Sein Halbbruder kehrte ihnen den Rücken zu und stellte sich ans Fenster. Die Hände verschränkte er hinter dem Rücken. »James Russell.«

Nur mit Mühe unterdrückte er den Impuls seine Schultern ratlos nach oben zu ziehen. »Und? Wer soll das sein?« Der Name sagte ihm rein gar nichts. »Wer war sein Auftraggeber?«

»Er ist stumm, wie ein Fisch, was ihm jedoch nicht viel nützt.«

Verständnislos blickte er von einem zum anderen. »Ich würde es begrüßen, wenn ihr endlich mit der

Sprache herausrückt und euch nicht alles aus der Nase ziehen lasst. So wie ihr guckt, wird es sich bei ihm wohl nicht, um einen gewöhnlichen Rebellen halten.«

Rob antwortete für John. »Russell ist ein entfernter Vetter der Countess of Nottingham.«

Rotzbengel, also. »Schau an. Mowbray hat das Attentat also geplant! Wieso wundert mich das nicht?«, fragte er rein rhetorisch.

Nach dem frühen Tod seines kinderlosen Bruders vor zwei Jahren, hatte Mowbray dessen Grafentitel verliehen bekommen und seinen Einfluss am Hof und auf Richard weiter ausbauen können.

Sein Halbbruder fixierte einen unbekannten Punkt hinter der Fensterscheibe. »Er wird sich denken können, dass wir Russell einer peinlichen Befragung unterziehen. Die wenigsten halten bis zum Schluss durch und singen irgendwann.«

»Sofern sie vorher nicht krepieren«, warf Rob missmutig ein.

»So oder so, Mowbray wird jedwede Beteiligung abstreiten.«

»Das wird er.« Johns Stimme hatte einen bitteren Tonfall angenommen. »Doch das ist nicht weiter von Belang. Er ist nicht dumm und wird damit rechnen, dass wir ihm früher oder später auf die Schliche kommen werden. Von nun an wird er unter Beobachtung stehen.«

»Und ich werde persönlich dafür Sorge tragen, dass er nachts nicht mehr ruhig schlafen wird. Verlasst euch darauf!« Rob ließ genüsslich seine Fingerknochen knacken.

»Meinst du, er könne erneut versuchen dich umzubringen, John?«

Sein Bruder schwieg eine Weile, ehe er antwortete. »Nein, denn jetzt bin ich gewarnt. «

»Du solltest Catherine und deine Kinder trotzdem in Sicherheit bringen.« William traute Mowbray alles zu. »Und Henry sollte sich auch in Acht nehmen. Vorsicht ist besser als Nachsicht, wie man an mir sieht.«

»Das ging allein gegen mich. Was sollte ihm der Tod meiner Mätresse und meiner Bastarde einbringen?«

»Genugtuung?« Scheinbar hatte Rob die gleichen Gedanken, wie er. »Er war und ist Richards Speichellecker.«

»Und deshalb sollten wir mit unseren Vermutungen auch an den Hof gehen oder zumindest Richard davon in Kenntnis setzen. Es wird Mowbray, bei dem Versuch dich töten zu lassen, um den politischen Vorteil gegangen sein. Je mehr Leute also davon Wind bekommen, desto besser. Er würde sich in die Ecke gedrängt fühlen und ihm zumindest diesbezüglich die Hände binden. Geschieht dir hiernach etwas, dann würde man sofort ihn verdächtigen und zur Rechenschaft ziehen. Auch die Sonderposition als des Königs Liebling würde ihm da nicht viel nützen.«

Rob zog seine Augenbrauen in die Höhe. »Wir sind uns doch wohl einig, wer der eigentliche Drahtzieher hinter Mowbray ist, oder?«

»Du verdächtigst Richard dahinter?« John schüttelte ungläubig seinen Kopf und drehte sich wieder zu ihnen herum.

»Richard mag ein Scheusal sein, aber dass er seinen eigenen Onkel umbringen lässt, das traue ich ihm dann doch nicht zu …« Oder doch? William wechselte einen nachdenklichen Blick mit John.

»Dir ist schon bewusst, dass eine solche Anschuldigung diesen Raum besser nicht verlassen sollte …?«

Rob wischte den Hinweis mit einer ungeduldigen Handbewegung zur Seite. »Das ist mir schon klar. Und auch, dass ich meiner Theorie schwerlich auf den Grund gehen kann. Außer wir legen Mowbray die Daumenschrauben an … oder schnallen ihn auf die Streckbank.«

»Die Vorstellung eines schreienden Mowbrays hat etwas Göttliches.« William lächelte gallig seine Decke an.

»Selbst wenn Russell redet und Mowbray entlarvt, wird Richard diesem Vorschlag nie im Leben zustimmen, auch wenn er nichts mit dem Anschlag zu tun haben sollte. Er würde nie zustimmen, dass einem seiner Höflinge Leid angetan wird, zumindest nicht bei so einer dünnen Beweislage.«

»Und der Grund, den Auftraggeber ausfindig zu machen, der dich töten wollte, würde ihn in seiner Entscheidung auch nicht gerade beflügeln. Nichts für ungut, aber eure Beziehung hat sich über die letzten Jahre nicht gerade zum Besseren gewendet. Richard ist dem O-Ton seiner Höflinge hoffnungslos erlegen.«

»Ich weiß … alle miteinander unterstellen sie mir, dass ich es immer noch auf den Thron abgesehen habe.«

»Und die Tatsache, dass er bisher keinen Erben vorweisen kann, wird ihn dahingehend nicht aufatmen lassen.«

Rob bewegte seinen Kopf von links nach rechts. »Ich will den Teufel ja nicht an die Wand malen, aber wir sollten uns in Zukunft alle vorsehen ... Mowbray werden wir ruhigstellen können, wenn wir unsere Vermutung mit ihm als Auftraggeber am Hof streuen ... Richard aber sollten wir nicht unterschätzen.«

»Haben wir das denn je?« William spürte, wie sich jeder Muskel in seinem Körper anzuspannen begann. Mit voller Konzentration versuchte er dem entgegenzuwirken, um seine Wunde nicht wieder vor Schmerz pochen zu lassen. Natürlich schlug dieser Versuch fehl. Wütend ballte er die Fäuste. »Wenn wir ehrlich sind, dann wussten wir schon lange, zu was Richard fähig ist ...«

Keiner der beiden erwiderte etwas Gegenteiliges. Stattdessen kehrte eine bedrückende Stille ein.

»Shht! Glaube mir, du wirst es nicht bereuen ...«

»Sire, bitte nicht ...«, flehte die Frauenstimme kaum hörbar.

William registrierte, dass er den Zeitpunkt nicht gut abgepasst hatte, um Richards Privatgemächer zu betreten. Er war bereits im Begriff auf dem Absatz kehrt zu machen, Richards Bettgeschichten gingen ihn nicht das Geringste an, doch irgendetwas am Klang der Frauenstimme ließ seine Nackenhaare zu Berge stehen.

Irritiert trat er einen Schritt nach vorne und erstarrte als sich ihm offenbarte, was sich in den Gemächern des

Königs abspielte. In der hintersten Ecke des Raumes stand Richard mit einer Frau, die er mit seinem gesamten Körpergewicht, das er aufbot, an die Wand drängte.

Er musste zweimal hinschauen, um seinen Augen zu trauen. Die Frau, die noch keine war, war seine Tochter Alix! Unfähig sich zu bewegen und mit vor Schreck aufgerissenen Augen ließ sie zu, wie Richards Hände über ihre noch mädchenhaften Rundungen strichen. Seinen Kopf hielt Richard tief über ihrem Ausschnitt gebeugt.

»Was zur Hölle ... Richard, was geht hier vor sich?«

Der Angesprochene hielt in seinem Tun inne. Es dauerte jedoch eine gefühlte Ewigkeit, bis er seinen Kopf hob und widerwillig einen Schritt zurücktrat. Langsam drehte sich sein Neffe zu ihm herum und William war, als hätte er ein kaltes Funkeln in seinen Augen aufblitzen sehen.

Alix nutzte den Moment und rauschte mit wehenden Röcken an ihrem Vetter vorbei, in Williams rettenden Arme.

Schluchzend vergrub sie ihren Kopf an seiner Brust. Sein Herz wurde ihm schwer wie Blei.

»Was hat das zu bedeuten, Mann?«, forderte er Richard auf sich zu erklären.

In aller Seelenruhe ging Richard zu der kleinen Anrichte zu seiner Rechten hinüber, griff nach einem Trinkpokal und genehmigte sich einen tiefen Schluck, ehe er antworte: »Alles, was ich hierzu zu sagen wüsste, würde dir kein besseres Gefühl geben. Also, warum belassen wir es nicht einfach dabei und vergessen das Ganze? Ich bin nicht in der Verfassung mit dir zu streiten.«

Entgeistert sah er seinen Neffen an. »Überlege dir genau, was du hier gerade andeuten willst!«

»Was willst du hören? Sie hat mir Avancen gemacht. Welcher Mann könnte da standhaft bleiben?«

Seine Zunge schien schneller zu funktionieren als sein Verstand. »Hat dir der Wein etwa die Sinne vernebelt?« Er betrachtete ihn eingehender, doch er konnte keinerlei Anzeichen übermäßigen Weingenusses an ihm feststellen. »Du willst nicht ernsthaft behaupten, sie wollte von dir entehrt werden? Du bist ihr Onkel!« Seine Stimme war bedrohlich leise.

»In erster Linie bin ich ihr König! Ebenso wie deiner! Also maß dir nicht an, so mit mir zu sprechen!« Seine Augen waren zu Schlitzen verengt.

William konnte nicht anders, als sich in seinen dunkelsten Befürchtungen über Richard bestätigt zu sehen. Es schmerzte ihn, nichts, aber auch rein gar nichts, von der Würde des schwarzen Prinzen in ihm wiederzuerkennen.

Es hieß, in den schwächsten Momenten zeigt sich das wahre Gesicht eines Mannes. Und das Gesicht des Mannes vor ihm war ihm vollkommen fremd. »Willst du tatsächlich so schwach sein, wie es deine Widersacher über dich verbreiten? Gott, Richard ... Dein Vater würde sich im Grabe umdrehen ...«

Seine Worte verfehlten ihre Wirkung nicht. William sah, wie Richards Gesicht vor Zorn errötete. »Du wagst es meinen Vater mit ins Spiel zu bringen? Du erlaubst dir ein Urteil über mich? Der Bastardsohn des alten

Königs will über mich urteilen? Der Bastard, der aus purer Wollust geheiratet hat und damit nicht nur die Thronfolge Englands in Gefahr gebracht, sondern auch meinen Vater hintergangen hat? Ausgerechnet du willst über mich, den König von England, urteilen? Ich glaube du verkennst deine Position und deinen Wert. Es hat keinerlei Bedeutung für mich, dass wir vom gleichen Blut sind, Bastardonkel.«

William hatte das Gefühl, man hätte ihm zum zweiten Mal einen Dolch in den Oberkörper gerammt. Sein Blick wurde kalt. »Wenn Ihr wirklich von dem überzeugt seid, was Ihr da gerade gesagt habt, dann habe ich meine Aufgabe, Euch zu dem Sohn Eures Vaters zu erziehen, wohl grundlegend verfehlt. Und ich sehe wahrhaftig nicht, welchen Nutzen ich noch für Euch haben könnte, Sire.«

Die Anspannung im Raum konnte man förmlich sehen.

Sein Neffe nickte mit gleichgültiger Miene. »Hiermit entbinden Wir Euch von Eurem Eid und allen damit einhergehenden Verpflichtungen und entheben Euch zudem Eures Ranges als Earl of Dorset, Lord Plantagenet. Ihr tätet gut daran, Euch und die Euren nicht mehr an meinem Hof blicken zu lassen. Wir empfehlen Euch Pontefract Castle umgehend zu verlassen.«

Williams Nackenhaare stellten sich auf. Er hatte die indirekte Drohung Richards nicht überhört.

Lanloup, September 1386

William stieg der Geruch von verbranntem Holz in die Nase und er hob seinen Kopf, um den Ursprung auszumachen.

Er hatte seinen Wallach satteln lassen und ritt mit ihm an der bretonischen Küste entlang. Suchend ließ er seinen Blick über den schmalen Strandabschnitt unterhalb der Steilküste wandern und entdeckte kleine Rauchfäden, die sich nach oben schlängelten.

Mehrere Dorfbewohner hatten sich um ein kleines Lagerfeuer versammelt und räucherten Fische. Die Stimmung schien ausgelassen und lautes Kinderlachen drang in seine Ohren.

Einen Augenblick verweilte er an der Stelle und beobachtete das Treiben, bis seine Augen erneut den Horizont aufsuchten und in die vermeintliche Richtung schauten, in der er England wähnte.

Bei dem Gedanken an sein Heimatland wurde ihm schwer ums Herz. Es fühlte sich an, als würde sich eine eiserne Faust darum schließen. Doch er wusste, das war nicht allein dem Heimweh geschuldet.

Er atmete tief aus und gab sich seinen Gedanken hin. Letztes Jahr um diese Zeit hatte ihn ein Brief erreicht, dessen Kommen er zum damaligen Zeitpunkt schon befürchtet hatte.

Mit tiefstem Bedauern hatte ihm Harry mitgeteilt, dass er ihm den nunmehr letzten Brief seiner Mutter überbringen ließ, da sie das Zeitliche gesegnet hatte.

Joan hatte ihm in den Briefen zuvor nicht

verheimlicht, wie krank sie war. Ihre Verzweiflung ist so groß gewesen, dass sie selbst diese Karte hatte ausspielen wollen.

Die letzten Worte seiner Mutter waren voller Schmerz und Verzweiflung gewesen. Sie hatte William angefleht, er möge nach London zurückkehren und sich mit dem König versöhnen. Sie schrieb, es sei ihr letzter Wunsch auf Erden und nur der könne ihr zu innerem Frieden verhelfen. Darauf folgten weitere starke und einprägsame Worte. Sie war gut darin an das Gewissen und den Verstand eines Mannes zu appellieren; ein Grund von vielen, weshalb sie das Parlament in den vergangenen Jahren so gut im Griff gehabt hatte.

Über Monate hinweg hatte Joan mehrfach versucht eine Aussprache zwischen William und Richard zu arrangieren. Doch in diesem Unterfangen schlugen all ihre Bemühungen fehl. Es ging nicht darum einen banalen Streit zwischen ihm und seinem Neffen zu schlichten, es ging um so viel mehr.

Die Dinge, die Richard in jener Nacht getan und auch geäußert hatte, waren unverzeihlich. Nicht, weil sie etwa seinen Stolz verletzten, sondern weil Richard in diesem Moment der absoluten Schwäche offenbart hatte, wie es um sein Innerstes wahrhaftig bestellt war.

Verletzter Stolz konnte überwunden werden und den hätte er zum Wohle Englands hinuntergeschluckt. Wie aber sollte er über diese apathische Seite, die ihm Richard gezeigt hatte, hinwegsehen? Wie sollte er zukünftig ignorieren, zu welch einem Mann sein Neffe herangewachsen war? Viel schlimmer, wie hatte er in all der Zeit nicht bemerken können, dass er so skrupellos geworden war? Waren Richard die ganzen Günstlinge am Hof so sehr zu Kopfe gestiegen? Was um Gottes Willen hatte ihn zu solch einem rücksichtslosen Tyrannen werden lassen?

Keine dieser Fragen hatte er beantworten können. Aber eigentlich war das auch nicht weiter von Belang. Richard war inzwischen zwanzig Jahre alt und damit kein Kind mehr, das nur vom rechten Weg abgekommen war und der richtigen Führung bedurfte. In jener Nacht hatte er ihm gezeigt, dass er sich nicht mehr führen lassen würde. Er hatte deutlich gezeigt, dass er sich als König von Gottes Gnaden über dem Recht und damit über jedem einzelnen von ihnen stehen sah. Solch ein Denken könnte auch William nicht mehr beeinflussen.

Es gab Momente, in denen er unbändige Wut verspürte. Wut auf sich, auf Richard, vor allem aber auf Ed. Sein Halbbruder hatte um Williams Liebe zu ihm und für England gewusst und mit dem heiligen Schwur, den er ihm auf dem Sterbebett abgenommen hatte, für Richards Zukunft vorgesorgt. Damit konnte William das Wohl Englands nicht über das Wohl des Königs stellen, so gern er dies nun auch täte. Durch den Eid war und blieb er handlungsunfähig.

Mit sanftem Druck seiner Fersen, lenkte William seinen Wallach den Küstenabschnitt entlang, zurück in Richtung ihres Anwesens.

Nun hieß es also tatenlos auszuharren. Denn eines stand für ihn fest, ganz gleich wie viel Zeit verstreichen würde, er würde bei Richard niemals heuchlerisch zu Kreuze zu kriechen und anschließend so tun, als wäre alles in bester Ordnung. Also blieb ihm nur das Exil, bis Richard entweder starb und ihm ein Erbe auf den Thron folgte oder aber er abgesetzt wurde.

Das Exil verlangte ihm viel Geduld ab und die zählte seit jeher nicht zu seinen stärksten Tugenden. Und das hatte ihn – das wusste er sehr wohl – in den letzten Monaten ungehalten und jähzornig werden lassen.

Immer häufiger ritt er seither allein aus, um seine Launen in den Griff zu bekommen und sie nicht an den anderen auszulassen. Denn jeder einzelne von ihnen hatte genug damit zu tun, sich in dieser Fremde einigermaßen heimisch zu fühlen.

Bereits eine Woche nach dem Zerwürfnis mit Richard hatte William gemeinsam mit seiner und Robs Familie England verlassen. Er hatte nicht darauf warten wollen, bis Richard ihm seine Ländereien und Titel im Namen der Krone mit Gewalt entziehen würde. Diese Genugtuung hatte er ihm und seinen Lakaien nicht geben wollen. Und wie sich herausstellte, waren sie keinen Tag zu früh aufgebrochen. Kurz nach ihrer Ankunft in der Bretagne schrieb ihnen Harry, dass Corfe Castle an Mowbray übergeben wurde.

William war sich sicher, diese Wahl stellte eine weitere Provokation Richards dar. Nach dem verhinderten Attentat auf John, hatte er Mowbray nach seiner Genesung zur Rede gestellt und ihm direkt ins Gesicht gesagt, dass sie wüssten, dass er der Auftraggeber gewesen sei. Und Rob hatte ihre Vermutung hinter vorgehaltener Hand am Hof gestreut. Dieses Zusammenspiel hatte Mowbray dermaßen unter Druck gesetzt, dass er John kurz darauf untertänigst um Vergebung bat.

Zu ihrer aller Überraschung verzieh ihm John ohne Umschweife. An seiner Stelle hätte er Rotzbengel nicht so schnell davongelassen, was auch daran lag, dass er, trotz seiner Verletzung, nicht um Verzeihung gebeten wurde. Doch auch mit einer Entschuldigung wären beide, in diesem Leben, keine Freunde mehr geworden. Dass Mowbray nun sein Anwesen erhalten hatte, sollte er als Affront gegen sich auffassen. Richard wollte ihn denunzieren und damit aus der Reserve locken. Diesen Gefallen würde er ihm aber nicht tun.

Der Einzige, der Richard jetzt noch Einhalt gebieten konnte, war John. Nicht in der Rolle, als sein ältester Onkel, sondern weil er zu Richards Missfallen mehr Einfluss und Macht in England besaß als er selbst. Er fürchtete John. Früher hatte William diese Furcht für Ehrfurcht gehalten, doch anscheinend hatte er sich auch hierbei in ihm getäuscht, das hatte er schmerzlich erkennen müssen. Inzwischen war er sich auch sicher, Robs damalige Vermutung stimmte, Richard muss der Drahtzieher hinter dem feigen Mordanschlag auf John gewesen sein. Solange John lebte, würde sich ihr Neffe nicht sicher fühlen.

Zu dumm nur, dass John für längere Zeit nicht nach ihrem Neffen würde schauen können. Seit Beginn dieses Jahres versuchte er seinen Anspruch auf den kastilischen Thron geltend zu machen, den er durch seine

Heirat mit Constanza erhalten hatte. Bisher schien sein Feldzug jedoch nicht von Erfolg gekrönt zu sein.

William vermutete daher, dass sich diese Mission noch länger als ein Jahr hinziehen würde. Also konnte England vorerst nicht auf John hoffen.

Möglicherweise würden sie sich bis dahin allerdings selbst zu helfen wissen. Richards Tyrannei sorgte langsam, aber sicher dafür, dass sich im Untergrund eine Opposition bildete, die sich sehen ließ.

Harry hielt sie natürlich stets auf dem Laufenden. Auch wenn mehrere Diskussionen nötig waren, um ihn davon zu überzeugen in England zu verbleiben, damit sie weiterhin aus zuverlässiger Quelle Informationen erhielten. In seinen Briefen hatte er ihnen von den Zusammenkünften der Lords berichtet, die gegen Richards Schreckensherrschaft vorzugehen erwogen. Unter den Lords waren auch sein Halbbruder Thomas und sein Neffe Henry. Und auch hierbei hatte er keine andere Wahl als mit gebundenen Händen die weiteren Entwicklungen abzuwarten und zu hoffen. Er gab es ungerne zu, doch all seine Hoffnungen ruhten in der Opposition, deren Ziel es war, Richard als eine Art Kontrollgremium zur Seite zu stehen. Doch all diese Gedanken waren bisher bloße Wunschträume. Keiner konnte vorhersagen, ob und wann sich die Opposition formierte und wenn ja, ob ihr Handeln von Erfolg gekrönt wäre. William weigerte sich, sich auszumalen, was geschehen würde, wenn diese Träume zerplatzten. Vermutlich würde er sein geliebtes England dann nie wieder betreten können.

Stoisch richtete er seinen Blick zum Himmel. So manches Mal hatte er sich bereits gefragt, was Ed zu all diesen tiefgreifenden Entwicklungen wohl gesagt, was er von seinem Sohn und Erben gehalten hätte. Ob sein Halbbruder eine dunkle Vorahnung gehabt hatte, wie missraten Richard war? Ob er ihm deshalb den Schwur auf dem Totenbett abgenommen hatte?

William atmete tief ein und wieder aus. Er konnte sich keinen Vorwurf machen. Sie alle hatten ihr Bestes gegeben. Nun war es an Gott zu entscheiden, wie die Geschichte Englands weiter ging. »Deo volente. Gott, du Allmächtiger, sei England gnädig. Wieder einmal.«

»Dieser verfluchte Dummkopf!« Wütend umschloss William das Schriftstück mit seiner rechten Hand und ballte sie zu einer Faust. Die Stirn tief in Furchen gelegt, übergab er Rob den Brief, der ihn besorgt von der Seite her anblickte.

Hastig überflog sein Freund die von Harry hastig niedergeschriebenen Zeilen. »Das hat er nicht wirklich getan, oder?«

William hörte die Fassungslosigkeit in seiner Stimme.

»Erzähl schon! Was schreibt Harry?«, fragte Lucan gespannt und trat näher zu ihnen heran. Mit seinen nun achtzehn Jahren, überragte er ihn um einen halben Kopf. Genau wie Alix, war auch er ein Abbild seiner selbst. Auch wenn die Gesichtszüge seiner Tochter weicher waren als Lucans. Bei beiden seiner Kinder hatte er einen wachen, teils scharfzüngigen Geist feststellen können. Doch wo Lucan Besonnenheit vorwies, trug Alix ihr Herz auf der Zunge und war zu seinem Leidwesen ebenso impulsiv wie er. Das Plantagenetblut in ihren Adern war definitiv nicht zu leugnen.

William fuhr sich durch das Gesicht und ließ sich auf dem gepolsterten Stuhl vor dem dunkelgebeizten Eichentisch nieder. »Dein Vetter Richard hat sich vor gut zwei Wochen auf eine Rundreise durch England begeben – «

» – um eine Armee aufzustellen!«, unterbrach ihn Rob.

»Um königstreue Anhänger auszuheben, die gemeinsam mit ihm gegen das Parlament vorgehen und Verfahren wegen Hochverrats einleiten«, fuhr er weiter fort. »Du erinnerst dich daran, dass das Parlament im November letzten Jahres die Opposition bestehend aus eurem Onkel Thomas, eurem Vetter Henry, Harrys Schwiegervater, den Earl of Warwick und auch den Earl of Arundel, als Kontrollgremium eingesetzt haben?«

»Du hast Mowbray unterschlagen«, ergänzte Rob ihn trocken.

»Wen wundert's? Daran kann ich mich beim besten Willen nicht gewöhnen.« Tatsächlich hatte Rotzbengel in den letzten Monaten eine unvorstellbare Kehrtwende gemacht. Nachdem er sich mit Richard wegen mehrerer Belanglosigkeiten zerworfen hatte, hatte er sich schließlich der Opposition angeschlossen.

Lucan nickte. »Die Appellanten.«

»Man fragt sich tatsächlich, an was sie bei Richard

noch appellieren wollen.« Rob lachte bitter auf. »Bei ihm ist Hopfen und Malz verloren!«

»Durch Richards Handeln haben die Appellanten natürlich Truppen zusammengestellt und ihn in London festgesetzt. Damit hat er sich von ganz alleine in eine missliche Lage manövriert.«

»Das Parlament wird den Appellanten nun freie Hand bei den Regierungsgeschäften lassen. Inoffiziell versteht sich. Offiziell werden sie diese im Namen von Richard ausüben.«

Ablehnend verschränkte sein Sohn die Arme vor der Brust. »Aber wieso bleibt er dann weiterhin König? Wieso setzt ihn das Parlament nicht ab?«

»Ganz meine Rede!« Rob vollführte eine zustimmende Geste. »Sollen sie stattdessen Henry auf den Thron setzen! Er hat ein viel größeres Verständnis von Politik.«

»Henry hat die gleiche majestätische Ausstrahlung, die auch König Edward besaß«, meinte Ava und schaute kurz über den Rand ihres Buches zu ihnen herüber.

William betrachtete seine Frau eingehender. Sie saß an ihrem Lieblingsplatz, auf einem der bequemen Sessel unweit des Fensters, um ausreichend Licht der Nachmittagssonne aufzufangen. Auf dem Buch, das sie in ihren Händen hielt, konnte er den Titel »The Canterbury Tales« entziffern. Er mochte Geoffrey Chaucers Werke, erzählten sie doch von ritterlichen Tugenden und Werten, die scheinbar nur wenigen heute noch etwas bedeuteten.

Sein Blick wanderte hoch zu Avas Augen. Sie mochte

durchaus recht haben mit dem, was sie sagte.

Harry hatte ihnen von unzähligen, langwierigen Unterredungen der Opposition berichtet, bei denen es darum ging, wer den Thron besteigen sollte, wenn es keinen anderen Ausweg mehr gab, als Richard abzusetzen.

William konnte sich nach wie vor auch John auf dem englischen Thron vorstellen, doch dieser würde seinen Eid ebenso wenig brechen, wie er es tat. Und das obwohl auch er mit den Jahren unweigerlich erkannt hatte, dass Richard durch niemanden geleitet werden konnte. Richard würde niemals der König sein, den England brauchte. All ihre Bemühungen ihn anzuleiten und mit bestem Wissen und Gewissen zu beraten, hatten nichts genützt. Seit jeher hatten Richard die falschen Motive geleitet. Und keinem von ihnen war es gelungen einen gerechten Herrscher aus ihm zu machen. Und da John die Krone für sich ablehnte, lag das Augenmerk unweigerlich auf seinem Sohn Henry. Im Gegensatz zu seinem Vetter, wäre er in der Lage das Land zu einen und zu früherem Ruhm zu verhelfen. Unter ihm, das glaubte William ganz fest, würde England wieder an Stärke gewinnen.

Henry hatte den Charakter eines geborenen Herrschers, wie aus den Annalen. Er hatte das Herz am rechten Fleck. Er war klug und besonnen, überaus bescheiden und besaß einen ausgeprägten Gerechtigkeitssinn. Und wie Ava so treffsicher bemerkt hatte, betrat Henry einen Raum, spürte man seine Anwesenheit, noch bevor er sich bemerkbar machte. Mit anderen Worten, obwohl er kein gekröntes Haupt hatte, strahlte er mehr

Würde aus, als es Richard je vermocht hatte.

»Sie können Richard noch nicht absetzen. Er müsste schon zu Gunsten von Henry zurücktreten«, gab er seinem alten Freund zu bedenken. »Zum einen denke ich nicht, dass die Appellanten zu diesem Zeitpunkt schon so viel Druck auf ihn ausüben können. Dafür müsste sich Richard vollkommen geschlagen sehen. Zum anderen schreibt Harry, dass Henry nach wie vor nicht beseelt ist von der Idee Richard zu stürzen. Er ist immer noch König aus Gottes Gnaden. Setzen sie ihn nun einfach ab, ist die Frage, welche Grenzen damit unwiderruflich überschritten werden.«

Lucan hatte ihm angeregt gelauscht und kombinierte. »Henry fürchtet also zukünftige Konsequenzen, die sein Handeln nach sich ziehen könnten?«

»Ja. Er gibt zu bedenken, dass wenn sie nun Hand gegen den König anlegen, uns niemand garantiert, dass das in der Zukunft nicht wieder geschehen wird, wenn das Parlament mit einer Vorgehensweise nicht konform geht.«

Rob überkreuzte seine Beine und lehnte sich an die Tafel. »Seine Bedenken in allen Ehren, aber diese stille Rebellion hat nicht grundlos stattgefunden. Das ist nicht aus einer Weinlaune heraus entstanden oder aus dem Ansinnen die Macht an sich zu reißen. Richard ist einfach ein Hundsfott und nicht zum Regieren geschaffen. Wenn er weiter König bleibt und sich der Appellanten doch noch entledigen kann, dann wird er England nach und nach zu Grunde richten! So viel steht fest.«

»Wenn das geschieht, wird es zu einem Bürgerkrieg kommen. Er wird Engländer gegen Engländer kämpfen lassen und in Kauf nehmen, dass sich unser Land von innen heraus selbst zerstört.« William legte die Stirn erneut in Falten.

»Das Schlimme daran, es wird ihn keinen Deut jucken. Ihm ist nur die eigene Haut wichtig. Hauptsache er kann seinen Nutzen aus allem ziehen.«

»Doch was – «

Ein Klopfen unterbrach ihr Gespräch.

»Vater?« Alix streckte ihren dunklen Schopf durch den Türspalt. »Oh!« Seine Tochter schien die angespannte Stimmung im Raum wahrzunehmen »Entschuldigt, ich wollte euch nicht unterbrechen.«

»Schon gut. Komm herein.«

Sie schloss die Tür hinter sich und stellte sich neben ihren Bruder. Ihre offenen Haare fielen ihr fast bis auf die Hüfte. Ihre grünen Augen sahen ihm freundlich entgegen. Zu seiner Freude hatten sie ihr Strahlen nicht verloren.

Alix hatte die Sache mit Richard gut verarbeitet. So verstört sie anfangs war, hatte er befürchtet, dass sie möglicherweise eine Aversion vor Männern entwickeln könnte. Er hätte es ihr nicht verdenken können. Vielleicht hatte ihre Unterredung aber auch ihren Teil dazu beigetragen, dass sie ihre Leichtigkeit nicht verloren hatte. Ihm war es wichtig, dass sie wusste, dass es nicht ihre Schuld war, weshalb Richard sich ihr auf diese unsittliche, unaussprechliche Weise genähert hatte und dass es Männer gab, die Respekt und Anstand besaßen.

»Soeben ist ein weiterer Bote bei uns eingetroffen. Aus Kastilien. Er sagt, Onkel John hätte ihn geschickt.«

William wechselte einen freudigen Blick mit Rob und stand auf. »Vielleicht sind das die Nachrichten, auf die wir gewartet haben!«

Beauport Abbey, April 1388

»Man könnte ja fast meinen es wäre deine Hochzeit, so wie du strahlst!« Ava umfasste liebevoll Williams Arm und ließ ihre schmale Hand in seine hinunter wandern.

Der Himmel war wolkenklar, die Sonne stand an ihrem höchsten Punkt und die Luft war erfüllt vom Duft erwachter Frühlingsblumen und dem Zwitschern kleiner umherfliegender Meisen. William hatte das Gefühl, die Natur hatte es darauf angelegt sein Innerstes zu spiegeln.

»Das Glück, das ich empfinde, kommt dem sehr nahe!« Mit einem zufriedenen Lächeln auf den Lippen, umschlang er Avas Hüfte und zog sie näher an sich heran, während sie ihrem Sohn und dessen Braut dabei zusahen, wie sie aus der altehrwürdigen Abtei traten. Unter lautem Jubel und Klatschen wurden sie von einer kleinen Schar enger Freunde in Empfang genommen.

»Du musst dich ja auch nicht mit dem Gedanken herumschlagen, dass deine Tochter von heute an nicht mehr dein kleines Mädchen sein wird …«

Robs Gesichtsausdruck wirkte gequält, was William

zum Schmunzeln brachte. »Bei Gott, das bin ich! Ich bete inständig, dass es noch etwas Zeit hat, bis Alix unter die Haube kommt.«

»Ich weiß nicht, ob du damit so richtig liegst …« Mit einem Kopfnicken deutete seine Frau auf ihre Tochter, die sich angeregt mit einem jungen Bretonen unterhielt.

Schlagartig spürte William einen eiskalten Stich in der Brust. Er wusste nur zu gut, was das Glitzern in den Augen dieses Heißsporns zu bedeuten hatte und auch Alix' Interesse ihm gegenüber schien über das gewöhnliche Maß hinaus zu gehen.

Leidvoll stieß er einen Seufzer aus. Wie hatten die Jahre nur so schnell ins Land streichen können? Es kam ihm vor als sei es erst gestern gewesen, als er sie auf seinen Knien hatte reiten lassen.

»Schau an, wie schnell sich das Blatt wenden kann!« Feixend drosch ihm Rob auf die Schulter.

»Solange sie glücklich mit ihrer Wahl ist, werde ich es auch sein«, entgegnete er zuversichtlicher, als er sich fühlte.

»Hört, hört! Ich werde dich gerne daran erinnern, wenn es so weit ist!«

Amüsiert bedachte Ava die beiden mit einem Kopfschütteln. »Darüber könnt ihr später noch sinnieren! Kommt und lasst uns unsere Aufmerksamkeit endlich dem Brautpaar widmen!«

Mit etwas Abstand folgte er Ava, Rob und Juana und wünschte sich nicht zum ersten Mal, die Zeit möge stillstehen, damit er den Augenblick mit jeder Faser seines Körpers in sich aufsaugen konnte. Er wusste, es würden noch andere Tage auf sie zukommen. Tage, an denen er von solchen Erinnerungen zehren musste.

Momentan hatte sich die Lage in England zumindest insoweit stabilisiert, dass Richard keinerlei Entscheidungsgewalt mehr innehatte. Nachdem er versucht hatte die Appellanten wegen Hochverrats anzuklagen, wurde sein königstreues Ersatzheer, das er ausgehoben hatte, im vergangenen Winter vernichtend geschlagen, sein Hof eingesperrt oder hingerichtet und er selbst in London festgesetzt. Und da Richard nach wie vor keinen Erben vorweisen konnte, standen die Chancen, dass Henry ihm auf den Thron folgte, gar nicht mal so schlecht.

Doch auch wenn sich alles nach ihren Wünschen entwickelte, wurde er das unbestimmte Gefühl nicht los, dass sie sich in trügerischer Sicherheit wogen. Es gab noch ausreichend königstreue Anhänger in England und solange Richard am Leben war, würde immer die Gefahr bestehen, dass er seine Macht zurückerlangte. Aus diesem Grund hatten Rob und er auch gemeinsam entschieden, vorerst auf dem Festland zu bleiben und auf John zu warten, bis dieser von seinem Feldzug aus Kastilien zurückkam.

Aber das war weder der Ort, noch die Zeit, um sich darüber den Kopf zu zerbrechen. Er schloss kurz die Augen, um die Sorgen von morgen von sich zu schieben und reihte sich in die Schar der Gratulanten ein.

Er konnte sich nicht entsinnen, wie lange es bereits her sein mochte, dass er seine Liebsten so befreit und sorglos gesehen hatte.

Die alten Römer waren der festen Überzeugung, dass die Göttin Fortuna mit ihrem Spinnrad das Schicksal eines jeden Mannes spann, wie es ihr beliebte. Wenn an der Mythologie auch nur ein Funken Wahrheit dran war, schien ihnen das Glück gerade hold zu sein. Und hatten sie das nicht auch verdient?

Er musste an den Schwur denken, den er Ed geleistet hatte und dieser als Zeichen seiner Dankbarkeit und seines Vertrauens, die Verzichtserklärung auf den Thron nicht unterzeichnet hatte. Seither hatte William das Schriftstück mitsamt dem Tagebuch seiner Mutter sicher verwahrt. Ihm kam zugute, dass sich der Kreis der Eingeweihten inzwischen stark minimiert hatte. Neben Ava, waren nur noch Harry, Rob und sein Halbbruder John in das Geheimnis seiner Abstammung eingeweiht. Eds Leibwächter, die bei der Enthüllung seiner skandalösen Abstammung in Nájera anwesend waren, waren inzwischen nicht mehr am Leben, genauso wie ihre ehemaligen Schatten, sein Vater oder Joan. Damit war es mehr als unwahrscheinlich, dass die Verzichtserklärung jemals wieder thematisiert werden würde. Solange sie unentdeckt blieb, würde kein Außenstehender davon erfahren. Und ohne Unterschrift hatte sie keine Gültigkeit. Für ihn selbst hatte das zwar keinerlei Auswirkungen, da ihn der Eid, bis zu seinem Ableben band, nicht aber für seine Erben. Für diese hatte das zur Folge, dass sie nicht von der Thronfolge ausgeschlossen waren. Und wer wusste schon, was die Zukunft für seine Erben bereithalten würde? Vielleicht könnte ihnen die Brisanz ihres Geblüts nochmal von Nutzen sein. Und er hatte wahrlich kein Interesse daran, diesen Umstand zu Lebzeiten zu ändern.

Ob ein Mann nun seines eigenen Glückes Schmied war oder Fortuna ihre Finger mit im Spiel hatte, so oder so, ihre Geschichte war hier noch nicht zu Ende. Nein, er spürte, sie hatte gerade erst begonnen!

Mit einem breiten Grinsen auf dem Gesicht trat er auf die Frischvermählten zu und schloss erst Nuria und dann Lucan stolz in die Arme. »Numerum cuius finis est vita a scribis te. Die Zukunft unserer Familie liegt in deinen Händen! Mach was draus, Sohn!«

England, 1589

Whitehall, Dezember 1589

»Wenn die Königin das mit uns herausbekommt, dann Gnade uns Gott …« Marthas Protest war schwach.

»Dann was …?«, flüsterte ihr Jonah atemlos ins Ohr, während er mit seinen Lippen ihren Hals liebkoste.

Sie spürte, wie ihre Knie weich wurden und sie schloss genießerisch die Augen. »Oh Jonah …«

»Soll ich lieber aufhören?«

»Untersteh dich!«, hauchte sie als Antwort und verstärkte ihren Griff, um seinen Oberarm.

Es war Heiligabend. Der Hof befand sich in ausgelassener und vor allem trinkfester Stimmung. Keiner der Anwesenden dürfte mitbekommen haben, dass sie sich für ihr kleines Stelldichein klammheimlich davon gemacht hatten. Es war ihr ein einziges Rätsel, dass die beiden ihre Zuneigung vor dem Hof bisher erfolgreich hatten verbergen können. Wo es nur ging, hatten sie sich davongestohlen und sei es nur, um den anderen für eine Minute ungestört zu Gesicht zu bekommen. Mehr noch wunderte es sie, dass sie es schafften, ihre Lust aufeinander zu zügeln und es bei den Küssen beließen. Die Frage war nur, wie lange noch, denn sie war Jonah hoffnungslos verfallen.

Ein merkwürdiges Geräusch, ließ sie auseinanderstieben. »Sieh an, sieh an. Habe ich es doch gewusst …« Beifall klatschend kam Devereux um die Ecke. »Sir Stanley, Lady Somerset.« Er lachte höhnisch auf und neigte zur Begrüßung sein Haupt. »Wie unziemlich, für eine unverheiratete Dame, Mylady. Was wohl die Königin hierzu sagen wird?«

Martha biss sich nervös auf die Unterlippe. Dieser Moment hatte kommen müssen und sie hatte nichts zu ihrer Verteidigung vorzubringen. Sie hatte ihren Gefühlen nachgegeben und die Konsequenzen dafür in Kauf genommen.

»Verschwindet, Lord Essex«, knurrte Jonah zwischen zusammengebissenen Zähnen hervor und ergriff Marthas Hand.

»Das werde ich mit Freude tun, denn wenn ihr Turteltäubchen nicht zur Königin beichten geht, muss ich das wohl! Solch einen Verfall des Hofes kann ich natürlich nicht gutheißen.« Devereux verzog hämisch das Gesicht. »Was glaubt ihr, wird es werden: Verbannung auf Lebenszeit oder doch der Kerker? Im Kerker könntet ihr zumindest alte Bekannte wiedertreffen, sofern Peggy die Ratten so lange überlisten konnte«, frotzelte er weiter.

Angewidert verzog Martha das Gesicht. »Zu Eurer Information: Peggy geht es gut!« Tatsächlich war Peggy

dem Bund der mildtätigen Frauen von Oxford beige-
treten und hatte dort in aller Ruhe ihre Tochter zur Welt
gebracht. Ihr ging es dort besser als am Hof. Martha
war froh, dass ihre Freundin nicht den Verstand verloren hatte. Sie hätte es ihr nicht verübeln können, bei
dem, was die Arme hatte durchleiden müssen.

Devereux' Miene hatte etwas Verschlagenes angenommen. »Viel interessanter ist doch, dass ihr getrennt
voneinander im Tower eingekerkert werdet. Aber keine
Sorge, Lady Somerset, Euch würde ich trotz dieser Umstände noch einen Besuch abstatten. Ihr seid einfach zu
hübsch, als dass Ihr im Kerker vor Euch dahinsiecht.«
Er bleckte seine Zähne. »Ich bin mir sicher, Ihr werdet
dann anders über unser ehemaliges Arrangement denken.«

»Wie kann man nur so niederträchtig sein ...« Martha
schüttelte fassungslos den Kopf.

»Aber, aber Mylady! Mitnicht–«

»Genug jetzt! Ihr könnt Euch Eure Luft sparen!« Jonah schnitt Devereux harsch das Wort ab und wandte
sich dann Martha zu. »Eigentlich solltest du anders davon erfahren, aber ich scheine keine andere Wahl zu haben ...« Er legte eine kurze Pause ein, in der sie ihn verständnislos anstarrte.

»Ich habe die Königin gestern um deine Hand gebeten.«

»Du hast was?«, fragte sie ungläubig.

Und auch Devereux hätte nicht weniger perplex wirken können.

Jonah ergriff ihre Hände und schaute ihr tief in die

Augen. »Ich habe es einfach nicht mehr ausgehalten ... und was soll ich sagen, unsere Geduld hat sich ausgezahlt, Martha!«

»Nein!« Ihre Augen glänzten vor Freude.

»Sie hat Ja gesagt! Kannst du dir das vorstellen? Sie hat Ja gesagt!«

Martha entwich ein Jauchzen. »Wieso hast du denn nichts gesagt?«

Devereux' missfälligen Blick ignorierten sie gänzlich.

»Sie wollte es dir nach der morgigen Weihnachtsansprache selbst verkünden.« Jonah warf seinem Vetter einen vernichtenden Seitenblick zu. »Naja, das hat sich nun ja wohl erledigt.«

»Ach, jetzt wird mir einiges klar!«, warf Devereux ein und machte eine unmissverständliche Geste, die andeuten sollte, dass beide sich bereits nähergekommen waren.

Jonahs Kiefermuskeln spannten sich an. »Du weißt absolut gar nichts! Du wirst niemals auch nur im Ansatz verstehen, was es bedeutet zu lieben! Du liebst nur dich selbst und das wird dir noch zum Verhängnis werden, glaube mir!«

Martha nahm Jonahs Gesicht in beide Hände und drehte es zu sich herum. »Schenke ihm keine Beachtung, Liebster. Es ist mir völlig gleich, was er denkt oder sagt. Was zählt, sind nur wir zwei.« Überschäumend vor Glück küsste sie ihn.

Aus dem Augenwinkel nahm sie wahr, dass Devereux wutentbrannt davonstapfte, ob zu Elizabeth oder woandershin, vermochte sie nicht zu sagen. Doch welche

Bedeutung sollte das jetzt noch spielen?

Martha war klar, Elizabeths Handeln war kein Akt der reinen Nächstenliebe. Heiratete sie Jonah, blieb sie unter ihrem Stand und das würde bedeuten, der Thronanspruch ihrer Blutlinie würde endgültig erlöschen. Doch das war ihr ganz recht. Sie war froh, wenn sie dem intriganten Treiben am Hof entfliehen konnte. Das Einzige, was sie sich gewünscht hatte, würde sich nun wahrhaftig erfüllen. Sie würde ihr Leben an der Seite von Jonah verbringen. »Lass uns irgendwo aufs Land ziehen. Weit weg von hier!«

Jonah nickte und streichelte über ihre Wange. »Wer hätte gedacht, dass sich das Blatt so wendet …«

»Das Leben ist ein Märchen, dessen Ende wir selbst schreiben«, flüsterte Martha ihm ins Ohr, drückte ihre Stirn an seine Brust und schloss die Augen.

Jetzt konnte ihre Zukunft beginnen.

ANHANG

NACHWORT

In einer Nacht- und Nebelaktion gelang es Edward III., mit Hilfe seiner engsten Freunde, den machgierigen Regenten und Liebhaber seiner Mutter, Roger Mortimer, zu überwältigen und die rechtmäßige Herrschaft über England zu übernehmen. Insgesamt blieb er mehr als fünfzig Jahre auf dem Thron und reiht sich damit bei den längsten Regenten Englands ein.

Das emotionale Wiedersehen von Eduard of Woodstock und Joan of Kent, vor den Stadttoren Bordeaux', soll sich wahrlich so zugetragen haben, obwohl offene Liebesbekundungen für die damalige Zeit mehr als unüblich waren.

So schön die Liebesgeschichte der beiden auch war, so tragisch gestalteten sich Eduards letzten Lebensjahre. Die Folgen der Ruhr-Krankheit, der Verlust von Aquitanien und der Tod seines Erstgeborenen trugen letztlich zu seinem körperlichen, wie auch seelischen Verfall bei. Eduard starb, noch bevor er seinem Vater auf den Thron folgen konnte. Demnach verfügte Edward III. zeitlebens, dass sein Enkel Richard ihm auf den Thron folgen sollte.

Richard II. ging als Tyrann in die englische Geschichte ein, an dessen Hof Günstlingswirtschaft im großen Stil betrieben wurde, was ihm letztlich zum Verhängnis wurde. Zu Beginn des Jahres 1388 wird Richard tatsächlich für ein paar Tage abgesetzt. Da sich die Lord Appellanten jedoch auf keinen Nachfolger einigen konnten, bekam Richard die Krone zurück und stellte sich mit den Appellanten gut. Erst Jahre später begann er seinen Rachefeldzug gegen jene Lords. Seinen Cousin, Henry of Bolingbroke, verbannte er für zehn Jahre aus England. Nach dem Tod von dessen Vater, John of Gaunt, änderte Richard die Verbannung auf Lebenszeit, um sich das Vermögen Lancasters anzueignen. Henry gelang es jedoch den englischen Adel hinter sich zu vereinen und Richard zur Abdankung zu zwingen. Kurz darauf wird Henry zum neuen König gekrönt.

Strenggenommen wäre der Urenkel von Lionel of Antwerp, dem zweitältesten Sohn Edward III., der Nächste in der Thronfolge gewesen. Da das Erbrecht aber über Lionels Tochter vererbt wurde und der Urenkel gerade mal sieben Jahre zählte, hatte Henry schlichtweg die besseren Argumente vor dem Parlament. Chronisten bezeichneten Henry IV. daher als Usurpator, als jemand, der sich die Krone gewaltsam aneignete. Richard überlebte nach seiner Abdankung nicht lange und wurde auf Pontefract Castle ermordet. Zwar ist es nicht bewiesen auf wessen Befehl hin dies geschah, doch wird angenommen, dass er von Henry kam.

Henrys Thronbesteigung setzte den Grundstein für den fünfzig Jahre später einsetzenden Krieg zwischen den Häusern York und Lancaster, den sogenannten Rosenkriegen. Am Ende konnten die Unruhen erst mit einer Heirat zwischen dem Haus York und der Beauforts, einer Nebenlinie von Lancaster, beigelegt werden. Jene Nebenlinie fand seinen Ursprung übrigens in der Affäre zwischen John of Gaunt und seiner langjährigen Mätresse Catherine Swynford. Kurz vor seinem Tod heiratete John Catherine und legitimierte ihre gemeinsamen Kinder, die fortan den Beinamen Beaufort trugen. Diese Linie begründete das später regierende Haus Tudor.

Zu dem Bauernaufstand, der 1381 in England wütete, ist zu erwähnen, dass Henry wahrlich nur knapp mit Hilfe eines treuen Ritters entkommen konnte.

Der Überlieferung zufolge wurde Wat Tyler bei der Verhandlung mit dem König von seinem Begleiter, wahrscheinlich dem Bürgermeister, getötet, als dieser Richard bedrohte.

Thomas Mowbray wird von den Chronisten als selbstsüchtiger Intrigant und Fähnchen im Wind beschrieben. Er wechselte im Laufe der Jahre mehrfach die Seiten und plante zwei Mordanschläge auf Richards Onkel. Während das Attentat auf John noch fehlschlug, gelang ihm das Zweite auf Thomas, dem jüngsten Onkel des Königs. Am Ende wandte sich Richard trotzdem von seinem Günstling ab und verbannte ihn – ebenso wie Henry – lebenslang aus England. Noch im selben Jahr starb Mowbray in Venedig an der Pest.

Lord Essex, Robert Devereux, wird als melancholisch und verschwenderisch beschrieben. Genau wie sein Stiefvater war auch er der Liebling von Elizabeth I. Nachdem er 1591 jedoch ohne Zustimmung der Königin Frances Walsingham heiratete, verschlechterte sich ihr Verhältnis zusehends. Sein angehäufter Schuldenberg trieb ihn wahrscheinlich dazu einen Staatsstreich gegen Elizabeth anzuführen, doch er missglückte und kostete ihm den Kopf.

William Plantagenets Geschichte mag an dieser Stelle zwar enden, doch halte ich mir offen dem ein oder anderen seiner Nachfahren Leben einzuhauchen …

Stammbaum von Martha Somerset

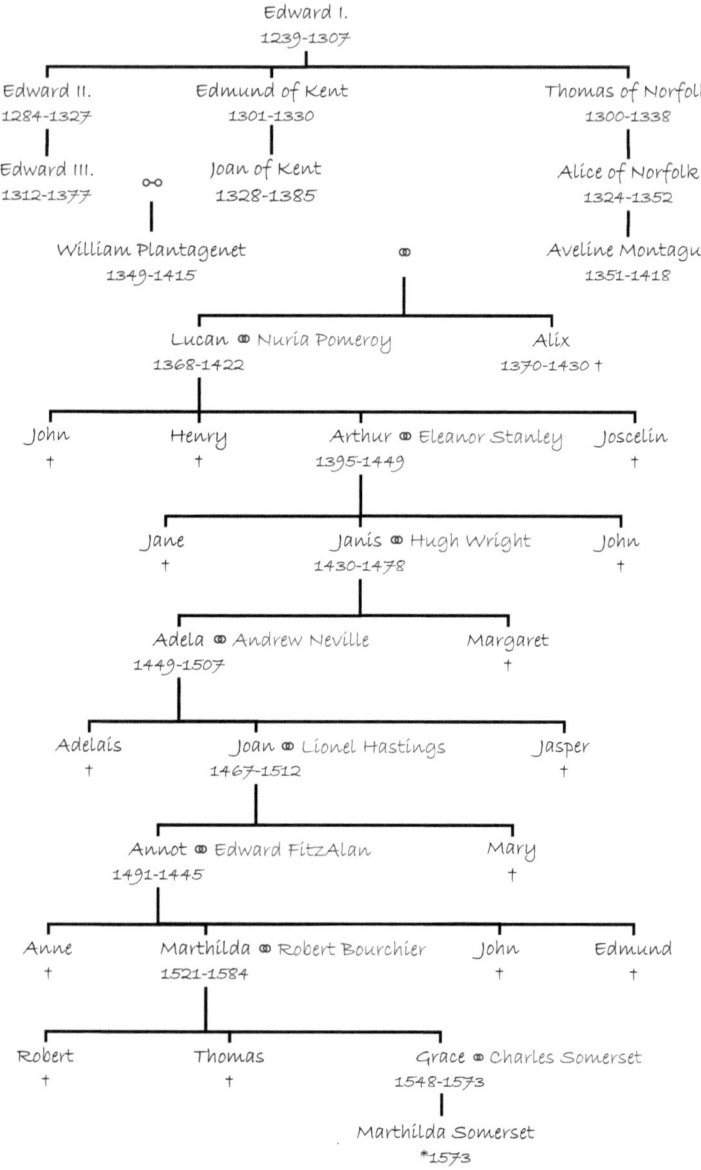

Edward I.
1239-1307

Edward II.
1284-1327

Edmund of Kent
1301-1330

Thomas of Norfolk
1300-1338

Edward III.
1312-1377

Joan of Kent
1328-1385

Alice of Norfolk
1324-1352

∞∞

William Plantagenet
1349-1415

∞

Aveline Montague
1351-1418

Lucan ∞ Nuria Pomeroy
1368-1422

Alix
1370-1430 †

John
†

Henry
†

Arthur ∞ Eleanor Stanley
1395-1449

Joscelin
†

Jane
†

Janis ∞ Hugh Wright
1430-1478

John
†

Adela ∞ Andrew Neville
1449-1507

Margaret
†

Adelaïs
†

Joan ∞ Lionel Hastings
1467-1512

Jasper
†

Annot ∞ Edward FitzAlan
1491-1445

Mary
†

Anne
†

Marthilda ∞ Robert Bourchier
1521-1584

John
†

Edmund
†

Robert
†

Thomas
†

Grace ∞ Charles Somerset
1548-1573

Marthilda Somerset
*1573

∞ verheiratet   ∞∞ uneheliche Verbindung   † Linie versiegt

ZEITTAFEL

Historische Ereignisse von 1367 bis 1400

1367	06. Januar – Geburt von Richard of Brodeaux
	03. April – Schlacht von Nájera
1376	08. Juni – Eduard of Woodstock stirbt
1377	21. Juni – König Edward III. stirbt
	16. Juli – Krönung von Richard II.
1381	Bauernaufstand unter Wat Tyler
1385	Februar - Anschlag auf John of Gaunt
1386	Lord Appellanten werden als Kontrollgremium eingesetzt; Richard wird entmachtet
1389	Richard gewinnt seine Macht zurück
1397	Richard startet Rachefeldzug gegen die Appellanten und urteilt sie nacheinander ab
1398	Zehnjährige Verbannung von Henry of Bolingbroke
1399	03. Februar – John of Lancaster stirbt; Bolingbroke wird auf Lebenszeit verbannt
	August – Richard II. wird abgesetzt und im Tower festgehalten
	13. Oktober – Bolingbroke wird als Henry IV. zum König gekrönt
1400	14. Februar – Ermordung Richards